AF288002

ro
ro
ro

# LILY MARTIN

# Sommer farben

## IN DER STADT DER LIEBE

ROMAN

ROWOHLT TASCHENBUCH VERLAG

Originalausgabe
Veröffentlicht im Rowohlt Taschenbuch Verlag,
Hamburg, August 2024
Copyright © 2024 by Rowohlt Verlag GmbH, Hamburg
Die Nutzung unserer Werke für Text- und Data-Mining
im Sinne von § 44b UrhG behalten wir uns explizit vor.
Covergestaltung FAVORITBUERO, München
Karte © Imke Trostbach
Coverabbildung Shutterstock
Satz aus der Adriane Text
bei Pinkuin Satz und Datentechnik, Berlin
Druck und Bindung CPI books GmbH, Leck
ISBN 978-3-499-01138-2

*«Wenn der liebe Gott sich im Himmel langweilt,*
*dann öffnet er das Fenster und betrachtet*
*die Boulevards von Paris.»*

HEINRICH HEINE

*«Il n'y a qu'un bonheur dans la vie,*
*c'est d'aimer et d'être aimé.»*

*Es gibt nur ein Glück im Leben –*
*lieben und geliebt zu werden.*

GEORGE SAND

# PROLOG

$\mathcal{P}$aris ist die Stadt der Kunst und der Liebe, heißt es.

Nun, mein ganzes Leben habe ich hier verbracht, im Herzen von Paris, und ich weiß, dass die Stadt an jedem Tag, der beginnt, wieder neue Kunstbegeisterte und Verliebte anlockt.

An diesem Morgen legt sich das Licht sanft auf die weißen Mauern der Häuser und auf die silbrigen Dächer. Der Espresso, den Lola mir hinstellt, duftet zart und doch ein wenig herb, und ich bin neugierig, was der Tag bringen wird. *Ein schlechter Tag in Paris*, sagt man, *ist noch immer besser als ein guter irgendwo anders*. Und dem kann ich nur aus vollem Herzen zustimmen.

Die Kunst blüht hier wie eine schöne Blume in einem gut bewässerten, sonnigen Garten. Sicher denken Sie an den prächtigen Louvre, wo jeden Tag ganze Scharen auf der Suche nach diesem einen berühmten Lächeln sind, *n'est-ce pas?* Dort kann man sich zwischen den weltbekannten Gemälden und Plastiken regelrecht verlieren, wenn man nicht aufpasst. Oder denken Sie nur an das Musée Rodin mit den herrlichen Skulpturen des Namensgebers im Garten – und den noch schöneren von Camille Claudel. Wer einmal ihre Arbeit *La Valse* gesehen hat, weiß, wie herrlich und schrecklich zugleich der Tanz der Liebe ist.

Mein Lieblingsmuseum ist aber wohl das Musée d'Orsay, das direkt am Ufer der Seine liegt. Es ist ein alter Bahnhof, und meine Begeisterung galt schon immer den vielen Bahnhöfen von Paris, von denen aus man das ganze Gewirr, den Lärm und den Staub der Stadt hinter sich lassen kann – nur um dann voller Sehnsucht zurückzukehren und sich schon auf dem Bahnsteig zwischen liegen gelassenen Zeitungen und gurrenden Tauben im Sonnenlicht zu schwören, dass man Paris nie wieder verlassen wird. Wozu auch? In den Bildern der Impressionisten – Paul Cézanne, Alfred Sisley, Berthe Morisot, Claude Monet – kann man sich ja aus Paris fortträumen, wenn es denn sein muss. Oder hineinträumen in ihre verschwenderischen, fruchtbaren Gärten, unter blühende Apfelbäume und in Mohnfelder in flirrender Sommerhitze, wo schöne Damen mit Sonnenschirmen lustwandeln.

Die Studentin Marie Michel, die hier jeden Tag im Café Lola sitzt und über ihren Büchern schwitzt, hat auch so ein Faible für die Impressionisten wie ich, und sie hat mir erzählt, dass sie jeden Sonntag ins Musée d'Orsay geht. Dabei arbeitet sie doch unter der Woche in der Orangerie neben dem Louvre, und man könnte meinen, das sei für eine junge Frau genug trockene Museumsluft. Aber dieses Mädchen ist anders als andere, die ich kenne. Ein bisschen fürchte ich, dass sie die Welt der Kunst zu sehr liebt und die wirkliche Welt darüber vergisst.

Aber, *mes chers amis*, es kann ja nicht jede so einen Lebenshunger haben wie ich. Wenn ich mich entscheiden müsste zwischen der Kunst und der Liebe, ich wüsste, was ich wählen würde. Aber glücklicherweise muss ich das nicht.

Ah, da kommt gerade Patrice Laferrière, um sein Bistro Chez Patrice aufzuschließen. Das *E* auf dem alten Schild fehlt seit Jahren, aber Patrice ist kein Ästhet, die Kunst nicht sein Metier. Die Liebe hingegen ... Nun, diese alten Geschichten behalte ich vorerst für mich.

Lieber erzähle ich Ihnen eine neue Geschichte. Der Sommer steht im Zenit, und die Luft flirrt nur so vor Hitze. Nehmen Sie Platz...

# 1

Die Blätter der kleinen Bäume rund um den Springbrunnen raschelten verspielt im Augustwind, der sich sanft auf Maries Wangen legte. Die helle Vormittagssonne tauchte die Place de la Contrescarpe in streifiges Licht. Es schimmerte durch Maries geschlossene Lider und wärmte ihren gesamten Körper. Ihre Wimpern flatterten, und ihr Kopf wurde schwer ...

«Ça va, Marie?», fragte eine Stimme.

Marie fuhr hoch. Sie hatte doch nur einen Moment den Kopf auf die verschränkten Arme gelegt und die Augen geschlossen. Nicht mehr als eine Sekunde hatte sie sich ausruhen wollen! Doch offenbar war sie, wie so oft beim Schreiben ihrer Abschlussarbeit, eingenickt, und ihre Stirn war dabei auf die Tischplatte gesunken.

Mühsam hob sie den Kopf und sah direkt in Lolas grüne Augen, die sie halb mitleidig, halb amüsiert von oben herab musterten. Der dunkle, kinnlange Bob der Cafébetreiberin saß heute wieder perfekt, und Marie fuhr sich unwillkürlich durch die eigene zerzauste blonde Mähne. Eine Strähne hatte sich hinter ihrem linken Brillenglas verfangen, Marie fischte sie hervor und strich sie sich hinters Ohr, das, wie sie wusste, eine Spur abstand. Hatte sie sich heute Morgen nach dem Aufwachen eigentlich gekämmt? Irgendwie konnte sie sich nicht recht daran erinnern.

«Soll ich dir noch einen Kaffee bringen?», fragte Lola mitfühlend und fegte ein Krümelchen von der Tischplatte.

Marie nickte und schob sich die verrutschte Brille wieder hoch. Verlegen setzte sie sich aufrecht auf dem Bistrostuhl hin und streckte sich unauffällig.

Die Terrasse des Cafés war an diesem Vormittag, wie eigentlich jeden Tag, voller Gäste. Die Stimmen schwirrten umher und mischten sich mit dem Klappern der Porzellantassen und dem Vogelgezwitscher, das aus den grünen Judasbäumen rings um den Brunnen in der Mitte des neu gepflasterten Platzes klang. Einige Blicke streiften Marie, als sie sich dehnte, und eine ältere Dame mit grellrot bemalten Lippen lächelte ihr vom Nebentisch aufmunternd und vielleicht auch eine Spur spöttisch zu.

«*Bonjour*, Madame Simenon», murmelte Marie und lächelte pflichtschuldig zurück. Die ältere Dame trank hier jeden Morgen einen *Café* und später, am Nachmittag, ein paar Gläser Portwein drüben im Bistro. Sie war liebenswürdig, aber man musste sich vor ihrer unersättlichen Neugier in Acht nehmen.

Marie rieb sich die Augen. Sie hatte sicher einen Abdruck auf der Wange, dachte sie zerknirscht.

Angestrengt starrte sie wieder auf den Bildschirm ihres uralten MacBooks. Der Computer hatte sich automatisch ausgeschaltet, er schien ebenso wie seine Besitzerin ein Nickerchen zu halten. Sie wischte mit den Fingern über das zerkratzte Mousepad, und sofort flackerte der Bildschirm gehorsam, aber wenig enthusiastisch auf und enthüllte denselben Blick, der Marie zuvor so müde gemacht hatte.

Ein angefangener Text über Monets *Seerosen*-Bilder flirrte auf dem Monitor. Es handelte sich um eins der zentralen Kapitel ihrer *Thèse*, der Doktorarbeit. In diesem Abschnitt wollte Marie elegant und pointiert zugleich alle ihre Erkenntnisse zu den *Seerosen* und Monets Arbeitsweise auf den Punkt bringen. Im September, nach den Semesterferien, würde sie Auszüge daraus bei einem Vortrag an der Sorbonne präsentieren müssen – allein der Gedanke daran ließ sie zusammenfahren.

Seit Wochen, nein, Monaten knabberte Marie nun schon an diesem Text herum, löschte Zeilen, fügte einige Wörter hinzu und ließ sie schließlich wieder verschwinden, weil sie ihr hölzern und nichtssagend vorkamen. Es ging immer einen Schritt vor und drei zurück, schien es ihr. Sisyphos war nichts gegen sie! Dabei liebte sie die *Seerosen* abgöttisch und hätte stundenlang von ihnen erzählen können – von ihrer Entstehung in Monets Garten in Giverny, von ihren Farben, ihrem Wuchs und der Entwicklung dieses Motivs, das Monets Werk durchzog. Doch sobald sie das alles in geschriebene Wörter verwandeln sollte, streikte ihr Gehirn, und ihre Finger waren wie gelähmt.

Wieder erschien Lola neben ihrem Tisch, diesmal mit einer dampfenden Espressotasse auf einem kleinen runden Tablett und daneben, unaufgefordert, ein Tellerchen mit hellgrünen Macarons – Pistazie! Maries Lieblingssorte.

Dem Himmel sei Dank für Lola und Fabien und ihr Café an der Place de la Contrescarpe, dachte Marie und nahm die Köstlichkeiten demütig in Empfang.

Sofort stieg ihr der Duft des starken Kaffees in die Nase, und sie versenkte ihre Oberlippe in das Tässchen. Der Dampf ließ ihre Brillengläser beschlagen, sodass der Laptop für einen Augenblick hinter einem gnädigen Schleier verschwand, ehe der schreckliche Text erneut auftauchte und der nervtötende Cursor wieder ungeduldig blinkte. So, als wolle er sie antreiben, sich endlich um ihn zu kümmern, das Dokument gefälligst mit neuen Buchstaben zu füttern und dieses verflixte Kapitel zu beenden.

«Gestern Abend ist es wohl spät geworden?», fragte Lola

und räumte die zwei leeren Espressotassen ab, die Marie in der vergangenen Stunde ausgetrunken hatte.

«Ich fürchte schon...», sagte Marie leise.

«Ihr jungen Leute», erwiderte Lola lachend, «ihr habt nichts als Partys im Kopf.»

Marie lächelte und dachte im Stillen, wie falsch die Cafébetreiberin doch lag. Die junge Frau war höchstens drei oder vier Jahre älter als Marie. Aber seit sie mit Fabien, dem Cafébesitzer, zusammen war und mit ihm schräg gegenüber vom Café wohnte, führte sie wahrscheinlich das Leben der meisten Menschen, die eine feste Beziehung hatten: vorhersehbar, geradlinig und irgendwie – erwachsen.

Doch wie sollte Marie dann erst *ihr* Leben nennen? Es bestand nicht etwa aus einer Aneinanderreihung von wilden Partys, wie Lola mutmaßte, sondern glich eher dem Alltag einer Seniorin in einer *Maison de retraite*. Marie war jeden Abend zu Hause, aß Schokolade und trank Limonade, ganz allein. Alkohol mochte sie nicht besonders, Partys noch viel weniger. Ganz im Gegensatz zu ihrer Mitbewohnerin Thanh, die jede Nacht durch die angesagten Clubs von Paris zog. Marie hingegen kauerte sich abends in ihrem Lieblingssessel zusammen und zog die Füße unter den Körper, während draußen vor dem winzigen Fenster ihres WG-Zimmers die Dämmerung herankroch und endlich die Sterne am dunklen Abendhimmel erschienen. Am liebsten vergrub sie sich in ihre dicken Bildbände, die sie stapelweise bei den *Bouquinistes* an der Seine kaufte, alte gebrauchte Schinken, vollgestopft mit den berühmtesten Kunstwerken der Menschheit. Und während sie Seite um Seite umblätterte und den Duft des mürben Papiers einsog, spürte sie förmlich, wie die Bilder sie verzauberten. Meist gesellte sich dann noch ihre Katze dazu –

ja, auch dieses Klischee gab es in Maries Leben. Die Katze war schneeweiß und hieß Ludwig Kirchner, benannt nach dem deutschen Expressionisten, dessen Bilder Marie bewunderte.

«Nein, Lola, ich war den ganzen Abend zu Hause», gab sie zu. «Eigentlich wollte ich noch mit Thanh zu der Geburtstagsfeier eines Kommilitonen ins Chez Patrice.» Sie deutete auf das Bistro an der Ecke des kleinen Platzes. «Aber dann konnte ich mich nicht aufraffen, und sie ist ohne mich hingegangen.»

«Ich habe so eine Ahnung, weshalb du dich lieber verkriechst», sagte Lola und strich Marie flüchtig über den Arm. Sie senkte die Stimme. «Aber irgendwann muss damit mal Schluss sein, oder?»

«Es ist doch längst Schluss», sagte Marie trotzig. «Daran hat Antoine ja keinen Zweifel gelassen.»

«Nein, ich meine *hier*, bei dir», sagte Lola und tippte Marie zart aufs Top, wo unter dem schwarzen Baumwollstoff ihr Herz schlug.

«Du weißt ganz genau, dass das nicht so einfach geht.» Marie räusperte sich. «Wenn es einen Knopf zum Abstellen gäbe, würde ich ihn drücken.»

«Da hast du auch wieder recht», sagte Lola und lächelte entschuldigend. «Und ich bin ja auch die Letzte, die sich damit auskennt – mit der Liebe, meine ich.»

«Immerhin hast du sie gefunden», sagte Marie und sah zum Eingang des Cafés. Durch die offen stehende Tür erblickte sie Fabien, der an der Kaffeemaschine hantierte.

«Oder sie mich», sagte Lola und grinste. «Denn ich habe mich bei dieser ganzen Unternehmung in den Jahren zuvor ziemlich dumm angestellt. Nichts und niemand hat mir gepasst.»

«Dumm?», fragte Marie zweifelnd. «Was ist dumm daran, auf die wahre Liebe zu warten?»

Lola öffnete den Mund, um etwas zu erwidern, doch sie kam nicht so weit.

«*Mademoiselle!*», rief Madame Simenon mit ihrer dunklen, rauchigen Stimme am Nebentisch und schnipste mit den Fingern.

Lola zog eine Grimasse, die nur Marie sehen konnte, und eilte in ihrer Servierschürze zu der alten Dame.

Marie war wieder allein mit den leeren weißen Seiten ihrer Datei, die einfach nicht weiterwachsen wollte. Probehalber schrieb sie ein paar Wörter hin. *Monets pastoser Farbauftrag wird in seinem Meisterwerk, den* Nymphéas, *besonders* ... Sie hielt inne, die Finger schwebten unschlüssig über der Tastatur. Besonders *was*? Wieder und wieder las sie den halben Satz, knabberte ein wenig an ihrem Daumennagel herum, runzelte die Stirn. Die Brille rutschte ihr von der Nase, und sie schob sie hoch. Dann löschte sie die wenigen Worte und wandte beinahe angewidert den Blick von ihrem Text ab.

Jeder Wikipedia-Artikel war gehaltvoller als ihre Arbeit, dachte sie bekümmert. Es würde ihr nie gelingen, etwas Sinnvolles zuwege zu bringen, das andere Menschen, Menschen vom Fach, interessieren könnte.

*Klassisches Impostor-Syndrom*, hörte sie Antoines Stimme in ihrem Kopf sagen. Und am liebsten hätte sie ihn angeschrien, dass er endlich aufhören solle, sie zu diagnostizieren und zu kritisieren. Aber leider hatte er in diesem einen Punkt vollkommen recht gehabt. Und was sollte es auch bringen, jemanden anzuschreien, der seit einem halben Jahr nur noch in der eigenen Erinnerung existierte? Antoine arbeitete längst als Kurator für das MoMa in New

York. Ein Job, um den Marie jeden anderen beneidet hätte, in Antoines Fall aber fand sie es geradezu unverschämt.

Es war Zeit, das alles endlich hinter sich zu lassen, dachte Marie verzweifelt. Wobei sie nicht einmal genau hätte sagen können, was *das* überhaupt war – die kreisenden Gedanken um ihren Ex-Freund oder die Doktorarbeit. Eigentlich war es auch egal, denn die Notwendigkeit, endlich einen Schlussstrich zu ziehen, traf auf beides zu.

Fakt war, dass sie mit allem hinterherhinkte. Die anderen Studierenden, die vor Jahren gemeinsam mit Marie begonnen hatten, an der kunsthistorischen Fakultät der Sorbonne zu promovieren, waren längst fertig geworden. Sie hatten ihre Arbeiten abgegeben, verteidigt und sich überall auf der Welt um die raren Jobs beworben, die Kunsthistorikern offenstanden. Einer nach dem anderen war verschwunden. Nur Marie hing noch immer hier im Quartier Latin fest, weil sie es einfach nicht schaffte, ihre Arbeit über Monet fertig zu schreiben. Ihre Betreuerin hatte sie wohlweislich seit Monaten nicht aufgesucht, doch spätestens im September würde sie Chloé Flamant bei dem Vortrag gegenübertreten müssen.

Ihren Freund Antoine wiederum hatte Marie Hals über Kopf verlassen, nachdem sie ihn eines Abends mit einer Assistentin von der Uni erwischt hatte, die ihm inzwischen, wie man hörte, sogar nach New York gefolgt war. Seitdem war Ludwig Kirchner das einzige männliche Wesen, mit dem Marie eine innige Beziehung führte. Aber immerhin war er schön flauschig und wusste, wann er die Klappe halten musste.

Sie nippte noch einmal am Kaffee, der mittlerweile fast kalt war, und verzog das Gesicht. Sie brauchte das Koffein zum Überleben, aber sie hätte den bitteren Espresso gern durch etwas Milch gemildert. Das nächste Mal würde sie eine *Noisette* bestellen.

Schnell biss sie in eines der süßen Macarons und spürte, wie die knusprige Kruste zerbrach und zwischen ihren Zähnen knirschte. Der Zucker und das nussige Aroma schienen von der Zunge direkt in ihr Gehirn zu fließen, und nachdem sie noch zwei weitere Stückchen verschlungen hatte, fühlte Marie sich wieder ausreichend gewappnet, um einen erneuten Blick in die Datei zu werfen.

Sie holte tief Luft und wollte gerade loslegen, als Fabien aus dem Café trat. Er strich sich das hellbraune Haar aus der Stirn und hob die Hand.

«*Salut*, Marie», rief er ihr zu, während er ein Körbchen mit knusprigen Croissants an ihr vorbeitrug. Der buttrige Duft zog hinter ihm her. Zwischen den eng beieinanderstehenden Tischchen wäre er beinahe mit Lola zusammengestoßen, die gerade mit einem vollen Tablett zurück ins Café wollte. Beide lachten, und Fabien sah sich verstohlen um und gab seiner Freundin einen schnellen Kuss. Mit rosigen Wangen eilte Lola weiter, zwinkerte Marie zu und verschwand durch die Tür, über der das neue Schild hing: Café Lola.

*Unverschämt*, dachte Marie wieder still bei sich, musste aber lächeln. Diesen beiden gönnte sie ihr Glück von Herzen.

Als Fabien wieder vorbeihastete, rief sie ihm hinterher: «Bringst du mir auch ein Croissant, bitte? Und ein Schälchen von deiner berühmten Erdbeerkonfitüre?»

Er kam zu ihr. «Gern», sagte er und stellte kurz sein Tablett auf ihrem Tisch ab.

«Viel los heute, was?», fragte sie.

Er lachte sein sympathisches Lachen.

«Wie immer», sagte er. «Zum Glück! Aber gerade könnte ich etwas mehr Zeit gebrauchen.» Er nickte in Richtung Café. «Lola und ich haben alle Hände voll zu tun mit den Vorbereitungen für *das* Ereignis des Sommers.»

«Aaah», sagte Marie, «die Hochzeitsfeier.»

Fabien schmunzelte. «Du kommst doch?»

«Natürlich», sagte sie, obwohl sich ihr beim Gedanken an roséfarbenen Zuckerguss, Treueschwüre und verliebte Menschen etwas im Magen umdrehte. «Um nichts in der Welt verpasse ich Lilianes und Nadims großen Tag.»

Er nickte und wollte schon weiter, da zog er erstaunt die Augenbrauen hoch. «Aber sag mal, ist heute nicht Mittwoch?»

«Ja, wieso?», fragte Marie.

«Musst du nicht mittwochs im Museum arbeiten?», fragte Fabien erstaunt.

Marie starrte ihn an. Dann schlug sie sich mit der Hand auf den Mund und sprang so schnell auf, dass sie ihren Stuhl umstieß. Mit einem Knall fiel er aufs Pflaster, und ringsum verstummten wie auf Kommando alle Gespräche. Selbst die Vögel schienen einen Moment ihre Schnäbel zu halten, ehe sie ringsum weiterzwitscherten.

«*Merde*!», flüsterte Marie, die spürte, wie ihr das Blut ins Gesicht schoss, während Fabien den Stuhl seelenruhig wieder aufstellte. «Meine Führung bei den *Seerosen*! Ich muss sofort in die Orangerie.» Panisch kramte sie in ihrer Jeanstasche nach Geld.

«Lass gut sein», sagte Fabien halb lachend, halb kopfschüttelnd und knuffte sie freundlich gegen die Schulter. «Hau lieber sofort ab.»

Marie nickte dankbar, knallte ihr MacBook zu und ließ es in ihre blaue Tasche gleiten. Dann rannte sie zu ihrem fliederfarbenen Fahrrad, das sie direkt unter einem Schild abgestellt hatte, auf dem ein durchgestrichenes Fahrrad in einem roten Kreis abgebildet war. Die Place de la Contrescarpe und die Marktstraße Rue Mouffetard waren in den letzten Jahren ein echter Touristenmagnet geworden, und die Stadtverwaltung hatte entschieden, dass hier kein Platz mehr für Räder und Roller war. Doch für solche Details hatte Marie gerade kein Auge. Ihr Fahrrad gehörte zu ihr wie Ludwig Kirchner, wie süßes Gebäck und ihre selbstverordnete Einsamkeit nach dem Desaster mit Antoine.

Schlingernd fädelte sie sich in den Pariser Verkehr ein, trat ordentlich in die Pedale und versuchte, das Hupkonzert zu überhören. Sie musste über die Seine in den nördlichen Teil der Stadt, wo eine Schulklasse darauf wartete, dass Marie ihr alle Geheimnisse von Monets *Nymphéas* nahebrachte. Führungen im Museum zu geben, war ihr Brotjob. Denn wenn man nach dem Masterabschluss noch mehr als fünf Jahre damit verbrachte, seine Dissertation *nicht* zu schreiben, hatten selbst die liebevollsten Eltern irgendwann genug und drehten den Geldhahn zu. In Maries Fall war dieser Geldhahn allerdings nie aufgedreht worden. Ihre Eltern stammten aus einfachen Verhältnissen, lebten in einer Kleinstadt im Norden Frankreichs und hatten nie ganz verstanden, was ihre Tochter da eigentlich trieb und warum sie nicht endlich einen ordentlichen Beruf lernte.

«Bilder von Blumen?», hatte ihre Mutter einmal verständnislos gefragt und durch das schmutzige Fenster ihrer Wohnung in den kleinen struppigen Garten gezeigt. «Blumen haben wir doch auch hier.» Dann hatte sie mit den für sie typischen müden Bewegungen einen Brief mit einer noch nicht bezahlten Stromrechnung darin aufgerissen, und das Gespräch war beendet gewesen.

Von irgendetwas musste Marie also leben. Eins der begehrten Doktoratsstipendien bekamen nur die Besten, zu denen Marie leider nicht zählte. Sie gehörte eher zu den Bedürftigsten, doch für diese waren nur wenige Förderprogramme vorgesehen, und sie hatte auch nie ganz verstanden, wie man an so etwas überhaupt herankam. Die Kunst war eben brotlos, und die Luft um sie herum war dünn geworden.

Aber immerhin war jetzt Sommer, dachte sie, während sie sich durch den immer dichteren Verkehr in Richtung der Brücke Pont Neuf strampelte. Die Mittagssonne lag gleißend auf dem Wasser. Weiße *Bateaux Mouches* mit orangefarbener Bestuhlung zogen über den Fluss, an Bord unzählige winkende und unentwegt fotografierende Menschen, die über der Reling hingen. An den Brüstungen der alten Brücke küssten sich verliebte Paare und hantierten mit Selfiesticks, dahinter erhob sich majestätisch und elegant Notre-Dame.

Wenn schon unglücklich, herzgebrochen und arm, fand Marie, dann wenigstens im Sommer in Paris.

# 2

*E*twas außer Atem erreichte Marie die Place de la Concorde. Sie sprang mitten in der Fahrt ab und wich gerade noch einem Touristenbus mit offenem Verdeck aus, der sie um Haaresbreite verfehlte und leicht schlingernd weiterfuhr. Sie fluchte stumm und schob ihr Fahrrad das letzte Stück des Weges entlang der niemals endenden Baustellen und durch das Tor in die Tuileriengärten.

Da sie keinen Parkwächter in der Nähe entdecken konnte, stellte sie sich mit einem Fuß auf die Pedale und rollte im Stehen ein paar Meter über den breiten Kiesweg. Vor ihr erhob sich *L'O*, die lang gestreckte Orangerie mit ihren hohen Fenstern, die das ganze Gebäude beherrschten. Das Museum lag leicht erhöht am Rand des Parks, die hellen Steinfassaden schimmerten hinter den Blättern der mächtigen Platanen. Zur Zeit von Napoleon III. hatte man in dem Gebäude kälteempfindliche Südpflanzen wie Zitronenbäume und Orchideen gezogen. Heute beherrschten die Panorama-Bilder Monets die beiden ovalen Innenräume im Erdgeschoss.

Marie schleppte ihr Rad die Treppen hoch, parkte es verbotenerweise am Seiteneingang, schloss es an und blickte sich um. Wie immer flanierten viele Paris-Besucher durch den ehemaligen Schlosspark, der sich schier endlos an den Ufern der Seine entlangzog. Das Museum bildete den Abschluss, und von der sich anschließenden Place de la Concorde klang wie immer ohne Pause das vertraute Konzert aus Autohupen und dem Jaulen und Knattern der Scooter herüber. Zur Zeit der Französischen Revolution hatte dort die Guillotine gestanden. Auf der anderen Seite des Parks, als Pendant zur Orangerie, lag die Galerie *Jeu de Paume*, die vor allem Fotografie und Videoinstallationen beherbergte. Beide Gebäude waren durch das achteckige Bassin in der Mitte des Hauptwegs voneinander getrennt, um dessen steinernen Rand herum unzählige Passanten in Liegestühlen saßen. Einige hielten die Füße ins kühlende Nass, andere beugten sich mit ihren Kindern hinüber und ließen Schiffchen darauf schwimmen. Ein *glacier* verkaufte an seinem Kiosk Eiscreme zu horrenden Preisen an die Touristen, und Marie hatte auf einmal auch Sehnsucht nach einer Portion *Caramel au beurre salé*.

Doch sie hatte einen Job zu erledigen.

Seufzend betrat Marie die Orangerie durch die Personaltür und zeigte dem Portier ihren Mitarbeiterausweis. Die langen Schlangen der Wartenden ließ sie draußen in der Sonne zwischen den Absperrbändern zurück. Sie eilte durch einen Gang und eine Seitentür und stand kurz darauf im hellen Foyer mit der gläsernen Decke. Vor dem Eingang zu den *Seerosen* wimmelte es vor Besuchern, die ihre Taschen durchleuchten ließen, damit sie in die unterirdische Sammlung oder in den Museumsshop hinabsteigen konnten. Manche suchten nach ihren Tickets oder warteten auf ihre Begleitung.

Ein Blick auf ihre Armbanduhr sagte Marie, dass sie noch ganze drei Minuten hatte, ehe sie die angekündigte Schulklasse in Empfang nehmen musste.

Im Eingangsbereich stand heute Corinne, die dienstälteste Museumswärterin, und bewachte die Tür zu den *Seerosen*. Wie immer in beigefarbener Bluse und Krawatte, dunkler Jacke sowie mit dem Museumsausweis am Band um den Hals. Als sie Marie sah, nickte Corinne ihr leicht überheblich zu, als wolle sie sagen: *Keine Sorge, die Sphinx hält die Stellung.* Bei jeder Bewegung tanzten ihre wirren silberfarbenen Locken.

Marie lächelte ihr zu und beeilte sich, an den Wartenden vorbei zur Toilette zu kommen. Von der schnellen Fahrt durch die halbe Stadt fühlte sie sich erhitzt, sie wollte sich frisch machen und etwas trinken. Sie stieß die Tür auf, lief durch den dunklen, betonierten Raum zum Waschbecken und hielt den Mund unter den kalten Wasserstrahl. Weil sie dabei zu hastig war, spritzte das Wasser in einer Fontäne über ihr Gesicht, lief ihr den Hals herab, tropfte über ihre Brust und durchnässte in Sekundenschnelle die Jeans an den Oberschenkeln.

«*Putain!*», fluchte sie und wischte an ihrer Hose herum. Sie nahm ihre Brille ab und versuchte, die Tropfen darauf abzuschütteln. Ihrem schwarzen Top sah man die Nässe nicht an, aber das helle Jeansblau ihrer Hose hatte sich dunkel verfärbt. Verzweifelt trat sie an einen dieser tosenden elektrischen Handtrockner, die sie mit ihren klaffenden Mäulern höhnisch auszulachen schienen.

In zwei Minuten begann ihre Führung mit fünfundzwanzig Schülern aus Aachen!

Panisch wischte Marie weiter mit bloßen Händen an ihrer Hose herum, erwog sogar kurz, sie auszuziehen und den Handtrockner den Rest erledigen zu lassen. Doch dann entschied sie, dass es noch schlimmer wäre, dabei von hereinkommenden Besucherinnen erwischt zu werden. Also schlich sie sich, nass, wie sie war, wieder hoch ins Erdgeschoss und versuchte, so unauffällig und würdevoll wie möglich durch das Foyer auf die Gruppe zuzuschreiten, die inzwischen auf sie wartete. Was leider, wie sie sofort merkte, misslang.

Corinne betrachtete sie mit hochgezogenen Augenbrauen von ihrem Posten aus und schüttelte ratlos die schimmernde Lockenfrisur. Weitere Augenpaare richteten sich auf Marie, und sie vermied es, den Museumsbesuchern ins Gesicht zu sehen. Sie wollte auch gar nicht wissen, was für Mienen die jungen Deutschen angesichts ihrer derangierten Fremdenführerin machen würden.

«*Bonjour*», sagte sie, als sie ihre Gruppe erreicht hatte, und hörte, wie kläglich ihre belegte Stimme klang.

Sie räusperte sich.

«Mein Name ist Marie Michel», fuhr sie fort und suchte nach einer erwachsenen Person inmitten der vielen jungen Gesichter. «Ich bin Ihre *Guide du musée* für heute.» Man hatte um eine französische Führung gebeten, da die Klasse angeblich Französisch sprach. Weil Marie aber aus Erfahrung wusste, dass Schüler aus Deutschland in der Regel trotzdem wenig verstanden, sobald sie auf eine Muttersprachlerin trafen, bemühte sie sich um eine langsame, deutliche Aussprache.

Endlich erkannte sie die Lehrerin. Sie trug ein Leinenkleid, das an den Hüften stark zerknittert war, und eine bunte Holzperlenkette um den Hals.

Marie atmete tief durch und bemühte sich, ihre Schüchternheit in den Griff zu bekommen, die sie immer bei neuen Gruppen überfiel. Also eigentlich jeden Tag in der Orangerie.

«Haben Sie die Führung gebucht?», fragte sie.

Die Frau schüttelte unsicher den Kopf und schien etwas nervös, weshalb sie Marie sofort sympathisch war. «Ich warte noch auf ... *ma collègue*», sagte sie in gebrochenem Französisch. «*Elle est* ... noch nicht da.»

«*Ah, oui*», sagte Marie, «wir haben aber leider nur eine

halbe Stunde bei den *Seerosen*, dann kommen schon andere Gruppen und wir müssen weiter ins Untergeschoss.» Sie überlegte. «Ich schlage vor, wir gehen schon einmal hinein, und ich fange an. Ihre Kollegin kann ja nachkommen. Ich sage der Dame an der Tür Bescheid, dass sie sie hinterherschickt, *d'accord?*»

Die Lehrerin nickte und folgte Marie zusammen mit den Teenagern. Einige kicherten unterdrückt.

Bestimmt amüsierten sie sich über ihre durchnässte Hose, dachte Marie. Sie hielt den Kopf bemüht hoch und kämpfte wieder gegen das Rotwerden an. Fremdenführerin in Paris zu sein und gleichzeitig so schüchtern wie sie, war immer wieder eine Herausforderung, doch Marie wollte nicht aufgeben – sie brauchte das Geld, und sie liebte diesen Ort wie niemand sonst.

Corinne hatte den Wortwechsel zwischen ihr und der deutschen Lehrerin verfolgt und signalisierte Marie, dass sie verstanden hatte – sie würde die Kollegin später nachschicken.

Sobald sie den ersten ovalen Raum betraten, ebbte das Stimmengewirr aus dem Foyer ab, und es wurde ruhiger. Und wie immer, wenn Marie die *Nymphéas* sah, spürte sie, wie der Stress kurz von ihr abfiel und sie stattdessen eine große Ehrfurcht ergriff. Schon allein für diesen Anblick lohnte sich alles – sie war sofort gefangen von den wunderschönen tiefblauen Farben der vier großflächigen Gemälde, die rundum in den Wölbungen hingen. Marie war, als tauchte sie in Monets Garten ein, als stünde sie wirklich am See und blickte in das tiefe Wasser mit den verwunschenen, hängenden Weidenzweigen, die ins Blaugrün hinein ragten, und den blühenden *Seerosen*. Jedes Mal versank sie in den Farben, im lichten Violett, dem Grünblau des Sees, und meinte beinahe, den Duft der Wasserpflanzen zu riechen, deren Blüten den Raum durchflochten.

Die Schülergruppe schien Maries Begeisterung nicht einhellig zu teilen. Die meisten Jugendlichen tuschelten und lachten, kauten Kaugummi und flüsterten sich auf Deutsch Bemerkungen zu, ohne sich besonders beeindruckt von den Kunstwerken zu zeigen. Doch einige schien der Zauber des Raums ebenfalls ergriffen zu haben, sah Marie. Andächtig standen sie vor der überwältigenden Farbenpracht, ließen ihre Augen langsam von Bild zu Bild wandern. Ein Mädchen betrachtete mit hingerissenem Ausdruck eines der Gemälde und kaute auf den Haarspitzen ihres Pferdeschwanzes, als habe es sich und die Welt vollkommen vergessen. Die junge Frau trug eine Brille wie Marie, und obwohl ihr Haar in vielen Schattierungen von Pink leuchtete und nicht so hell war wie das von Marie, fühlte sie sich der Fremden plötzlich verbunden. Sie sah sich selbst, wie sie, noch ein pummeliger Teenager aus der Kleinstadt und mit Zahnspange, zum ersten Mal hier gewesen war. Das lag vielleicht fünfzehn Jahre zurück, damals war sie ebenfalls im Rahmen einer der seltenen Klassenreisen in die große, ferne Stadt Paris gefahren. Sie hatte sich auf die ovale Bank in der Mitte des Raums sinken lassen und durch ihre dicken Brillengläser ungläubig die Schönheit um sich herum betrachtet. Die Hänseleien der anderen hatte sie ausgeblendet, darin war sie bereits seit ihrer Kindheit Profi. Und sie hatte in diesem Moment beschlossen, dass sie nach dem *Bac* wiederkommen würde. Ohne ihre dämlichen Schulkameraden diesmal, und dann für immer. Und obwohl es nicht gerade Maries Spezialität war, sich ihre Träume zu erfüllen, hatte sie in diesem einen Punkt recht behalten. Die Bilder der Impressionisten waren ihr Lebensmittelpunkt geworden, im Studium und in der Promotion. Zwar quälte sie sich derzeit schrecklich mit dem Verfassen ihrer *Thèse*, aber niemals mit den Bildern selbst, aus denen sie durstig trank und von denen sie doch nie genug bekam.

«*Mademoiselle?*», fragte eine Stimme mit schwerem deutschem Akzent.

Marie fuhr zusammen. Sie hatte kurz vergessen, weshalb sie hier war. Die Lehrerin mit der Holzperlenkette stand wieder vor ihr.

«Wollen Sie nicht anfangen?», fragte sie.

«Natürlich!» Marie nickte hastig und rief die Schüler zusammen, die widerstrebend näher kamen. Nur das Mädchen mit den pinkfarbenen Haaren rührte sich nicht, sie stand weiterhin stocksteif vor einem der Bilder, als hätte sich ihr Blick an den hellrosa Blütenblättern einer halb geöffneten *Nymphéa* festgesaugt. Das sanfte Oberlicht beschien ihre Frisur und ließ die Farben darin aufleuchten, ein tiefes Pink vor dem Blau und Grün der Leinwand.

«*Écoutez, s'il vous plaît*», sagte Marie und räusperte sich. «Sie befinden sich hier in der Orangerie im Jardin des Tuileries, die insgesamt acht großflächige *Seerosen*-Bilder des Malers Claude Monet beherbergt.» Sie stockte kurz, als einer der Jungen eine Kaugummiblase lautstark platzen ließ, fing sich aber wieder. «Jedes der Gemälde ist einzigartig, Monet hat sie um die Jahrhundertwende in seinem Garten in Giverny gemalt. Er spielt darin mit Farben, Formen und dem Licht, was den Gemälden eine mystische Lebendigkeit und Mehrdimensionalität verleiht – wir sehen darin auch die Spiegelungen von Dingen, die nicht im See sind.»

Maries Jeans klebte noch immer an ihren Oberschenkeln, sie wischte wieder unauffällig darüber und sah sich unsicher um. Viele ihrer jungen Zuhörer gähnten oder plauderten mit dem Nachbarn, ein paar hatten sogar Kopfhörer eingeschmuggelt und hörten während des Vortrags heimlich Musik. Zwei Mädchen posierten mit ihren Handys vor den Bildern und machten Selfies. Doch in der ersten Reihe, dicht bei Marie, standen auch ein paar von den Fleißigen, Wissbegierigen, die es in jeder Schülergruppe gab. Marie versuchte, sich auf sie zu konzentrieren und die anderen nicht zu beachten.

«Es war das Ziel der Impressionisten», fuhr sie fort, «den flüchtigen Augenblick einzufangen. Deshalb hat jemand einmal diesen Raum hier die *Sixtinische Kapelle des Impressionismus* genannt.»

Marie sah in verständnislose Gesichter. Natürlich, dachte sie, die jungen Leute wussten nicht, was und wo die Sixtinische Kapelle war. Sie selbst hatte es in ihrem Alter auch nicht gewusst. Nein, Maries Welt war die triste Kleinstadt mit einer der höchsten Arbeitslosenzahlen Frankreichs gewesen, und Urlaub im Ausland hatten ihre Eltern auch nie mit ihr gemacht. Kunst war etwas Fernes, Unwirkliches und irgendwie Anstößiges gewesen, Zeitverschwendung für Menschen wie Marie und ihre Familie.

Ihr wurde heiß, weil sie spürte, wie ihr die Führung entglitt. Um die Schulklasse herum tummelten sich jetzt weitere Besucher der Orangerie, die sich unterhielten, umherschlenderten, staunten und mit ihren Smartphones fotografierten. Es wurde immer voller. Wieder kam jemand durch das Halbrund des Eingangs. Ein Mann mit blondem, kurz geschnittenem Haar, in Jeans und blauem Polohemd. Über der Schulter trug er eine altmodische abgewetzte Ledertasche mit einem Riemen. Er sah sich suchend um, entdeckte dann die Teenagergruppe und steuerte direkt auf Marie zu.

«Entschuldigen Sie die Verspätung», sagte er leicht außer Atem, aber in mühelosem Französisch mit kaum wahrnehmbarem Akzent. «Ich musste noch ein Problem im Hostel klären.»

Marie sah ihn verständnislos an. Ihr fielen seine Augen auf. Tiefblau waren die, beinahe unnatürlich blau. Oder waren es die Seerosenfarben ringsum, die den Effekt verstärkten?

«Verstehen Sie mich?», fragte der Mann, als Marie nicht antwortete. Sein Blick wanderte an ihr herunter und blieb an ihrer noch immer feuchten Jeans hängen.

Etwas funkelte in seinen Augen, schien es Marie. Sie spürte, wie sie wieder rot anlief.

«Ah, Jan!» Die Lehrerin stellte sich zu ihnen und begann auf Deutsch auf den Mann einzureden.

Marie verstand nichts mehr. Nur, dass die angeblich weibliche *collègue*, auf die sie geglaubt hatte zu warten, offenbar ein Sprechfehler war, denn diese Person war absolut männlich.

«Soll ich weitermachen?», fragte sie die beiden irgendwann auf Französisch.

«Bitte», sagte der Mann, und auf seinem Gesicht erschien ein Lächeln. «Oder nein, einen Moment noch.» Beiläufig klopfte er zwei seiner Schützlinge auf die Kopfhörer. Einem Dritten bedeutete er, den Kaugummi loszuwerden, was dieser mit Augenrollen tat, er wickelte es in ein Stück Papier.

Marie hoffte inständig, dass sie es später nicht auf einem Seerosenblatt finden würde.

«Jetzt», sagte der Lehrer und sah sie mit seinen blauen Augen aufmunternd an. «Wir sind bereit.»

Verlegen strich sie sich eine Haarsträhne hinters Ohr. Dann fuhr sie fort, über den Impressionismus und Monets Farben zu sprechen, die Jugendlichen schienen nun etwas aufmerksamer zuzuhören. Ihr Vortrag wurde flüssiger. Dennoch ertappte sie sich immer wieder dabei, dass sie den jungen Lehrer ansah und nachforschte, ob er ihren Worten folgte. Und jedes Mal wirkte es so, als ob er ihrem Vortrag tatsächlich interessiert lauschte. Hier und da nickte er sogar, wenn er etwas interessant fand. Manchmal runzelte er aber auch die Stirn, als sei er mit etwas nicht ganz einverstanden, doch dann schob Marie es darauf, dass er einen französischen Ausdruck nicht verstanden hatte. Als sie am Ende angekommen war, wurde ihr bewusst, dass sie die Führung fast ausschließlich für ihn gehalten hatte.

«Wir beenden den Aufenthalt hier oben», schloss sie, «ich werde Sie jetzt hinunter in die Sammlung führen und dort weitermachen.»

Sie schickte sich an, der Gruppe vorauszugehen, doch der Lehrer, den seine Kollegin vorhin Jan genannt hatte, trat zu ihr, und Marie blieb stehen. Während die ältere Lehrerin und die Schüler in Richtung Foyer gingen, verließen Marie und er als Letzte den *Seerosen*-Raum.

«Haben Sie noch eine Frage, *Monsieur*?», fragte sie ihn höflich. Er hatte wirklich einen intensiven Blick, dem man sich schwer entziehen konnte. Doch wie schon zuvor während Maries Ausführungen waren seine Brauen jetzt nachdenklich zusammengezogen.

«Um ehrlich zu sein, ja», sagte er. «Sie behaupteten, Camille Doncieux und Monet hätten in Giverny, wo die *Seerosen* entstanden, eine schwierige Beziehung geführt. Das verstehe ich nicht – sie waren doch verheiratet. Also, sie war jahrelang an seiner Seite, er sorgte für sie und –»

«Das heißt doch nichts!», unterbrach ihn Marie und wunderte sich im selben Moment darüber, wie scharf ihr

Ton war. Etwas leiser fuhr sie fort: «Sie musste jahrelang darauf warten, dass er sie heiratete, seine Familie machte ihr das Leben zur Hölle. Camille Doncieux lebte voller Entbehrungen an Monets Seite. Und dann, als sie schon im Sterben lag, saß Alice Hoschedé an ihrem Bett, mit der Monet vermutlich längst eine Affäre hatte.»

«Soweit ich weiß, ist das nicht korrekt», sagte der junge Lehrer, und etwas an seinem Gesichtsausdruck störte Marie.

Typisch Lehrer!, ging es ihr durch den Kopf, diese Leute meinen immer, alles besser zu wissen. Es war Marie in ihrem Leben schon öfter passiert, dass ihr mit Geringschätzung begegnet wurde, man spürte wohl ihre Herkunft, und Lehrer hatten in dieser Sache die Nase weit vorn gehabt. Das wusste sie aus ihrer Schulzeit und erst recht, seitdem sie regelmäßig für Schulklassen Führungen anbot.

Dieser Jan musterte sie mit halb zusammengekniffenen Augen, er wirkte nachdenklich. «Alice Hoschedé und Monet heirateten doch erst lange nach Camilles Tod, oder etwa nicht?»

«Das ist richtig», sagte Marie, «aber ...»

Er unterbrach sie. «Also stimmt meine Theorie, nicht Ihre», sagte er. «Monet hat sich nichts zuschulden kommen lassen.» Er wirkte selbstzufrieden. Marie hingegen wurde immer ungeduldiger. Es konnte doch nicht sein, dass dieser Typ ihr einfach so ihr Wissen absprach?

«Aber was bedeutet das schon?», fragte sie schroff. «Ich bin sicher, dass zwischen ihm und Alice schon lange etwas lief. Ich meine, der spätere Verlauf der Geschichte macht das doch nicht ungeschehen. Oder glauben Sie, Betrug verjährt einfach so?»

Wieder war ihr Ton unerwartet scharf. Marie hörte es

selbst, konnte es aber nicht ändern. Sie standen im Foyer und starrten sich an.

Jan hatte erstaunt die Augenbrauen hochgezogen.

«*Pardon, Mademoiselle*», sagte er übertrieben höflich und lachte unsicher, «ich wusste ja nicht, dass Sie die Frage derart persönlich nehmen würden. Nichts für ungut.»

Ohne eine Entgegnung abzuwarten, folgte er seiner Klasse und der Kollegin.

Marie sah ihm mit offenem Mund nach. *Persönlich?* Sie seufzte. Ja, vermutlich hatte er recht, seine Kritik war ihr tatsächlich nahegegangen. Eine Erinnerung durchzuckte sie. Antoine, der mit Unschuldsgesicht in seiner Wohnung vor ihr stand, ein Handtuch notdürftig um die Hüften geschlungen, im Bett hinter ihm die Assistentin in den zerwühlten Laken ...

Marie schloss fest die Augen und öffnete sie wieder. Genervt sah sie dem deutschen Lehrer nach. Hatte sie zu heftig reagiert? Nun hielt er sie wahrscheinlich für eine völlig überdrehte Kunsttante. Was sie, bei Lichte betrachtet, ja auch war.

Hilflos blickte sie zu Corinne, die neben dem Eingang stand, und grinste.

«*Oh, là, là, ma fille*», murmelte sie und schnalzte vielsagend. Es war auch keine weitere Bemerkung nötig, Marie wusste genau, was Corinne dachte.

Sie hob den Kopf und eilte hinter ihren Schäfchen her, um die deutschen Schüler und ihren besserwisserischen Lehrer aufs Neue zu erhellen.

## 3

*E*rschöpft rührte Jan seinen Kaffee im Plastikbecher um, den er sich an der Maschine im Speisesaal des Hostels gezapft hatte. Die nachgemachten Thonetstühle waren unbequem, und in der Luft hing der Dunst von zu lange getragenen Turnschuhen und Deo-Zerstäubern. Doch es war nett, dachte Jan, zu wissen, dass der Himmel, den er über sich durch das große Glasdach sah, der Himmel von Paris war. Dafür nahm er die Gesellschaft seiner fünfundzwanzig Schülerinnen und Schüler gern in Kauf. Zumal sie endlich abgezogen waren, mit etwas Taschengeld und guten Ermahnungen im Gepäck, um sich in die abendlichen Straßen der großen Stadt zu stürzen. Alle wollten unbedingt auf die Champs-Élysées oder ins *Moulin Rouge*, und Jan hoffte, dass seine Schützlinge die nachdrückliche Ansage, spätestens um zehn wieder im Hostel zu sein, trotz ihres Erlebnishungers ernst nehmen würden.

Er streckte die langen Beine aus und schlürfte seinen Kaffee. Was würde er nun mit dem Rest des Abends anfangen? Er war frei – seine Kollegin Karen hatte sich mit einem Buch in ihr Zimmer zurückgezogen und wollte früh schlafen gehen, und Jan hatte den Abenddienst mit eingeschaltetem Telefon übernommen. Karen und er waren ein gutes Reiseteam. Schon zum zweiten Mal unternahmen sie eine Schülerfahrt nach Paris zusammen. Das Gymnasium in Aachen, an dem sie arbeiteten, hatte einen französischen Schwerpunkt und bot seit Langem Paris-Fahrten an. Jan wiederum kannte die Metropole von früher, weil er hier ein paar Semester studiert und seinen Master gemacht hatte, ehe er fürs Referendariat wieder zurück nach Deutschland gegangen war. Karen, die die Fächer Biologie und Chemie unterrichtete, sprach kaum Französisch, war aber als Begleitperson verlässlich und unkompliziert.

Die Sache hatte nur einen Haken. Paris löste eine Reihe widerstreitender Gefühle in ihm aus. Solange ihn die Routine in Aachen gefangen hielt, dachte er nicht viel darüber nach, ob er zufrieden mit seinem Leben war. Aber nun, da er im August, kurz nach Ende der deutschen Sommerferien, mit einer neuen Schülergruppe nach Paris gekommen war, spürte er plötzlich wieder diese Rastlosigkeit und ein unvermitteltes Fernweh. Wenn er durch die sonnengewärmten Boulevards lief, entlang der blühenden Parks mit den Wasserspielen der vielen Springbrunnen, wenn alle um ihn herum Französisch sprachen und er das quirlige Treiben dieser bunten Metropole wieder deutlich spürte, dann zerrte ein Stimmchen an ihm. *Warum bist du damals nicht geblieben?*, fragte es säuerlich. *Wieso kannst du nicht hier leben, an diesem aufregenden, wunderbaren Ort, der dich nie loslässt?*

Die Antwort lautete natürlich Yasmina. Sie war während des Studiums in Paris seine Tandempartnerin gewesen, hatte Deutsch lernen wollen, so wie er Französisch. Letztlich aber hatte sie ihm den Kopf verdreht – und nach ein paar Jahren Fernbeziehung zwischen Aachen und Paris das Herz gebrochen. Vor vier Monaten erst war sie kurzerhand und ohne Vorwarnung aus Paris weggezogen. Und zwar ausgerechnet nach Hamburg. Zu ihrem neuen Freund, wie Jan leider erst zu spät herausgefunden hatte. Nichts ahnend war er im vergangenen Frühling zu ihr nach Hamburg gereist, hatte mit einem Narzissenstrauß – Yasminas Lieblingsblumen – vor ihrer Tür im Schanzenviertel gestanden.

Und dann perplex das Klingelschild mit den zwei Namen gelesen und sie in diesem Moment lachend im Arm eines Mannes die Straße entlangkommen gesehen. Dieser Moment hatte sich in sein Gedächtnis gebrannt, Jan wollte ihn unter allen Umständen vergessen. Doch leider ging das nicht so einfach, und noch immer knabberte er an der Kränkung und seiner Sehnsucht nach Yasmina – oder der Zeit mit ihr – herum. Und jetzt, da er das erste Mal seit dem Drama zurück in Paris war, kam alles wieder hoch. Jede Straße hier war besetzt mit den bittersüßen Erinnerungen an seine große Verliebtheit und dem tiefen, tiefen Fall aus den rosafarbenen Wolken. Sein Aufprall auf einer regennassen Straße im trüben Hamburg war äußerst unsanft gewesen.

Der Kaffeebecher war leer. Jan stand auf und schmiss ihn in den Mülleimer neben dem Küchentresen. Dahinter blinkte ein Getränkeautomat. Aus dem ersten Stock über sich hörte er junge Stimmen grölen und aufgeregte Schritte poltern, doch das waren andere Schüler, nicht seine, deren Zimmer in einem anderen Stockwerk lagen und die längst ausgeflogen waren.

Bei der Buchung war leider etwas schiefgelaufen, und Jan hatte den heutigen Vormittag damit verbracht, mit dem *Concierge* darum zu ringen, dass er ihnen ein größeres Zimmer zur Verfügung stellte, in dem alle Jungs gemeinsam Platz hatten. Denn Kim, ein Transjunge, hatte versehentlich noch auf der Liste der Mädchen gestanden, die Karen vor fast einem Jahr ans Hostel geschickt hatte. Doch jetzt wollte Kim verständlicherweise bei den Jungs schlafen.

Jan musste lächeln, als er daran dachte, wie beschützend sich seine Kumpels um ihren Freund geschart hatten und sogar angeboten hatten, im Wechsel auf dem Boden zu schlafen, damit er nicht zu den Mädchen musste. Seine Schüler waren wirklich in Ordnung, er war stolz auf sie, auch wenn sie ihn oft genug nervten.

Schließlich hatte Jan vom *Concierge* ein anderes, größeres Zimmer ergattert, und damit war nun auch Kim da untergebracht, wo er hingehörte.

Es war wichtig, zu wissen, wohin man gehörte, dachte Jan und schlenderte Richtung Ausgang. Und doch war es die schwierigste Aufgabe im Leben, es herauszufinden. Nicht nur für Teenager.

Draußen entdeckte er Mira und Romy, die auf einer Mauer saßen und auf ihre Handys starrten. Sie hatten sich in Schale geschmissen, doch Jan verzichtete wohlweislich auf einen Kommentar zu ihren knappen Oberteilen. Das stand ihm als Lehrer nicht zu. Außerdem galt auch für Männer wie ihn mit einer großen Klappe, dass Schweigen manchmal Gold war.

«Wollt ihr nicht los?», fragte er stattdessen nur, weil die beiden keine Anstalten machten, sich von der Mauer wegzubewegen, die das Hostel umgab. Das weiche Abendlicht lag auf ihren sorgfältig geglätteten Haaren und ihren jungen Gesichtern.

«Später, Herr Zimmer», sagte Romy und ließ mit beneidenswerter Lässigkeit eine große Kaugummiblase platzen. «Wir müssen noch was bei TikTok posten.»

Mira nickte, dann stieß sie ihre Freundin an. «Lass noch mal ein Video machen.»

«Geht doch wenigstens runter zum Fluss», sagte Jan belustigt. «Spätestens in einer Stunde habt ihr da den schönsten Sonnenuntergang vor der besten Kulisse der Welt – Paris! Dafür kriegt ihr bestimmt eine Unmenge *Likes*!»

Romy und Mira sahen einander an. «Nicht schlecht, Herr

Zimmer», sagte Romy und lächelte ihn von ihrem Aussichtspunkt herab an. «Sie kennen sich ja aus! Los, Mira.»

Beide sprangen von der Mauer und verschwanden aus dem Hof hinaus auf die Straße.

Jan ließ den Mädchen etwas Vorsprung, ehe auch er leise pfeifend auf die Rue Jean-Jacques Rousseau trat. Er kannte sich also aus? Auch wenn er wusste, dass das Gegenteil der Fall war, freute ihn Romys unerwartetes Lob ungemein.

Das Hostel lag sehr verkehrsgünstig mitten im ersten Arrondissement, perfekt für lauffaule Jugendliche, die man dennoch zu den wichtigsten Sehenswürdigkeiten der Stadt schleppen wollte. Zum Louvre waren es nur ein paar Gehminuten, ebenso zur Seine, über deren Wasser ein paar Querstraßen südlich von hier der hübsche Pont des Arts führte. Vermutlich war die pittoreske Brücke jetzt längst dicht bevölkert von seinen Schülern, die dort Selfies machten und Tanzvideos drehten.

Jan schlenderte ohne Eile weiter, vorbei an einem altmodischen *tailleur* mit Puppen im Schaufenster, die handgeschneiderte Anzüge trugen, einem Waschsalon, einer Brasserie. Kurz überlegte er, unter der dunkelgrünen Markise einzukehren und einen Merlot zu bestellen, doch es trieb ihn weiter. Er wollte sich seine Lieblingsstadt zurückerobern, die sich jetzt im schönsten Abendlicht vor seinen Füßen ausbreitete.

In einem *8 à 20*-Geschäft kaufte er sich eine Flasche Orangina, auch wenn dies wahrscheinlich nur Touristen machten, doch er liebte diese Limonadensorte seit jeher.

Kühl lief das Getränk über seine Zunge, als er seine ziellose Wanderung fortsetzte. Jan hielt die Flasche in der Hand, bis er zum Louvre kam. Die mächtigen Mauern des

Museums, das früher einst ein königlicher Palast gewesen war, ragten hoch auf. Er fand einen düsteren Durchgang, durchquerte den menschenleeren Innenhof – das Museum hatte bereits geschlossen –, umrundete das Wasserbassin und kam auf der anderen Seite wieder heraus.

Dort lag die Seine, der breite Strom, der unvergleichlich majestätisch ganz Paris durchfloss.

Das Wasser glitzerte in der tief stehenden, noch immer warmen Sonne, Tausende Lichtpunkte tanzten auf den sanften Wellen, und Jan musste schlucken. Immer, wenn er herkam, schien es ihm plötzlich unwirklich, in dieser Stadt zu sein. Sie war Hunderte und Aberhunderte Male beschrieben worden, in den Himmel gelobt, als Paradies heraufbeschworen, von einigen auch verteufelt worden. Immer jedoch schien sie in all den Geschichten, auf all den Bildern und in den alten Filmen, die Jan immer wieder anschaute, wie ein märchenhafter Ort. War er dann wirklich in Paris, konnte er es nicht glauben, dass es diese märchenhafte Stadt in Wirklichkeit gab. Und an einem solch traumhaften Augustabend wie heute verschlug es ihm aufs Neue die Sprache, weil das Märchen wahr wurde und alles tatsächlich so bezaubernd war, wie es gern behauptet wurde.

Plötzlich durchströmte ihn ein Glücksgefühl, und er umklammerte seine Limonadenflasche und lief beschwingt weiter. Er überquerte den Quai François Mitterand wie ein echter Pariser – bei knallroter Fußgängerampel – und stand endlich auf der Brücke. Erleichtert stellte er fest, dass seine Schülerinnen offenbar einen anderen Weg eingeschlagen hatten, kein ihm bekanntes Gesicht war zu sehen.

Mit etwas Mühe vertrieb er eine romantische Erinnerung an Yasmina, die er auf wahrscheinlich jeder Brücke der Stadt geküsst hatte. Doch zu seinem Erstaunen trübte der nostalgische Anflug seine Begeisterung nicht, als er sich jetzt über das stählerne Geländer Richtung Westen beugte und die Stadt betrachtete, die sich vor ihm räkelte. Ein Liebesschloss mit den Initialen *Y&J* hatten Yasmina und er hier nicht angebracht. Und nachdem vor Jahren ein Teil der Brücke unter den Tausenden Metallschlössern eingebrochen war, hatte man das Geländer so gestaltet, dass es gar nicht mehr möglich war, einen Glücksbringer für die Liebe anzuschließen.

Jan lächelte etwas verkniffen und trank seine klebrig süße Orangina aus. Als hätte so eine kitschige Geste ihm helfen können!, dachte er spöttisch. Liebe war nichts, was man mit einem Schloss festschließen und sichern konnte wie ein Fahrrad. Nicht einmal dann, wenn man den Schlüssel danach unter leidenschaftlichen Beteuerungen von ewiger Treue in die Seine warf. Ohnehin wurden die Fahrräder in Paris reihenweise geklaut, ohne dass man sich dagegen schützen konnte. Jan hatte es als Student selbst zweimal erlebt.

Bei seinen Gedanken zur Treue fiel ihm die etwas zerzauste Museumsführerin mit der blonden Mähne ein, die das zweifelhafte Vergnügen gehabt hatte, seine Klasse, ihn und Karen heute durch die *Seerosen* zu lotsen. Die junge Frau war derart aus der Haut gefahren, als er die Liebesgeschichte um Monet angesprochen hatte, dass es Jan schon längst leidtat, überhaupt damit angefangen zu haben. Dabei hatte er doch nur ein bisschen vor ihr glänzen wollen. Sie war superklug gewesen, ihr Vortrag hatte ihn fast ein wenig eingeschüchtert. Und das führte dann bei ihm manchmal dazu, dass er anfing, so viel wie möglich zu reden, um Land zu gewinnen.

Er wusste sehr gut, dass dies zu seinen etwas weniger liebenswerten Seiten gehörte. Seine Schwester Nadine, einige Ex-Freundinnen und sogar seine Großmutter hatten es ihm öfter vorgehalten. Aber je mehr er redete, desto mehr spürte er, dass er existierte, und desto selbstsicherer wurde er. Außerdem konnte er sich nun mal nicht bremsen, wenn er etwas las oder hörte, was ihn interessierte – er wollte seine Umgebung dann unbedingt an seinen Erkenntnissen teilhaben lassen. *Labertasche*, so hatten sie ihn als Schüler genannt, er hatte es nicht vergessen. Und vielleicht war er tatsächlich auch deshalb Lehrer geworden, weil er manchmal gern ein wenig ... nun ja, dozierte? Den Schülerinnen und Schülern blieb wenig übrig, als seine Ansprachen im Geschichtsunterricht oder während der Kunststunden über sich ergehen zu lassen. Zwar hoffte Jan inständig, dass er sie nicht nur langweilte, sondern manchmal auch etwas in den jungen Gehirnen hinterließ, was dort weiterwuchs und gärte – doch er war zu sehr Realist, um nicht zu wissen, dass die Teenager meistens anderes im Kopf hatten als die leidenschaftlichen Ausführungen eines Herrn Zimmer zur Geschichte der Französischen Revolution oder zu den Werken des Impressionismus.

Auch diese eigentlich recht hübsche Museumsführerin in der Orangerie mit der Brille und den großen braunen Augen hatte ihm nicht zu seinen geistigen Höhenflügen applaudiert. Ein Lächeln flog auf sein Gesicht, als er an ihr vorwitziges Ohr dachte, das ein wenig abstand. Hatte er sie mit seiner großen Klappe ebenfalls genervt? Oder steckte noch mehr dahinter? Fast war er sicher, dass auch diese Frau nicht die besten Erfahrungen mit der Liebe gemacht hatte, genauso wie er. Er hatte dafür seit seiner eigenen Misere ein untrügliches Gefühl.

Am besten, man schlug sich diesen ganzen Liebeskram aus dem Kopf und konzentrierte sich auf die schönen Seiten des Lebens, sagte er sich nicht zum ersten Mal. Ein kühles Getränk an einem Sommerabend, ein paar Stunden Freiheit, den tieffrosa Abendhimmel, der sich über Seine, Louvre und den Tuileriengarten ergoss ... Jan legte den Kopf in den Nacken und staunte über die dramatisch dahinfließenden Schattierungen von Apricot, Magenta, Lila und Blau. Die Farbverläufe am Himmel illuminierten die Stadt, die beinahe komplett aus weißen Steinen erbaut war, und tauchten alles in ein sanftes Rosa. Die weiche Luft schmeckte nach tiefem, unendlichem Sommer.

«Herr Zimmer?», hörte er plötzlich eine Stimme hinter sich.

Dann noch eine zweite: «Wir bräuchten hier mal Hilfe.»

Widerwillig drehte er sich um. Hinter ihm standen drei seiner Schüler – Magnus mit seinen fast zwei Metern, der kleine Ben und zwischen ihnen Orhan, der Mädchenschwarm der Gruppe. Seine beiden Kumpels hielten ihn, wie es schien, mühsam aufrecht, sie ächzten unter der Last. Orhan war kreideweiß im Gesicht, und auf seiner Stirn, unter dem sorgfältig gegelten dunklen Pony, standen Schweißperlen.

«Orhan!», sagte Jan erschrocken. «Was ist denn mit dir los?»

Orhans Antwort kam prompt. Er krümmte sich, wimmerte kurz und kotzte Jan dann direkt und mit Schwung vor die Füße.

Offenbar hatten er und seine Freunde in der letzten Stunde mehr als eine Flasche billigen Rotwein getrunken, schätzte Jan mit Kennerblick auf die Pfütze.

Er seufzte. Im Westen, über der Seine und weit hinter

der Place de la Concorde, rutschte soeben der letzte Rand der flimmernden Abendsonne tiefer und ging endgültig unter.

## 4

Was darf es sein, *Mademoiselle?*», fragte Nadim Slimani so leise hinter Marie, dass sie zusammenzuckte und ein Glas mit veganer *Terrine aux lentilles* fallen ließ, das sie gerade noch unschlüssig in den Händen gedreht hatte. Sie hatte überlegt, ob sie es fürs Abendessen kaufen sollte. Jetzt krachte es zu Boden und rollte ein Stück fort, ging aber wie durch ein Wunder nicht kaputt.

«*Pardon*», flüsterte sie, bückte sich nach dem Einweckglas und stieß dabei mit der Schulter gegen ein halbhohes Regal mit Weißweinflaschen, sodass Chardonnay, Sauvignon blanc und Viognier gefährlich klirrten.

Zerknirscht sah sie zum Verkäufer des Delikatessengeschäfts Les Deux Paradis auf. Er war ein älterer Herr mit dunklem Kinnbart, der den Laden hier an der Place de la Contrescarpe vor ein paar Jahren übernommen hatte.

Marie richtete sich vorsichtig auf und hielt ihm das Glas mit der Pastete hin. «Das nehme ich schon mal», sagte sie, «und dazu noch ein Baguette. Ein kleines, bitte.»

«Vielleicht außerdem noch dreieinhalb Oliven mit Basilikum?», fragte Nadim Slimani, als er den Linsenaufstrich entgegennahm, und seine dunklen Augen glitzerten spöttisch. «Oder eine halbe getrocknete Tomate?»

Marie lächelte verlegen. «Ich weiß, ich weiß», sagte sie und hob entschuldigend die Schultern, «an mir werden Sie nicht reich, *Monsieur.*»

Sie sah sich um. In einer Kühlung lagen große Schalen mit eingelegten Oliven, Artischocken und cremig gerührten, würzigen Pasten aus Tomaten, Kräutern der Provence und Ziegenfrischkäse. Daneben lockte die Käsetheke – schmelzender *Reblochon* schmiegte sich an jungen, zartgelben *Comté*, und der kleine *Saint-Marcellin* hatte Freundschaft mit einem *Roquefort* geschlossen.

Marie sog den kräftigen Duft ein und schloss einen Moment die Augen. Dann fiel ihr der einzelne Zehneuroschein in ihrer Jeanstasche ein, und sie machte die Augen wieder auf. Willkommen, Wirklichkeit!

Monsieur Slimani lächelte ihr zu. «Ich verzeihe Ihnen», sagte er, «ich war ja selbst mal jung und mittellos.» Schmunzelnd trat er hinter den Verkaufstresen, wo sich auf silbernen Platten weißgoldener Nougat, honigtriefende Baklava mit glasierten Pistazienstückchen und kleine runde Macarons in allen Farben des Regenbogens stapelten. Er nahm aus einem Korb ein Baguette, schob das knusprige Weißbrot in eine braune Tüte und reichte sie Marie. Dann tippte er geübt auf der alten Registrierkasse herum, nahm Maries zerknüllten Schein entgegen und gab ihr etwas Restgeld. Sehr wenig Restgeld.

Marie steckte es ein und verstaute Baguette und Pastete in ihrer Umhängetasche aus fester Baumwolle. Sie war dunkelblau, stammte aus dem Museumsshop von *L'O* und war – natürlich – mit einer ausgeblichenen Version der *Seerosen* bedruckt. Marie besaß sie seit vielen Jahren und wollte sich nicht von ihr trennen.

«*Merci*», sagte sie. «Das nächste Mal kaufe ich wieder mehr ein, versprochen.»

«Ach was.» Monsieur Slimani winkte ab. «Es war mir wie immer eine Freude.» Etwas Hintergründiges trat in seine Miene, als sei ihm etwas eingefallen. «Ich soll Sie übrigens ganz herzlich von Liliane grüßen und Sie inständig bitten, zu unserer Party zu kommen.»

«Natürlich! Jetzt ist es bald so weit, wie?», fragte Marie.

«Ja, nächste Woche Samstag.» Er strich sich das schwarze dichte Haar mit den silbrig weißen Strähnen aus der Stirn. Wieder funkelten seine Augen zwischen tausend Lachfältchen. «Und wir hätten, ehrlich gesagt, auch noch ein kleines Attentat auf Sie vor, Marie.»

«So?» Sie legte sich den abgewetzten Riemen ihrer Tasche über die Schulter und sah ihn fragend an.

«Sie halten doch Vorträge über Kunst», sagte Monsieur Slimani und beugte sich vertraulich vor. «Sie sind also eine geübte Rednerin. Und da dachten wir ... Würden Sie vielleicht auch eine kleine Rede für uns halten? Bei unserer Hochzeit?»

Beiläufig stapelte er mit einer kleinen silbernen Zange drei leuchtend grüne Pistazienmakrönchen auf einen Teller und hielt sie Marie hin.

Ein unverschämter Bestechungsversuch, dachte sie und griff zögernd nach dem Tellerchen. Sie schob sich eine der Köstlichkeiten in den Mund. Sofort schmiegte sich zarter Mandel- und Pistaziengeschmack an ihren Gaumen, und sie schloss erneut kurz die Augen.

«Das sind unfaire Mittel, Monsieur Slimani», murmelte sie, kaute und schluckte die Süßigkeit herunter. «Ich bin doch viel zu schüchtern, um vor der ganzen Nachbarschaft eine Rede zu halten.»

«Das glaube ich aber nicht!», rief er und breitete die Arme aus. «Sie sprechen doch auch vor Wildfremden über die *Seerosen*, über Kunst und Malerei!»

«Ja, schon», gab Marie zu bedenken, «aber damit kenne ich mich auch aus. Ein bisschen jedenfalls.» Sie dachte an ihre unglamouröse Führung heute Vormittag in der Orangerie, an die gelangweilten Gesichter der deutschen Teenager und das ungläubige Gesicht ihres Lehrers, als Marie ihm vehement ihre Meinung über Monets Liebesleben aufgetischt hatte. «Und auch das gelingt mir nicht immer besonders gut», erklärte sie, doch Monsieur Slimani schien es nicht gehört zu haben. Oder doch? Denn auf einmal betrachtete er sie mit einem besorgten Gesichtsausdruck.

«*Ça va, Mademoiselle?*», fragte er. «Alles in Ordnung bei Ihnen?»

Sie winkte ab. «Es ist nichts», sagte sie, «heute im Museum habe ich eine kleine Blamage erlitten, aber das kommt vor. Ich habe mich zu sehr in mein Thema reingesteigert und mich damit vielleicht ein bisschen lächerlich gemacht.» Sie zuckte die Schultern und lachte tapfer, doch sie hörte selbst, wie unzufrieden sie klang. «Es ist nur so... Ich wollte meine Zuhörer eigentlich beeindrucken, und das Gegenteil ist eingetreten. Wieder mal.»

«Ich kann mir nicht vorstellen, dass jemand nicht von Ihnen beeindruckt wäre», sagte der Delikatessenverkäufer und runzelte die dichten Brauen. «Sie sind klug und wortgewandt, Marie, und daran ändert auch ein etwas missglückter Vortrag nichts.»

Marie musste lächeln. «Sie wollen mir nur schmeicheln, damit ich Ihnen Ihre Bitte erfülle», sagte sie, «oder?»

Nadim Slimanis Wangen färbten sich eine Spur rosa. «Vielleicht», gab er zu, «aber nicht nur. Sie haben mir schon oft bewiesen, dass Sie eine interessante Gesprächspartnerin sind.»

Marie dachte, dass dieser Lehrer aus Deutschland, dieser Jan, das sicherlich anders sehen würde. Wenn er sie nicht ohnehin schon längst vergessen hatte. Wer dachte denn nach einer Museumsführung noch an den Touristenguide, wenn schon die nächste Attraktion lockte? Sicher niemand.

Als Fremdenführerin war man eigentlich gar kein Individuum, sondern nur eine Schablone, nicht viel mehr als eine Informationstafel auf zwei Beinen, der die Besucher die wichtigsten Fakten entnahmen und sich dann abwandten, um zum nächsten Exponat zu schlendern. Nein, dieser Jan dachte ganz sicher nicht mehr an sie.

Marie runzelte die Stirn und schob sich die Brille nach oben. Und sie würde schon gar nicht mehr an ihn denken!

Monsieur Slimani schien ihre Verlegenheitsgeste falsch zu deuten. «Bitte, seien Sie nicht übertrieben scheu, was unsere Bitte angeht», sagte er. «Es müsste nichts Großes sein, keine Sorge. Nur ein paar schöne Worte über die Liebe, eine herzliche Anekdote ... So etwas in der Art.» Er sah sie mit Hundeblick an. «Liliane würde sich so freuen! Die meisten Nachbarn tragen etwas bei. Lola backt die Hochzeitstorte, eine *Croque en bouche* – wir durften sogar schon ein paar kleine Windbeutel des Probeexemplars kosten. Ein Gedicht! Und Monsieur Leco –»

Er unterbrach sich, weil das Glöckchen über der Tür von Les Deux Paradis leise klingelte. Sie war aufgestoßen worden, und ein schmales, sonnengebräuntes Gesicht mit länglicher Nase schob sich herein.

«Wird hier etwa von mir gesprochen?», fragte Pierre Leco erfreut und trat, in ein buntgemustertes Hemd gekleidet, ins Geschäft. Jeder hier kannte den kleinen dunkelhaarigen Mann, der selbst gebackene Lebkuchenherzen mit poetischen Nachrichten im Viertel verkaufte. «Fahren Sie doch fort, *Monsieur!*»

«Ah, *bonjour*, mein lieber Freund!», sagte Nadim Slimani und nickte. «Ja, ich sagte gerade, dass Sie netterweise ebenfalls etwas zu unserer Hochzeit beitragen werden.»

«Aber natürlich!» Pierre kam näher. «Ich mache eine

Tombola mit Glückslosen. Lauter winzige Lebkuchenherzen sind zu gewinnen.» Er schmunzelte. «Es gibt natürlich keine Verlierer!» Mit lustiger Grimasse zwinkerte er Marie zu. «Das wäre zu grausam. Eine Hochzeit soll schließlich alle glücklich machen, nicht nur das Brautpaar. Und vor allem soll das Glück an diesem Tag auf alle abfärben, die bisher noch nicht von der Liebe gesegnet wurden. Sie wissen, was ich meine, Marie?»

Marie spürte, wie sie rot anlief. «Ich habe so eine Ahnung», murmelte sie und presste ihre Tasche fester an sich. Der frische Duft des Baguettes stieg ihr in die Nase, doch nicht einmal der konnte sie aufmuntern. Jetzt tauchte auch noch Antoines Gesicht vor ihrem geistigen Auge auf! Ärgerlich scheuchte sie es beiseite.

Sie war nach ihrer Liebespleite im ganzen Viertel bekannt als Unglücksrabe, dachte sie betrübt, und da sollte ausgerechnet sie sich hinstellen und über die Liebe dozieren? Das konnten Nadim Slimani und Liliane Morel, die liebenswerte Blumenhändlerin, ihr doch nicht ernsthaft antun!

Doch offenbar fand nur sie diese Idee absolut abwegig, die beiden Männer sahen sie weiterhin erwartungsvoll an.

«Also, *Mademoiselle*?», fragte Monsieur Slimani, während er mit behandschuhten Händen ein paar Scheiben Bayonner Schinken in der *Charcuterie*-Auslage neu anordnete. «Habe ich Ihre Zusage?»

«Ich … weiß nicht», druckste Marie herum. «Meinen Sie wirklich, ich sollte … Kann das nicht jemand anders …?» Hilfesuchend sah sie zu Pierre, der sich ungefragt eine Olive aus der Auslage stibitzte und mit gekonnter Geste in den Mund warf.

Marie hielt noch immer das Tellerchen mit den zwei

übrigen Macarons in der Hand, und sie schob sich kurzerhand noch eines in den Mund, um Zeit zu gewinnen.

«Niemand sonst kommt infrage», sagte Monsieur Slimani bestimmt. «Sie würden uns wirklich eine sehr große Freude machen, liebe Marie.» Über die Theke hinweg ergriff er ihre freie Hand und drückte sie mit seinen behandschuhten Fingern, als gehe er einen unauflösbaren Pakt mit ihr ein. Und wahrscheinlich war es genau das.

Pierre griff sich ungefragt das verbliebene Pistazienmakrönchen von ihrem Teller und biss herzhaft hinein. «Ich helfe Ihnen gern, wenn Sie möchten.» Er wischte sich ein paar Krümel vom Kinn. «Um Worte bin ich bekanntlich nie verlegen. Nur das Vortragen, das ist so gar nicht meine Stärke. Sie dagegen, mit Ihrer schönen Stimme, *Mademoiselle* ...»

«Also gut», sagte Marie und blies lautstark Luft aus. Dann hob sie mahnend einen Finger. «Aber ich nehme Sie beim Wort, Monsieur Leco! Wir setzen uns zusammen hin und schreiben die Rede gemeinsam, und ich muss sie dann nur vortragen. *D'accord?*»

«Mit Vergnügen», sagte Pierre Leco trocken.

«*Merveilleux!*», rief Nadim Slimani begeistert. «Das muss ich gleich Liliane erzählen.» Er lächelte. «Suchen Sie schon mal die größte Vase bei sich zu Hause heraus, Marie», fügte er hinzu und zwinkerte ihr zu. «Ich könnte mir vorstellen, dass ein schönes Blumenbouquet den Weg zu Ihnen finden wird.»

«Das ist nicht nötig», wehrte Marie ab und dachte an Thanh, die behauptete, Schnittblumen seien pflanzliche Leichen, die sie nicht in der Wohnung haben wollte. Auch Marie machte sich nicht sehr viel aus Blumen – es sei denn, Claude Monet hatte sie gemalt.

Nervös trat sie von einem Bein aufs andere und strich mit der Hand über den Baumwollbeutel, dann drehte sie sich um und verabschiedete sich. «*Au revoir*», sagte sie und stieß die gläserne Tür des Feinkostgeschäfts auf.

Draußen senkte sich ein puderrosafarbener Sonnenuntergang über die Place de la Contrescarpe und ließ die hellen Mauern der Häuser und die verschnörkelten Balkongitter sanft aufleuchten. Weiche, warme Sommerluft empfing sie, und Marie strich sich über die bloßen Arme. Sie atmete tief ein. Wo hatte sie sich da nur wieder hineinmanövriert? Eine Rede über die Liebe ... Himmel! Nichts lag ihr ferner, nichts inspirierte sie weniger als das. Aber sie hatte es versprochen, und dieser verflixte Pierre, der ihr zu allem Überfluss auch noch einfach so das dritte Macaron weggeschnappt hatte, musste sein Versprechen nun ebenfalls halten. Wie schwer konnte es schon sein, fünf Minuten lang über die Liebe und das Glück zu reden?

Sie eilte quer über die Straße zu ihrem fliederfarbenen Fahrrad, das an einer grünen Bank lehnte.

Natürlich kannte sie die Antwort – es war unmöglich! Warum nur hatte sie nicht einfach *Nein* gesagt?

# 5

Das altersschwache MacBook auf den Knien balancierend, saß Marie auf einem Klappstuhl auf dem Balkon der Wohnung, in der sie seit vier Jahren mit Thanh lebte, und aß Baguette mit Linsenpastete. Sie hatte das Brot in kleine Scheiben geschnitten und die würzige, leicht scharfe *Terrine* großzügig darauf verteilt. Der Teller stand zu ihren Füßen, und immer wieder bückte sie sich, nahm sich ein Scheibchen und schob es sich in den Mund.

Es war ein winziges Appartement im vierten Stock eines Altbaus, der an der Place Saint-Michel klebte. Thanh hatte das Zimmer zum Hof, das ruhiger und etwas größer war, Marie den Raum zum großen Platz, der dafür den besseren Blick und knapp zwei Quadratmeter Balkonstreifen hatte. Dieser wand sich, wie es für die Haussmann-Architektur in Paris typisch war, entlang der Außenmauer des Gebäudes. Man konnte darauf nur einzeln oder einander gegenüber sitzen, Knie an Knie, weil direkt neben den Klappstühlen das schwarze, geschmiedete Balkongitter begann, hinter dem die Tiefe gähnte.

Der Platz unten vor dem Mietshaus wimmelte voller winziger Menschen, die nach Feierabend aus der Metrostation quollen und über den Boulevard Saint-Michel strömten. Sie tranken in einem der Cafés einen Espresso, trugen Einkaufstüten oder zogen auf der Suche nach ihrem Hotel einen Koffer hinter sich her. Autos bretterten über das Pflaster, Taxis hupten, Fahrräder holperten über die Steine und verschwanden über die Seine-Brücke Richtung Île de la Cité. Ab und zu zischte eine Polizeisirene vorbei, die

Bewegungen auf dem Platz gefroren dann einen Moment und strömten, sobald der Alarm verebbte, ungerührt weiter.

Marie kaute ihr Essen und hob den Blick. Auf der anderen Seite des Boulevards befand sich an dem Giebel des Eckhauses die *Fontaine Saint-Michel*, ein opulenter Brunnen mit der Skulptur des Erzengels Michael, der gegen den Teufel kämpfte. Es war ein beliebter Treffpunkt für Blind Dates, für Freundinnen und Freunde, die sich zum Kino verabredet hatten, oder für Touristen.

Drinnen in der Wohnung klirrte etwas, gefolgt von einem Wutschrei. Kurz darauf stand Thanh in der Balkontür, in der Hand eine Tasse. Besser gesagt, eine halbe Tasse – sie war in der Mitte zerbrochen, und Thanh hielt das zweite Bruchstück anklagend hoch.

«Dein verflixter Kater», rief sie und stampfte mit dem zierlichen nackten Fuß auf, an dem jeder Nagel in einer anderen Regenbogenfarbe lackiert war. «Das Vieh ist heute wieder mal außer Rand und Band.»

«Oh nein», sagte Marie zerknirscht und wischte sich ein paar Krümel vom Kinn. «Ausgerechnet deine Godard-Tasse?»

«*Le cinéma, comme la peinture, montre l'invisible*», deklamierte Thanh dramatisch ihr Lieblingszitat, das auf der Tasse gestanden hatte, und warf sich das glatte dunkle Haar über die Schulter zurück.

Da drängte sich schon miauend Ludwig Kirchner, der schneeweiße Übeltäter, zwischen ihren Beinen hindurch und sprang auf Maries Computer. Sie versuchte, ihn wegzuschieben, damit sie das MacBook wenigstens zuklappen konnte, doch er schien das als Zärtlichkeit zu verstehen und begann, sonor zu schnurren.

«*Das Kino und die Malerei zeigen das Unsichtbare*», wiederholte Marie den Ausspruch Jean-Luc Godards, während sie versuchte, dem buschigem Schwanz ihres Katers auszuweichen, der ihr durchs Gesicht wischte. Sie hatte Thanh die Tasse geschenkt, ihre Mitbewohnerin war Cutterin und liebte das Kino ebenso sehr, wie Marie die Kunst liebte. «Es tut mir echt leid, Thanh. Vielleicht kann man die Tasse irgendwo nachkaufen?»

«Bestimmt», erwiderte Thanh spöttisch, «du hast sie damals bei einem *Bouquiniste* erstanden und selbst gesagt, es sei ein Zufallsfund gewesen.» Sie seufzte und hielt die beiden Teile aus Porzellan an der Bruchstelle aneinander. «Ich werde sie eben kleben, aber daraus trinken kann man nicht mehr.»

Marie gelang es endlich, ihren Kater kurz vom Computer zu heben und das Gerät auf den Boden des Balkons gleiten zu lassen. Ludwig Kirchner schnurrte zufrieden und ringelte sich auf Maries Schoß ein, seinem Lieblingsplatz. Das Schnurren nahm jetzt die Lautstärke eines mittelgroßen Hubschraubers an.

«Du ungehorsamer Kater», zischte Marie, doch er schien es sich nicht sehr zu Herzen zu nehmen. «Ich besorge dir eine neue Lieblingstasse», sagte sie tröstend zu Thanh.

«Zum Ausgleich musst du morgen Abend mit mir ins Kino gehen und noch mal *À bout de souffle* anschauen.» Ihre Mitbewohnerin klimperte mit ihren beachtlichen schwarzen Wimpern. «Im MK2 Beaubourg zeigen sie gerade eine Godard-Retrospektive.»

Marie seufzte. «Es sind dreißig Grad, und der alte Kasten hat nicht mal eine Klimaanlage», sagte sie. «Außerdem ist die Soundanlage grauenvoll, man versteht fast nichts.»

«Ich liebe nun mal die alten Kinos», sagte Thanh achselzuckend. «Ein guter Film braucht kein Dolby Surround und keine vollklimatisierten Multiplexsäle. Und Godards Bilder sprechen ohnehin für sich.» Träumerisch ging ihr Blick über die Balkonbrüstung und verlor sich im quirligen Chaos des frühabendlichen Boulevards. «Außerdem», fügte sie hinzu, «kennen wir den Film ohnehin auswendig, so oft, wie wir ihn gesehen haben.» Sie stellte sich in Positur und zitierte ihre Lieblingsfigur Michel Poiccard: «*Es ist idiotisch ... aber ich liebe dich.*»

Marie musste lachen. «Also gut, morgen Abend. Aber nur, wenn ich bis dahin mein Kapitel fertig geschrieben habe.»

Thanhs ebenmäßiges Gesicht wandte sich mitleidig wieder Marie zu. «Ich schätze, dann ist es jetzt schon ein klares Nein», sagte sie, und um ihre Mundwinkel zuckte es spöttisch.

«Ach, keine Ahnung», sagte Marie trotzig. «Ich stecke irgendwie gerade fest.»

«Gerade? Das ist ja ganz was Neues.» Thanh klammerte sich am Geländer fest und erntete einen Boxhieb von Marie. «Tut mir leid, *trésor*», kicherte sie. «Aber glaubst du eigentlich selbst, dass du diese Doktorarbeit jemals beenden wirst?»

«Ich weiß es nicht», sagte Marie leise. «Wenn nicht einmal du an mich glaubst, wer dann?»

«Oh! Ich glaube felsenfest an dich», sagte Thanh bestimmt und küsste Marie flüchtig auf die blonden, wirren Haare. «Aber ich denke eben nicht, dass dein Erfolg von der Abgabe dieser blöden Arbeit abhängt. Warum nicht einen Strich darunterziehen und endlich anfangen zu leben?»

«Dann war aber doch alles umsonst.» Marie legte ihr

Kinn auf das gewärmte Metallgeländer. Gedankenverloren liebkoste sie Kirchners weißes Kuschelfell und kraulte ihn hinter den spitzen Ohren, was er besonders liebte. «All die Plackerei war dann für die Katz.»

«Besser ein Ende mit Schrecken ...», behauptete Thanh. «Aber hey, ich kenne keine klügere Frau als dich, Marie. Wenn es dir also wirklich wichtig ist, dann schaffst du es auch. Nur ... dann setz dich verdammt noch mal endlich auf den Hintern und mach das Ding fertig.» Sie lächelte Marie auf ihre bezaubernde Thanh-Art schief an. «Nichts für ungut, Süße.»

Damit drehte sie sich auf ihren pedikürten Füßen um und verschwand wieder im Inneren der Wohnung.

Marie blieb mit Ludwig Kirchner auf dem Schoß und einem halb aufgegessenen Schnittchenteller draußen in der hellen Abendsonne zurück. Das lang gezogene Tuten eines Schiffshorns drang von der Seine zu ihr herüber. Vermutlich kam es von einem der *Bateaux Mouches* oder der *Vedettes*, auf denen fotografierende Paris-Besucher stündlich um die beiden Inseln der Seine geschippert wurden.

Selbstvergessen angelte sie sich noch ein Baguetteschnittchen, biss hinein und betrachtete unwillig den sanft brummenden Computer zu ihren Füßen. Allein sein zerschrammter Anblick bereitete ihr Unbehagen und das Gefühl von Versagen, das sie nun schon so lange begleitete. Hatte Thanh recht? Natürlich hatte sie das! Aber wie konnte Marie nach der langen Zeit einfach so das Handtuch werfen? Und was würde dann aus ihr werden? Eine Doktorarbeit würde sie befähigen, eines Tages in einer Galerie oder einem Museum festangestellt zu werden. Vielleicht konnte sie damit sogar eine Dozentinnenstelle an einer Universität oder einer *Grand École* ergattern. Schließlich konnte sie nicht ihr ganzes Leben lang als *Guide du musée* Vorträge vor unmotivierten Teenagern halten. Oder?

Entschlossen schob sie den Kater von ihrem Schoß, der betrübt von der unsanften Störung maunzte und von dannen zog. Sein heller, buschiger Schwanz verschwand hoch erhoben und vorwurfsvoll schwankend durch die Balkontür in Maries Zimmer. Und Marie hätte schwören können, dass der Kater sich nun ihr schwarzes Etuikleid als neuen Liegeplatz aussuchen würde, das sie über ihr Bett gebreitet hatte. Schwarzer Veloursstoff war Ludwig Kirchners bevorzugtes Material, denn darauf sah man seine herrlichen weißen Haare besonders gut, und Marie musste ihre Kleider dann stets ausgiebig bürsten, um sie wieder tragen zu können.

Achselzuckend nahm sie den Computer hoch, klappte ihn auf und starrte minutenlang blicklos auf die flimmernde Datei. Dann las sie wieder und wieder die letzten Sätze, die sie geschrieben hatte, ohne ihren Sinn zu erfassen. Ihr war, als habe sie etwas verpasst, als habe sie ein wichtiges Detail in ihren Überlegungen zu Monets Bildern übersehen oder falsch gedeutet. Fiel es ihr deswegen so schwer, die *Thèse* zu beenden? Dann wäre es wohl das Beste, die ganze Arbeit noch einmal zu lesen und zu versuchen, den Fehler zu finden, damit sie endlich zu einer klaren Schlussfolgerung kommen würde. Oder hatte es einen anderen Grund, dass sie es einfach nicht schaffte, diese letzten Seiten zu Papier zu bringen? Aber welchen?

Antoine, der sich gern mit Psychologie beschäftigte – besonders mit der weiblichen, wie er mehrfach erklärt hatte, und vor allem mit der von Marie ... Antoine würde jetzt mutmaßen, dass Marie Angst davor hatte, etwas zu beenden, weil sie nicht bereit war, den nächsten Schritt zu gehen. Und sie hasste es, zugeben zu müssen, dass da vielleicht etwas dran war, sosehr sie auch Antoine und seine Psychospielchen zum Teufel wünschte.

Aber wenn sie diese Arbeit abgab, lag vor ihr die Leere eines notwendigen Neuanfangs. Sie müsste sich dann der Bewerbungsphase stellen, müsste beginnen, um die raren Stellen und Jobs zu kämpfen, wie ihre früheren Kommilitoninnen es längst getan hatten. Sie müsste sich festlegen, müsste unter Beweis stellen, dass sie nicht nur klug war, wie immer alle behaupteten, sondern auch in der wirklichen Welt etwas taugte. Denn solange sie weiter an ihrer *Thèse* herumbastelte, war das alles noch ein Spiel. Ein zermürbendes zwar, aber doch noch nicht die nackte, harte Wirklichkeit. Und vor dieser fürchtete sich Marie. Sie hatte schon immer am liebsten im Land der Fantasie vor sich hin geträumt. Bei der Vorstellung, in ein Bewerbungsgespräch gehen zu müssen oder sogar eine echte Stelle an einem neuen Ort anzutreten, verfiel sie in eine Schreckstarre. Sie mochte es nun einmal nicht, mit Unbekannten zu sprechen, sich neue Fähigkeiten anzueignen, sich der Welt auszusetzen. Solange sie nur durch die beiden ovalen Räume mit ihren geliebten *Seerosen* schwamm, war sie geschützt, in ihrem Kokon, den sie sich langsam gesponnen hatte. Ein sanftes, beruhigendes Becken hatte sie sich da ausgesucht, in dem sie mit vorsichtigen Paddelbewegungen durch die immer gleichen bekannten Gewässer glitt.

Doch wie würde es sein, wenn sie den Fluss erreichte, der in den Ozean mündete? Den Ozean der Realität, in dem Marie nicht länger eine Lernende war, sondern eine, die Ahnung haben sollte? Eine, von der man etwas erwartete? Eine Erwachsene!

Der Cursor blinkte unablässig, und wie schon unzählige

Male zuvor klappte Marie den Computer schließlich wieder zu, ohne ein Wort geschrieben zu haben. Sie stand auf, nahm Laptop und Teller und trat ins Zimmer.

Tatsächlich lag Ludwig Kirchner in ihr Kleid gekuschelt auf dem Bett und schlief.

Marie legte den Laptop auf ihrem Schreibtisch ab und trug den Teller mit den Resten ihres Abendessens in die Küche. Der Raum war winzig. Darin standen nur ein murmelnder, altersschwacher Kühlschrank, ein Gasherd mit zwei geschwärzten Brennern, eine alte Emaillespüle und ein wackliges Bistrotischchen, an das sich zwei Personen quetschen konnten. Über dem zerkratzten Spülbecken hing ein Geschirrschrank mit einem bunten Sammelsurium aus Tellern und Tassen, die Thanh und Marie über die Jahre auf den Flohmärkten der Stadt zusammengesucht hatten. Vor dem Fenster, das man zum Hof hin aufschieben konnte, schaukelten an Hanfseilen zwei Flechtkörbe, in denen duftendes Basilikum und Oregano wucherten.

Marie zerrte am Fenstergriff und schob die Scheibe beiseite. Ein vertrautes Klappern und Gläserklirren, gemischt mit Knoblauchgeruch, drang aus der Restaurantküche im Erdgeschoss zu ihr hoch.

So war der Sommer, dachte sie und genoss den Moment ganz bewusst. Sie spürte die kühlen Fliesen unter ihren bloßen Füßen und lauschte auf die beruhigenden Geräusche.

Die Kräuter in der Küche ließen die Blätter hängen, und Marie goss sie sorgfältig. Dann öffnete sie den Kühlschrank und nahm eine große Flasche *La Mortuacienne* heraus, die noch verschlossen war. Thanh rührte Maries Lieblingsgetränk nicht an, sie machte sich sogar immer ein wenig über sie lustig.

«Limonade?», fragte sie jedes Mal kopfschüttelnd, wenn Marie vom Einkaufen aus dem *Carrefour* mit einer neuen Flasche zurückkam. «Eine echte Zuckerbombe, Marie! Du bist doch nicht mehr acht Jahre alt.» Dann zuckte sie amüsiert die Achseln. «Aber gesünder als mein ewiger Chardonnay ist es wahrscheinlich allemal, also vergiss, dass ich etwas gesagt habe.»

Trotzig schraubte Marie die Flasche auf und setzte sie sich an die Lippen. Während sie trank, betrachtete sie die Sonnenflecken, die auf der Fensterbank tanzten. Sie schloss die Augen, sodass das sanfte Abendlicht warme Kreise auf ihre Lider malte.

Es gäbe Schlimmeres, als noch einmal acht Jahre alt zu sein, dachte sie, ehe sie wieder in ihr Zimmer an den Schreibtisch ging, die Glasflasche mit dem schönen Etikett wie ein Schutzschild gegen allen Unbill der Welt an ihre Brust gedrückt. Allerdings säße sie dann noch immer in dem kleinen trostlosen Ort in der Normandie zwischen Kohlbeeten und Phlox und müsste dem ewigen Gestreite ihrer Eltern und Geschwister und dem plärrenden Fernsehapparat lauschen. Aber sie würde an ihrer Limonade nippen und sich in diese ferne Welt träumen, die sie so gern irgendwann betreten wollte. Und von der alle sagten, dass eine wie Marie darin nichts verloren hätte.

Würden all diese Stimmen am Ende vielleicht sogar recht behalten?

# 6

Aus halb geschlossenen Augenlidern beobachtete Jacobine Simenon, wie sich das Morgenlicht über die Place de la Contrescarpe ausbreitete. Es floss langsam über die Pflastersteine, die grünen Bänke, den kleinen Springbrunnen, ins Café Lola und direkt auf sie zu. Es brach sich in den Fensterscheiben der Boulangerie von Sylvie Labelle, hinter denen Jacobine von ihrem Platz aus eine Fülle frischer Croissants, Pains au chocolat, Brioches und knuspriger Baguettes erspähte, und in der verschlossenen Glastür von Patrice Laferrière mit den verblassten Buchstaben B R A S S E R I E. Und schließlich legte es sich warm und zart auf Jacobines weiche Wangen, ihre sorgfältig zurechtgemachte weiße Haarpracht und umschmeichelte ihre Füße in den goldenen Riemchensandalen. Ja, golden. Nie im Leben würde sie Gesundheitspantoletten in Grau oder Beige tragen wie andere Altersgenossinnen, das hatte sie sich geschworen! Lieber fuhr sie, falls irgendwann nötig, mit dem Taxi die zwanzig Meter von ihrer Haustür bis ins Café, als dem Alter ein solches Zugeständnis zu machen.

Doch bis jetzt war sie außerordentlich gut zu Fuß, und sie gedachte, dies noch lange beizubehalten.

Der Sommer war wieder einmal erquicklich für Jacobine gewesen, er hatte ihre manchmal schmerzenden Glieder gestärkt und ihr neuen Lebensmut gegeben, der sie an besonders kalten Wintertagen zu verlassen drohte. Dann half nur ein warmer Gewürztraminer bei ihrem alten Freund Patrice oder ein *Vin chaud* mit Zimt und Kardamom. Am liebsten aber trank sie ihren *Colheita*, angenehm temperiert, in der goldenen Abendsonne. Der vergehende Sommer hatte ihr viele solcher Stunden beschert, und sie hatte nicht vor, ihn allzu schnell davonkommen zu lassen. Vielmehr wollte sie noch jeden schönen warmen Tag auskosten.

Zur Morgenzeit bevorzugte Jacobine neuerdings die sündhaft gute *Chocolat chaud*, die Lola Mercier seit ihrer Ankunft – oder sollte man sagen, Übernahme? – im Café Lola servierte. Das Getränk bestand aus allerfeinster gehackter Zartbitterschokolade, warmer Milch und einem Hauch von Cayenne. Jacobine freute sich inzwischen bereits morgens beim Aufwachen auf den Moment, wenn sie an einem der Cafétischchen auf der Terrasse von Lola und Fabien den kleinen Silberlöffel in die dickflüssige Schokolade tauchen und ablecken würde.

Soeben trat Lola aus dem Café, das ersehnte Tablett mit Jacobines Schokoladentasse und einem knusprigen Buttercroissant in den Händen. ·

«*Voilà*, Madame Simenon», sagte die junge Frau fröhlich, und ihre Augen unter dem dunklen Pony blitzten. «Hier kommt schon das Gewünschte.» Flink richtete sie alles hübsch auf dem Metalltischchen an, klemmte sich das Tablett unter den Arm und lächelte. «Brauchen Sie noch etwas?»

Jacobine schüttelte huldvoll das Haupt. «*Merci, Mademoiselle*», sagte sie, und Lola eilte zum nächsten Gast, der ihr bereits winkte und aus den Augenwinkeln begehrlich auf Jacobines Frühstück starrte.

Das Café brummte, wie jeden Morgen. Es war schon immer ein schöner Ort gewesen, lag mit seiner flatternden Markise direkt am Platz, doch seit Fabien es vor ein paar Jahren übernommen hatte, erstrahlte es in neuem Glanz. Und dass nun seit letztem Sommer auch noch seine Freundin, die talentierte Patissière Lola, hier mitwirkte, hatte endgültig den Ausschlag für den Erfolg gegeben.

Jacobine rückte ihr Tässchen in die Mitte des Tischs, legte sich Zuckertütchen und Löffelchen zurecht und prüfte mit einem ihrer manikürten Finger die Frische des Gebäcks. Sie nickte zufrieden. Egal, wie begehrt die Sitzplätze auf der sommerlichen Terrasse auch waren – sie würde hier als Stammgast immer ihren Stuhl mit der geflochtenen Sitzfläche sicher haben. Und wenn einer der vielen nichts ahnenden Touristen davon nichts wissen sollte, so würde er von Jacobine deutlich darauf hingewiesen werden. Denn ihren Platz in der Sonne ließ sie sich von niemandem nehmen.

Unendlich langsam tauchte sie den Löffel in die dunkle Flüssigkeit ihrer Tasse, holte ihn wieder herauf und leckte ihn zärtlich ab. Bittere Süße legte sich auf ihre Zunge, und Jacobine seufzte wohlig.

Eine vertraute Gestalt auf einem fliederfarbenen Fahrrad kam angeschlingert und bremste direkt vor ihr am Straßenrand. Stirnrunzelnd legte Jacobine den Löffel weg und beobachtete, wie Marie Michel abstieg und das Rad an einen Laternenpfahl donnerte und es dort festkettete. Es war ein Rennrad – seltsam, dass diese jungen Frauen von heute auf Männerfahrrädern herumrasten. Maries ohnehin ziemlich kurzer Rock war an den gebräunten Beinen hochgerutscht. Jacobine kräuselte unwillig die Lippen. Sie persönlich empfand die überall in der Stadt herumstehenden Drahtesel als Verschandelung. Aber noch viel schlimmer waren diese furchtbaren Elektroroller gewesen, die bis vor Kurzem kreuz und quer auf den ohnehin schmalen Bürgersteigen gelegen hatten. Zum Glück hatte der Vizebürgermeister der Stadt diese Höllengeräte irgendwann verbieten lassen. Nicht auszudenken, wenn sie über eines dieser Gefährte gestolpert wäre, sich den Knöchel gebrochen und am Ende auf ihre hübschen Sandaletten hätte verzichten müssen, weil sie einen Gips trug!

Nach Jacobines Meinung war eine Limousine ohnehin das einzige standesgemäße Fahrzeug für eine Dame. Vielleicht noch eine Yacht, die vor Saint-Tropez kreuzte. Aber leider waren die Zeiten, da sie sich als gefeierte Operndiva solche Extravaganzen leisten konnte, lange vorbei. Nur in ihren Träumen stand sie noch immer in flatternde Seidenkleider gehüllt an Deck eines solchen Bootes, den heißen Südwind im langen blonden Haar.

Nein, das war nicht länger ihre Wirklichkeit. Doch Jacobine hatte ihren Stolz. Dann ging sie eben zu Fuß, solange ihre Füße sie noch trugen.

«*Bonjour, Madame*», japste Marie und plumpste auf den einzigen freien Stuhl am Nebentisch. Sie drehte sich das zerzauste Haar im Nacken zu einem provisorischen Knoten und zog aus ihrer unförmigen Tasche einen Computer. Dann begann sie umständlich mit dem Aufbau, suchte nach einer Steckdose an der Außenwand des Café Lola, verhedderte sich im Kabel, stieß den Aschenbecher vom Tisch, hob ihn auf und verlor dabei fast ihre Brille.

Kopfschüttelnd beobachtete Jacobine das Chaos. Beinahe vergaß sie ihre heiße Schokolade über diesem Anblick. Wie um alles in der Welt kam diese junge Frau mit den zwei linken Händen nur heil durchs Leben?

Lola trat aus der Tür, blieb stehen und betrachtete ebenfalls mit ungläubigem Gesicht Maries Bemühungen, sich an dem kleinen Tischchen einzurichten. Als sie nach ihrer Bestellung fragte, bekam sie ein «Wie immer, bitte» zu hören, woraufhin sie wieder im Café verschwand.

Endlich hörte Marie auf zu zappeln, klappte den Laptop auf und vertiefte sich in das, was auch immer da vor ihr auf dem Bildschirm aufleuchtete. Die kleine Runzel, die über ihrer Nase aufgetaucht war, zeugte davon, dass es nicht gerade erbaulich war, was sie dort las.

Lola kam wieder heraus, stellte eine Noisette und ein Tellerchen mit einer puderzuckerbestäubten Crêpe vor Marie ab und eilte weiter.

Die junge Frau griff nach der hauchdünnen Crêpe, rollte sie zusammen und verschlang sie hastig mit mehreren Bissen, den Blick starr auf den Bildschirm gerichtet.

Jacobine räusperte sich vernehmlich, und Marie blickte auf. Zahlreiche Fingerabdrücke zierten ihre großen Brillengläser. Aber sie hatte wirklich hübsche, dunkelbraune Augen, dachte Jacobine anerkennend, die in einem bezaubernden Kontrast zu ihrem hellen, lockigen Haar standen, das musste man ihr lassen.

Marie leckte sich die Fingerspitzen ab. «Oui?»

Jacobine legte den Zeigefinger erst auf ihre eigene Stirn und deutete dann auf Maries gerunzelte Brauen. «Das sollten Sie sich schleunigst abgewöhnen, junge Dame», sagte sie streng.

«Was?»

«Das Stirnrunzeln.» Jacobine schnalzte leise und machte eine kreisende Bewegung vor ihrem eigenen Gesicht. «Oder meinen Sie, die glatte Haut kommt in meinem Alter von nichts?»

Marie sah sie einen Moment sprachlos an, dann lächelte sie. «Nein, Madame. Sie sind in diesem Punkt doch unser aller Vorbild.»

Jacobine war nicht sicher, ob die junge Frau es ernst meinte, doch sie entschied, das Kompliment für bare Münze zu nehmen. Sie hatte im Laufe der Jahre beschlossen, im Zweifel stets von der optimistischen Variante auszugehen, alles andere bereitete einem nur Kopfschmerzen und, natürlich, Sorgenfalten.

«Sehen Sie», sagte sie daher huldvoll, «ich hoffe, Sie halten sich daran, dann wird nichts Ihre schöne glatte Haut zerstören können.»

«Ach, wissen Sie», sagte Marie, «heutzutage gibt es Leute, die behaupten, es gebe für Frauen Wichtigeres als glatte Haut.»

«So?» Jacobine starrte sie an. «Was denn, wenn ich fragen darf?»

«Köpfchen», sagte Marie und biss sich auf die Unterlippe. «Unabhängigkeit. Freiheit.»

«Na, hören Sie mal», rief Jacobine entrüstet über so viel Engstirnigkeit, «als würde das eine das andere ausschließen!» Sie schüttelte betrübt den Kopf. «Wir sind '68 auf die Straße gegangen und haben unsere Dessous verbrannt, junge Dame. Wir haben das Recht auf den eigenen Körper proklamiert und für Freiheiten gekämpft, die Ihnen heute selbstverständlich scheinen. Aber wir haben dabei trotzdem *Chanel* getragen!» Sie warf ihre Haarmähne nach hinten. «Man kann Köpfchen haben und trotzdem hübsch anzusehen sein, *Mademoiselle*. Merken Sie sich das.» Forschend sah sie Marie an. «Hat Ihre Mutter Ihnen das nicht beigebracht?»

«Meine Mutter arbeitet bei der Post in einem kleinen Ort in der Normandie», sagte Marie, und ihre Wangen färbten sich rosa. «Für Mode hat sie sich nie sonderlich interessiert, *Chanel* kennt sie nur aus der Kinowerbung. Und Bildung war für sie auch nie ein großes Thema. Hauptsache war, dass wir die Schule irgendwie schafften und möglichst schnell einen Beruf lernten. Ich bin die Einzige von meinen Geschwistern, die aus dem Kaff herausgekommen ist.» Sie schnaubte leise. «Bis heute fragt *Maman* mich jedes Mal, wenn wir telefonieren, was eigentlich mein Beruf ist.»

«Und?», fragte Jacobine und trank einen Schluck von ihrer Schokolade. «Was antworten Sie ihr dann, *Mademoiselle*?»

«Ich ...» Marie hielt inne, druckste herum. «Ich bin ... Kunstwissenschaftlerin. Bald gebe ich meine Doktorarbeit ab, und irgendwann werde ich hoffentlich für ein großes Museum arbeiten.»

«Na, sehen Sie», sagte Jacobine, «das klingt doch fast so, als glaubten Sie selbst daran.»

Marie starrte sie irritiert an. «Ich bemühe mich», murmelte sie dann. «Es ist nur schwer, an sich selbst zu glauben, wenn es offensichtlich sonst niemand tut.»

Jacobine stieß die Luft durch die Nase aus. «Aber, liebes Mädchen», sagte sie und rollte mit den Augen. «Sie sind doch nicht die erste junge Frau mit Zweifeln. Was glauben Sie, wie es damals war, Anfang der Siebzigerjahre, eine Schauspielausbildung anzufangen? Ich war gelähmt vor Angst. Bei jedem Vorsprechen musste ich mich erst einmal auf der Toilette übergeben. Und dann habe ich mich, noch immer kreideweiß, wieder in den Saal geschleppt und auf der Bühne die Elektra gegeben, als sei nichts gewesen. Und als ich später ins Opernfach gewechselt bin, ging alles von vorne los.» Sie lächelte versonnen. «Aber ich war jung, und das Leben lag vor mir. Ich würde alles darum geben, noch einmal so jung zu sein, noch einmal alle Möglichkeiten zu haben. So wie Sie.»

«Alles?», fragte Marie zweifelnd. «Sie würden sogar die Angst von damals wieder durchleben wollen?»

«*Bien sûr!*», rief Jacobine und warf die Hände in die Höhe. «Jeden einzelnen Angstschauer würde ich mit Freuden noch einmal auf mich nehmen, wenn ich dafür nur die Jahre zurückbekäme, die mir seitdem durch die Finger rinnen.» Sie umklammerte ihre Tasse und schloss für einen Moment die Augen. Dann fuhr sie fort: «Sie können das nicht verstehen, *ma fille*, das geht jeder Generation so. Die Jungen sehen uns Alten mitleidig an, weil sie glauben, sie würden niemals so werden wie wir. Doch schwups», sie schnippte mit den Fingern, «ist man selbst eine alte Schachtel.» Sie seufzte. «Niemand klingelt mehr bei mir und bringt mir Bouquets. Niemand sieht mich noch an. Was ist dagegen schon ein bisschen Angst vor der Zukunft? Den Preis würde ich jederzeit bezahlen, wenn ich könnte.»

Marie hatte staunend zugehört. Und Jacobine bemerkte missbilligend, dass die junge Frau schon wieder die Stirn runzelte. Sie glaubte ihr wahrscheinlich nicht.

Dieses Mädchen war wirklich unbelehrbar, und auch das war eine Lektion, die Jacobine schon lange gelernt hatte. All das Wissen, das eine Frau im Alter angehäuft hatte, konnte dennoch nicht an die nächsten Generationen weitergegeben werden, es versickerte. Die jungen Frauen mussten ihre eigenen Erfahrungen machen, sie hörten nicht auf ältere Damen wie sie.

Achselzuckend wandte Jacobine sich ihrem Croissant zu und tunkte die buttrige Spitze in ihre dicke Schokolade, ehe sie davon abbiss. Sie würde sich diesen schönen Morgen ganz sicher nicht von einer Marie Michel verderben lassen, die im Selbstmitleid schwamm.

Doch dann siegte ihre Neugierde.

«Worum geht es denn da überhaupt?», fragte sie und deutete auf Maries Computer.

«Um Monet», sagte Marie und stöhnte, «aber ich komme überhaupt nicht voran. Wissen Sie, ich versuche, seine einzigartige Arbeitsweise zu verstehen.» Sie hielt inne. «Aber eigentlich interessiert mich viel mehr, welche Rolle die Frauen in seinem Leben für seine Arbeit gespielt haben.»

«Vielleicht ist genau das Ihr Problem», bemerkte Jacobine und wischte sich mit der Serviette vorsichtig einen Krümel von den pinkbemalten Lippen. «Sie proklamieren, Feministin zu sein, halten sich für modern und erhaben über Schönheitsideale – und dann beschäftigen Sie sich in Ihrer Arbeit wieder nur mit dem Schaffen eines Mannes!» Erneut schnalzte sie leise. «Warum schreiben Sie nicht lieber gleich über Monets Frauen? Oder, noch besser, über eine Malerin wie Berthe Morisot oder Blanche Monet?»

Maries starrte Jacobine an, als hätte diese ihr soeben eine Ohrfeige gegeben.

«*Mademoiselle?*», fragte Jacobine. «Geht es Ihnen gut?»

«Ich … muss los», stammelte Marie. Sie klappte ihren Computer zu und ließ ihn in ihre unmögliche Umhängetasche gleiten, dann stürzte sie ihren Espresso herunter und stand auf. Hastig kramte sie ihr Portemonnaie hervor und legte ein paar Münzen auf die puderzuckerbestäubte Tischplatte.

«*Bonne journée, Madame*», murmelte sie immerhin, ehe sie schon wieder auf ihrem Fahrrad saß.

Jacobine sah ihr nach, wie sie schlingernd über den Platz fuhr und sich in den Verkehr einfädelte. Ihre wilden offenen Haarsträhnen glänzten in der Morgensonne golden auf.

Das Mädchen hatte wirklich alles, was man brauchte, um in dieser Welt erfolgreich zu sein, dachte Jacobine verächtlich, aber sie stolperte darin herum wie ein Fohlen, das noch nicht sicher auf seinen Beinen stand. Was war nur mit dieser Generation los? Woher kamen all die Zweifel, all das Zaudern, die Angst vor der Zukunft?

Jacobine hatte keine eigenen Kinder – Gott sei Dank! Und vielleicht konnte sie daher noch weniger nachvollziehen, warum diese jungen Leute alle derart haltlos und schlaff durchs Leben schwankten. War das noch das Erbe dieser liberalen Erziehung, die sich seit den Siebzigerjahren in Frankreich durchgesetzt hatte? *Bah!* Nun hatten sie den Salat – eine Generation von Zauderern und selbst ernannten Feministinnen, die keinen Horizont mehr kannten!

Jacobine zündete sich eine Gauloise an, bestellte sich noch einen starken Kaffee, um die Kopfschmerzen zu vertreiben, die nach ihrem Gespräch mit der jungen Frau im Anflug waren, und konzentrierte sich lieber wieder auf das Spiel von Licht und Farben, das den Platz mit dem glucksenden Springbrunnen flutete. Ebenso wie den tiefblauen Himmel über ihr.

## 7

*L*eute, jetzt reißt euch bitte zusammen», rief Jan und wedelte mit den Armen. «Gleich sind wir hier raus, und dann könnt ihr von mir aus durchdrehen.» Er lächelte gegen seinen Willen. «Wenn ihr nur weit genug von mir weg seid.»

Schwitzend trieb er sein Trüppchen zusammen, das schon wieder in alle Richtungen ausfranste. Dabei war es im Louvre so voll, dass man sich kaum bewegen konnte. Kolonnen von Besuchern schoben sich durch die Gänge. Unzählige Museumsführerinnen und Reiseleiter riefen in wildem Durcheinander Informationen in zwanzig verschiedenen Sprachen durch die Gegend und schwenkten bunte Fähnchen oder zusammengeklappte Schirme, um ihre Gruppen mühsam zusammenzuhalten. Und es war heiß hier drinnen. Himmel! War dieses Museum schon immer ein solcher Brutkasten gewesen?

Jan wischte sich unauffällig den Schweiß mit dem Hemdärmel von der Stirn. Schon wieder erlebte Paris einen Jahrhundertsommer, und mittendrin er und die ebenfalls sichtlich erschöpfte Karen sowie fünfundzwanzig Jugendliche. Warum waren sie dieses Jahr nicht einfach in ein westfälisches Schullandheim am See gefahren, anstatt erneut in dieser nimmermüden Stadt ihrem Bildungsauftrag nachzukommen?

Immerhin hatten sie bereits erfolgreich Leonardo da Vincis berühmte *Mona Lisa* gesehen, deren unergründliches Lächeln Jans wichtigstes Ziel gewesen war. Nun wollte er den Schülerinnen und Schülern noch ein, zwei wichtige Werke zeigen, ehe er sie guten Gewissens hinaus in die frische Luft entlassen konnte. Doch der Anblick von Karens rotem Gesicht und ihren hektischen Bewegungen mit einem Papierfächer bewog ihn, die Aktion frühzeitig abzubrechen. Absolut niemand würde noch ein weiteres Kunstwerk zu würdigen wissen – Lehrpersonal eingeschlossen.

«Okay», rief er und hob entwaffnet die Hände. «Rückzug! Wir gehen.»

Erleichtertes Stöhnen war die Antwort. Er schritt voran, und die Teenager folgten ihm, Karen bildete das Schlusslicht. Mühsam bahnten sie sich einen Weg durch die Besuchermassen. Sie gelangten endlich zum Ausgang, bekamen alle Rucksäcke, Hip Bags und Täschchen an der Garderobe zurück und standen schließlich glücklich an der Erdoberfläche neben der gläsernen Pyramide.

Sauerstoff strömte in Jans Gehirn, langsam ging es ihm wieder besser. Karen ließ den Fächer in ihre Handtasche gleiten.

«Digga, das war mega anstrengend», fasste Magnus das Ganze verächtlich zusammen.

Jan musste ihm stumm recht geben, schüttelte aber dennoch den Kopf. «Manchmal ist ein bisschen Anstrengung ganz gesund», sagte er. «Und ihr drei», er deutete auf die Clique Orhan, Magnus und Ben, «solltet euch nach gestern Nacht lieber ein bisschen zurückhalten, oder? Ihr seid auf Bewährung.» Er schenkte dem Trio einen bedeutungsvollen Blick, der Wirkung zeigte. Denn Orhans hübsches Gesicht lief sofort rosig an, und seine Kumpels stießen ihn in die Seite und feixten.

«Kommt alle mit», rief Jan seiner Klasse zu, «wir gehen in den Park.»

Sichtlich erschöpft trotteten seine Schützlinge schweigsam hinter ihm her. Karen lief wie immer ganz hinten, sie trieb das Grüppchen der Mädchen an, die schon wieder mit ihren Handys hantierten und unbedingt Selfies vor der berühmten Pyramide machen wollten. Doch seine Kollegin scheuchte die jungen Mädchen weiter.

Jan bahnte sich mit seiner Entourage einen Weg durch den überfüllten Innenhof des prächtigen Museums und winkte alle sicher über die Straße und über die Place du Carrousel, wo die Tuileriengärten begannen.

Heller Staub wirbelte hier auf den Wegen auf, aber ringsum lagen sanfte, gepflegte Wiesen wie ein kühlender Balsam in der Mittagshitze. Zwischen den grünen Hecken schimmerten hell die Statuen, die den Jardin des Tuileries bevölkerten. Und über dem weitläufigen Park lagerten wattige Wölkchenfelder, zartgrau und grellweiß, am blassblauen Augusthimmel.

Nach der stickigen Luft im Museum atmete Jan tief ein. Er schnupperte. Der Duft von Zuckerwatte lag in der Luft, und sanfte Disco-Beats zogen von dem kleinen Vergnügungspark auf der rechten Seite zu ihnen herüber, der hier jedes Jahr im Hochsommer stattfand. Das große Riesenrad ragte in den Himmel. Ein paar der Gondeln waren besetzt, die Beine der Fahrgäste baumelten hoch oben in der Luft, und Jan wurde schon beim Hinaufsehen schwindlig. Höhe war nichts für ihn!

Doch seine Schülerinnen und Schüler schienen die Sache anders zu sehen.

«Hurra, eine Kirmes!», riefen Mira und Romy begeistert wie aus einem Munde.

Magnus reckte eine Siegerfaust nach oben. «Nice!», konstatierte er. «Dürfen wir, Herr Zimmer?»

Jan suchte Karens Blick. Eigentlich hatten sie nicht vorgehabt, heute die *Fête foraine des Tuileries* zu besuchen. Aber Karen schaute sehnsüchtig zu den Caféterrassen vor einer Restauration, sah dann zurück zu Jan und zuckte ergeben mit den Achseln. *Ich hätte nichts gegen etwas Ruhe*, schien ihre Geste zu sagen.

Jan nickte. «Also gut», sagte er zu den Teenagern, die ihn erwartungsvoll und bittend ansahen. «Ihr habt eine Stunde.» Allgemeiner Jubel war die Antwort. «Gebt aber nicht euer ganzes Geld aus. Und mit dem *Giant Booster* fahrt ihr auf keinen Fall!» Mit leichtem Schaudern deutete er zu dem Folterinstrument, das über den akkurat geschnittenen Buchsbaumhecken aufragte – ein meterlanger Schwenkarm und zwei Gondeln, in denen die Fahrgäste mit über hundert Stundenkilometern kopfüber durch die Luft geschleudert wurden. Den schrillen Schreien nach zu urteilen, die von dort kamen, war die Attraktion nichts für schwache Nerven, und Jan hatte wenig Lust auf weitere Eskapaden wie gestern auf dem Pont des Arts, als sich Orhan auf die eigenen Schuhe übergeben hatte. Er selbst hatte außerdem solche Höhenangst, dass allein der Gedanke an eine Fahrt mit diesem Ding ihn erstarren ließ.

Magnus öffnete schon den Mund, um zu protestieren, doch als Jans Blick ihn traf, schloss er ihn lieber wieder. Er wechselte stattdessen ein stummes Zeichen mit seinen beiden Kumpels, das Jan veranlasste, sie eindringlich anzusehen. «Ich kann mich doch auf euch verlassen, Jungs?», fragte er.

Die drei schauten verlegen zu Boden, nickten aber immerhin zögernd.

«Ich würde nämlich wirklich ungern Zugtickets für euch kaufen und euch nach Hause schicken müssen», fügte Jan noch hinzu. «Aber ich mache es, wenn ihr noch ein zweites Mal Mist baut. Auf Kosten eurer Eltern, natürlich. Haben wir uns verstanden?»

Wieder nickten die drei, und Jan wusste, dass er vorerst nicht mehr tun konnte – wenn er sie während des Kirmesbesuchs nicht permanent an der Hand halten wollte. Sie waren schließlich sechzehn und nicht sechs Jahre alt.

Zum Glück, dachte Jan, denn als Grundschullehrer taugte er nicht.

«Also, in einer Stunde treffen wir uns hier am Café», sagte er und deutete zu den Stühlen und Tischen hinüber, die in der Sonne standen. «Alles klar?»

«Klar», echoten die Teenager.

Damit ließ er seine Schützlinge ziehen und sah ihnen nach, wie sie aufgeregt den Fahrgeschäften zustrebten.

Karen neben ihm seufzte. «Ich trinke dort drüben erst mal einen Cappuccino», sagte sie. «Kommst du mit?»

Jan lächelte. Er mochte seine Kollegin, aber er wusste, dass sie es genoss, ab und zu einen Moment allein zu haben. Und er musste zugeben, dass es ihm genauso ging. Daher schüttelte er den Kopf. «Ich gehe ein bisschen spazieren», sagte er, «mach es dir nett und erhol dich. Wir brauchen unsere Kräfte noch für das Centre Pompidou nachher.»

Sie rollte komplizenhaft mit den Augen, dann strebte sie einem freien Tischchen neben einem Hortensienbusch zu, der schwer an seinen violetten Blütenkelchen trug. Sichtlich aufatmend ließ sie sich auf einem Stuhl nieder, streckte die Beine im knielangen Jeansrock von sich und lächelte den Kellner an, der ihr zweifellos viel Geld für den Kaffee aus der Tasche ziehen würde.

Jan winkte ihr noch einmal zu und schlenderte dann ziellos über den knirschenden Sandweg, vorbei an einem der eckigen Wasserbassins. Einen Moment blieb er stehen und sah zu, wie ein kleines Mädchen auf dem Rand des Brunnens hockte und versuchte, mit einem Stock sein Schiffchen anzustoßen. Wieder und wieder donnerte die Kleine energisch gegen das Heck des kleinen Holzbootes, doch sie hatte nicht genug Kraft. Es bewegte sich nicht, die Piratenflagge des Schiffs hing schlaff und müde herab. Gerade wollte Jan hinzutreten und dem Kind helfen, als schon die Mutter des Mädchens herbeieilte und nach dem Stock griff. Nun gelang der Anstoß mit vereinten Kräften. Das Piratenschiff setzte sich in Bewegung und glitt in einem kleinen Wasserschwall über das Bassin, sodass die Karpfen direkt unter der klaren Wasseroberfläche erschrocken auseinanderstoben. Die Kleine jubelte und rannte auf kurzen Beinen ihrem Schiff hinterher.

Jan lächelte. Er hatte schon einige Nachmittage hier in den Tuilerien vertrödelt, in seinen ersten Wochen als Student in Paris allein, dann immer öfter mit Yasmina. Auf einmal schienen ihm die Wolken am Himmel etwas grauer, sie drückten ihm aufs Gemüt. Etwas wehmütig beobachtete er die schwarze Flagge mit den gekreuzten Knochen über dem Totenschädel, die auf dem Wasser tanzte.

Er ging weiter. Vom Vergnügungspark schallten erneut die durchdringenden Schreie aus dem *Booster*, und auf einmal packte ihn das schlechte Gewissen. Automatisch trugen ihn seine Schritte in die Richtung der Karussells und Buden, die am Rand des Parks entlang der Rue de Rivoli aufgebaut waren. Der Duft nach Zuckerwatte und gegrilltem Mais nahm zu, überall blinkten bunte Lichter, und die Stimmen der Ansager dröhnten aus den Mikros. Jan schlüpfte durch ein Tor im Zaun auf das Gelände und ließ den Blick auf und ab gleiten: Autoscooter und Geisterbahn in Bonbonfarben, grelle Spielkonsolen, Menschen, die am *Chamboule-tout* mit Bällen auf Dosen warfen und dafür einen pinkfarbenen Stoffelefanten in Lebensgröße erhielten.

Da entdeckte er Kim und seine beste Freundin Diana. Sie standen Arm in Arm beim Kettenkarussell an, und Jan schlich sich an ihnen vorbei, damit sie ihn nicht bemerkten oder dachten, Herr Zimmer spioniere ihnen hinterher. Weiter hinten sah er Orhan, Magnus und Ben, die sich im Autoscooter gegenseitig auf brutale Weise mit ihren Wagen rammten. Er hoffte inständig, dass die drei Freunde mit allen Zähnen und heilen Knochen wieder herauskämen. Immerhin schien es tatsächlich niemand gewagt zu haben, sich dem *Booster* zu nähern. Ein gewisser Stolz flammte in Jan auf, während er weiter zwischen den essenden und lachenden Menschen den Hauptweg entlang über den Jahrmarkt lief.

Er war trotz allem ein guter Lehrer, dachte er, und er hatte Glück mit diesen jungen Leuten, die ihn zwar manchmal zur Weißglut brachten, aber die dennoch insgesamt alle absolut in Ordnung waren.

Er trat an einen Stand mit Süßigkeiten und kaufte sich zur Belohnung einen *pomme d'amour*, einen kandierten Apfel am Stiel, der mit einer dicken roten Zuckerschicht überzogen war und glänzte wie frisch lackiert.

Mit einem letzten schaudernden Blick auf das große Kettenkarussell, aus dem viele Beine baumelten, verließ er das Volksfest auf der anderen Seite, überquerte die Rue de Rivoli und setzte sich an der Place des Pyramides auf ein paar Treppenstufen. Um ihn herum toste der Pariser Verkehr. Unzählige Scooter und Autos schoben sich durch die Straßen. Trotzdem schliefen keine zehn Meter entfernt von ihm einige Obdachlose in ihren Schlafsäcken unter den prächtigen Arkaden des Hotel Regina. In seinem Rücken duftete der Lavendel aus den Tuileriengärten durch das schmiedeeiserne Gitter.

Der kandierte Apfel war so süß an seinen Zähnen, dass es schmerzte. Und während Jan daran knabberte, musste er nun doch wieder an Yasmina denken. Denn mit der Liebe konnte es genauso sein: Sie schien süß, hatte einen sehnsüchtigen Glanz, aber am Ende tat sie weh. Und ihm kam die Erkenntnis, dass die Franzosen, die in solchen Dingen immer ein Stück weiter waren als der Rest der Welt, diese klebrig süßen, verführerischen und am Ende enttäuschenden Äpfel vielleicht deswegen *pommes d'amour* genannt hatten.

## 8

Im MK2 Beaubourg roch es wie immer. Es war der unverkennbare Kinogeruch nach klebrigem Popcorn, Staub und alten Teppichen, der Marie stets an ihre Kindheit erinnerte, wenn sie mit ihren Geschwistern bei seltenen Gelegenheiten einen Trickfilm ansehen durfte. Bis heute wurde diese Duftwolke in den kleinen Programmkinos in Paris konserviert. Viele bunte Filmplakate luden in eine Welt der Fantasie ein. Es war eine Welt, die Marie seit jeher lieber bewohnte als die Wirklichkeit.

Das kleine Lichtspieltheater am Centre Pompidou war wie immer gut besucht. Die Menschen in Paris gingen donnerstags gern ins Kino, um den nahenden Abschluss der Woche zu feiern. Eine Tradition, die Marie furchtbar gern mochte und mit der sie nur selten brach. Es hatte etwas Vertrautes, Heimeliges, als treffe man sich zu einer festen wöchentlichen Verabredung, fast wie zu einer Familienfeier. Doch anders als bei den Familienessen, zu denen Marie manchmal nach Hause in die Normandie fahren musste, wurde man hier nicht gezwungen, Unmengen deftiger Speisen zu essen. Man bekam auch keine Kopfschmerzen vom schweren Merlot aus dem untersten Regal des Supermarkts oder Bauchschmerzen von der unvermeidlichen *Teurgoul* – einem klebrig süßen normannischen Reispudding. Und man wurde auch nicht von einer übereifrigen Tante gelöchert, wann man denn nun endlich jemanden kennenlernen und selbst eine Familie gründen würde.

Nein, hier im Kino von Paris konnte Marie einfach sie selbst sein und in Ruhe einen Film genießen.

Sie sah sich im Eingangsbereich um. Etliche Paare kamen Hand in Hand zur Tür herein. Die Familien mit zumeist etwas älteren Kindern standen bereits Schlange vor der Trommel mit dem Popcorn. Einige ältere Frauen in modischen Kleidern zogen sich vor den Spiegeln ringsum an den Wänden sorgfältig die Lippen nach, als sei es auch im dunklen Kinosaal wichtig, angemessen festlich auszusehen. Sie alle einte eine ganz bestimmte geteilte Vorfreude auf die nächsten Stunden, die von nichts getrübt wurde.

Marie folgte Thanh in den kleinen Vorführraum, in dem sie schon unzählige Filme gemeinsam gesehen hatten. Wie in jedem ordentlichen Kinosaal beherrschte die Farbe Rot hier drinnen alles. Es war ein schmaler, länglicher Raum mit dunkelroten Samtsesseln in engen Reihen, rot bespannten Wänden und funkelnden Lichtern, die von der Decke herab blitzten und Marie an einen Sternenhimmel erinnerten.

Sie suchten ihre Plätze und sanken nebeneinander in die nicht allzu bequemen Sessel.

«Ich brauche sofort was Süßes», seufzte Thanh und zog aus ihrer Tasche eine Tafel Schokolade. Sie riss das Papier auseinander, brach ein paar Stückchen für sich ab und hielt Marie die Schokolade hin. Diese nahm sich ebenfalls ein Stück – salziges Karamell – und lutschte gedankenverloren daran herum.

Als auf der Leinwand die Lichter aufflimmerten, rutschte Marie tiefer in ihren Sessel und verfolgte gedankenverloren die bunten Bilder der Werbung. Dabei versuchte sie, nicht darüber nachzudenken, dass sie heute wieder den ganzen Tag kaum eine Zeile geschrieben hatte.

Der Film *Außer Atem* von Jean-Luc Godard rauschte an

ihr vorbei. Die vertrauten Bilder weckten vertraute Gefühle. Und doch klangen die hundertmal zitierten Sätze und Dialoge zwischen Jean-Paul Belmondo, der den Gangster Michel mimte, und der Verräterin Patricia, gespielt von der entzückenden Jean Seberg, noch immer frisch und unverbraucht.

«Leiden ist idiotisch», sagte Michel irgendwann zu Patricia. «Da entscheide ich mich lieber für das Nichts. Ich will alles oder nichts.»

Thanh quietschte begeistert und kniff Marie in den Arm, sie liebte diese Szene.

«Ich möchte gern wissen, was in dir vorgeht, Michel», sagte Patricia etwas später auf der Leinwand, «ich seh dich immer wieder an und suche. Und ich finde nichts.»

Marie dachte an Antoine und an unzählige Gespräche mit ihm, die so oder ähnlich abgelaufen waren. Unwillkürlich verkroch sie sich ein wenig tiefer in ihren Sessel, bis das flaue Gefühl der Erinnerung abebbte und sie sich wieder auf *Außer Atem* konzentrieren konnte.

Paris, bemerkte sie heute zum ersten Mal, war die heimliche Protagonistin des Films. Die Boulevards, das Hotelzimmer mit den flatternden Vorhängen, der Lärm, die alten Renaults und knatternden Mofas auf den Straßen, die Brasserien und Cafés ... Wie oft hatte sie *Außer Atem* gesehen? Zehnmal, fünfzehnmal? Wie oft hatte sie Patricias kurzen blonden Haarschnitt bewundert, ihre abgeklärte Verletzlichkeit, ihren Verrat am Ende, mit dem sie Michel der Polizei preisgibt und ihn dem Kugelhagel aussetzt?

Ach, wenn man sich doch immer so einfach eines ehemaligen Geliebten entledigen könnte, dachte sie und nahm sich noch etwas Schokolade. Die Vorstellung, dass Antoine auf ihr Stichwort der Polizei in die Hände fallen würde, hatte zu ihrer eigenen Beschämung etwas Verlockendes. Beinahe musste Marie über ihren rachedurstigen Tagtraum laut kichern.

Als der Abspann lief und die Lichter im Saal aufleuchteten, blieb sie noch einen Moment sitzen. Sie wollte nicht aufstehen, wollte nicht aus dem Kino gehen, die Fantasiewelt verlassen, in der sie sich mehr zu Hause fühlte als im echten Leben.

Aber Thanh zog sie hoch. «Komm, Süße», sagte sie. «Zeit, dich unter die Lebenden zu bringen.»

«Was meinst du?»

«Wir gehen etwas trinken», sagte Thanh entschlossen. «Es wird Zeit, dass du andere Lebewesen triffst als mich und Ludwig Kirchner. Die Trauerphase ist offiziell beendet. *Finito*. Tot.» Sie hob die Hand, mimte damit eine Pistole und drückte ab. «Bumm», sagte sie und blies unsichtbaren Rauch von der Mündung. «So wie der arme Michel Poiccard.»

Marie musste lachen, dann aber schüttelte sie den Kopf. «Ich habe keine Lust, Thanh. Ich bin noch nicht so weit, dass ich ausgehen will.»

Langsam schoben sie sich mit den anderen Kinogästen aus dem Saal nach draußen.

Thanh schnaubte. «Schätzchen», sagte sie und strich Marie mit ihren manikürten Fingernägeln über den Arm. «Ein halbes Jahr! So geht das doch nicht weiter.»

«Ich weiß. *Es ist idiotisch*», zitierte Marie eine Stelle aus dem Film. Sie zuckte mit den Schultern. «Ich bin eben eher wie Patricia als wie Michel», murmelte sie. «Ich entscheide mich für das Leiden, jedenfalls so lange, wie es eben dauert. Besser ein schlechtes Gefühl als gar keines, oder?»

«Frag mich nicht.» Thanh hob resigniert die Schultern.

«Ich lasse es erst gar nicht dazu kommen, dass ich Gefühle habe oder gar leide. Eine saubere Sache, wenn du mich fragst.»

Marie lächelte, aber insgeheim hätte sie ihrer Freundin gern widersprochen. Thanh wirkte immer so abgeklärt und lässig, sie hatte jede Woche Dates, und sie hatte ihren Spaß. Daran war nichts Falsches. Doch manchmal fragte sich Marie schon, ob die Freundin wirklich so cool war, wie sie zu sein vorgab. Sehnte sich nicht auch eine taffe Frau wie Thanh danach, mit einem anderen Menschen ein echtes Gefühl zu teilen?

Sie standen draußen auf der Straße, es dunkelte. Die Laternen brannten bereits und warfen Lichtkreise aufs Pflaster. Aus einem Restaurant drang Gläserklirren. Leute lachten. Es war ein spätsommerlicher Abend in Paris, voller Leben, voller Versprechen. Aber nicht für Marie, noch nicht.

«Also, dann gehe ich ohne dich?», fragte Thanh zögernd.

Marie nickte. «Geh», sagte sie und schubste die Freundin liebevoll in Richtung der Metro-Station Rambuteau. «Genieß das Leben. Ich spaziere noch ein bisschen, ich komme schon klar, versprochen.»

Thanhs erneutes Schnauben ließ erkennen, was sie von dieser Behauptung hielt, doch sie küsste Marie nur noch schnell schmatzend links und rechts auf die Wange und ging.

Marie schlenderte am Centre Pompidou vorbei, das mit seinen Metallträgern und Röhren in der Dunkelheit lag. Sie und Thanh waren mit der Metro gekommen, aber sie hatte keine Lust auf die stickige Luft dort unten und wollte zu Fuß gehen.

Durch etliche kleine Sträßchen wandelte Marie Richtung Süden, bis sie unvermittelt an der Rue de Rivoli mit ihren vielen Laternen stand. Marie lief über die Straße, durchquerte den kleinen Park, in dem die beleuchtete *Tour Saint-Jacques* vor ihr aufragte, ein Glockenturm aus dem sechzehnten Jahrhundert.

Gerade wollte sie sich Ohrstöpsel mit ihrer Lieblingsmusik von *Camille* in die Ohren drücken, als sie plötzlich aufgeregte junge Stimmen hörte. Sie sprachen Deutsch, das erkannte sie, auch wenn sie kein Wort verstand. Dann hörte sie jemanden weinen.

Marie blieb stehen und lauschte. Auf einer Bank am Fuße des Turms, neben einem Bauzaun, entdeckte sie im Dunkeln drei Schatten. Einer kauerte zusammengesunken auf der Parkbank, zwei standen davor und redeten aufgeregt miteinander.

Einen Moment war Marie in Versuchung, einfach weiterzugehen. Was hatte sie mit ein paar jugendlichen Deutschen zu tun, die wahrscheinlich zu viel Tetrapak-Rotwein getrunken oder sich am nahe gelegenen, zwielichtigen Bahnhof Châtelet – Les Halles etwas Dope hatten andrehen lassen? Doch dann erkannte sie im schwachen Lichtkegel einer Laterne das pinkfarbene Haar der zusammengesunkenen Gestalt, und sie erinnerte sich an das Mädchen in der Orangerie. Es mussten Schüler der Gruppe aus Aachen sein.

Zögernd trat sie näher.

«Braucht ihr Hilfe?», fragte sie auf Französisch, wobei sie, anders als neulich bei der Führung, automatisch in die vertrautere Ansprache wechselte.

Die beiden stehenden Personen verstummten und sahen ihr entgegen. Es waren ein Junge und ein Mädchen, wie Marie jetzt bemerkte.

**84**

«Unserer Freundin hier ... geht es nicht gut», sagte der Junge stockend, «ihr ist schlecht geworden.»

«Ihr seid doch Schüler der Klasse, die gestern mit mir in der Orangerie war, oder?», fragte Marie, die nun im sanften Laternenschein auch sein Gesicht wiederzuerkennen meinte.

«Kann sein», schniefte das Mädchen, das die Hand ihrer Freundin hielt. «Wir waren schon in jedem Museum in Paris, Herr Zimmer ist verrückt.» Sie sprach recht gut Französisch, fand Marie, doch ihre Zähne klapperten aufeinander, als sei ihr kalt.

Marie trat noch näher und berührte jetzt behutsam die Schulter des zusammengesunkenen Mädchens. Es rührte sich jedoch nicht. «Hallo?», rief sie und rüttelte sie ein bisschen. «Hörst du mich?»

«Sie heißt Madita», sagte das andere Mädchen gepresst. «Und sie will einfach nicht aufwachen.»

Nun war Marie alarmiert. Sie legte eine Hand an die Wange der Ohnmächtigen. Diese war kalt und schweißnass. Marie fühlte den Puls, er schlug schwach, aber gleichmäßig. Das Mädchen atmete. «Habt ihr was genommen?», fragte sie.

Das Mädchen sah Marie fragend an.

«Pillen?», drängte Marie. «Drogen?» Sie fischte nach ihrem Handy.

Jetzt schüttelten die beiden Jugendlichen den Kopf. «Wir haben uns was zu trinken gekauft», sagte der Junge. Auch seine Zunge war schwer und seine Aussprache undeutlich.

«Madita trinkt sonst nie», fügte die Freundin hinzu, «aber heute wollte sie unbedingt. Sie hat mehr als eine ganze Flasche allein ausgetrunken.» Sie deutete auf zwei leere und eine halb leere Literflasche Merlot, die vor der Bank am Boden standen. Daneben lag noch eine weitere Flasche – kein Wein, sondern Wodka. Ebenfalls leer. «Nach und nach ist sie ganz komisch geworden, hat nur noch wirres Zeug geredet. Und dann ist sie plötzlich völlig weggetreten.»

Marie fragte nicht weiter, sondern wählte schnell die Notrufnummer und bestellte einen Krankenwagen. Sie zog ihre dünne Jacke aus und legte sie über die Brust des ohnmächtigen Mädchens. «Habt ihr die Nummer von euren Lehrern?», fragte sie.

Da brach das Mädchen erneut in Tränen aus und murmelte etwas auf Deutsch.

«Wie bitte?», fragte Marie.

«Herr Zimmer wird enttäuscht von uns sein», flüsterte das Mädchen mit tränenerstickter Stimme. «Er schickt uns bestimmt nach Hause.» Sie wischte sich das Gesicht ab und griff wieder nach der Hand ihrer ohnmächtigen Freundin. «Ich traue mich nicht, ihn anzurufen.»

Wortlos streckte Marie die Hand nach dem Telefon des Mädchens aus.

Die Schülerin holte ihr Handy hervor und drückte zögernd auf den Kontakt. Dann gab sie es ihr, als es klingelte.

Es tutete drei-, viermal, bis sich eine männliche Stimme auf Deutsch meldete.

«Ja? Jan Zimmer hier?»

Marie holte tief Luft. «*Bonsoir*», sagte sie auf Französisch und räusperte sich. «Sie kennen mich aus dem Museum, mein Name ist Marie Michel.»

«Oh!» Seine Stimme klang überrascht und seltsamerweise irgendwie auch erfreut, fand Marie. «Woher haben Sie meine Nummer?»

Auf einmal fiel ihr auf, was für einen seltsamen Anschein ihr Anruf haben musste. Dachte er jetzt etwa, sie habe sich seine Privatnummer besorgt, um ...

«Es geht um Ihre Schülerin», sagte sie hastig. «Madita. Ich habe sie hier an der *Tour Saint-Jacques* gefunden, es geht ihr leider gar nicht gut. Ich glaube, sie hat eine Menge Alkohol getrunken. Sie sollten schnell herkommen, ich habe schon einen Krankenwagen gerufen.»

Am anderen Ende herrschte Schweigen.

«Oh!», sagte Jan Zimmer dann erneut, doch jetzt klang er alarmiert. «Der kleine Park an der Seine? Ich bin unterwegs. Zehn Minuten.»

Die Verbindung brach ab.

Marie gab das Handy zurück und ließ sich neben der reglosen Schülerin auf die Bank sinken. Erneut prüfte sie, ob Madita atmete, und stellte erleichtert schwache, aber regelmäßige Atemzüge fest. Sie sah die beiden anderen Jugendlichen an, die mit schuldbewussten Gesichtern vor ihr standen und zurückstarrten.

«Dann warten wir mal», sagte sie und hob die Achseln.

Von fern jaulte schon eine Sirene, die durch die sternklare Nacht flog und sich rasch näherte.

## 9

*J*ans Herz schlug wie eine Trommel in seiner Brust und bis hinauf in den Hals, während er im Laufschritt über die Rue de Rivoli hetzte. Eine Autobremse quietschte, jemand brüllte französische Flüche durchs offene Wagenfenster, dann brauste das Auto weiter, doch Jan hatte kaum Notiz davon genommen.

Die Sohlen seiner Turnschuhe schlugen auf den Asphalt, schließlich erreichte er den Park mit dem hoch aufragenden Turm, dessen weiße Steinbögen schwach beleuchtet durch die Dunkelheit schimmerten. Suchend sah er sich um – und entdeckte den Krankenwagen, der ohne Sirene, aber mit flackerndem Blaulicht auf der gegenüberliegenden Seite des Parks stand.

Die Sanitäter hatten Madita bereits auf eine Trage gelegt und mit einer goldfarbenen Folie zugedeckt. Als Jan das Grüppchen erreichte, erkannte er Emily, die am ganzen Körper zitterte, die Arme um sich geschlungen hatte und aussah, als würde sie ebenfalls gleich umkippen. Neben ihr stand Felix, der betreten von einem Bein aufs andere trat und ihm mit bedrückter Miene entgegensah. Jan legte ihnen kurz eine Hand auf die Schultern, er würde sich später um sie kümmern. Erst wollte er wissen, wie es Madita ging.

Er trat zu der Frau, die am Krankenwagen stand und auf die reglose Madita hinabsah. Sie schlüpfte eben in einen Seidenblouson, den ihr ein Sanitäter gereicht hatte. Ihr blondes Haar schimmerte im Laternenlicht. Und als sie sich zu ihm umdrehte, dachte Jan – völlig unpassend, wie ihm sogleich bewusst wurde –, was für ein schönes, wenn auch trauriges Lächeln sie hatte.

«Monsieur Zimmer?», fragte sie. «Gut, dass Sie da sind.»

«Was ist denn los?» Er sah zwischen ihr und dem Sanitäter hin und her.

«Verdacht auf Alkoholvergiftung und Schock», sagte der Mann auf Französisch zu ihm. «Wir bringen sie ins Krankenhaus und behalten sie eine Nacht da. *Hôpital Saint-Antoine.*»

Ein zweiter Sanitäter trat heran. «Hier bitte Name und Adresse eintragen und unterschreiben», sagte er und hielt ihm ein Klemmbrett unter die Nase.

Jan kritzelte kopflos alles hin und hoffte, dass die Angaben stimmten.

«Haben Sie die Dokumente für die Versicherung?», fragte der erste Sanitäter und zog fragend die Augenbrauen hoch. «Man wird in der Klinik danach fragen.»

«Ich schicke meine Kollegin gleich hin», sagte Jan. «Sie wird sich um alles kümmern und bei unserer Schülerin bleiben.»

Er hatte auf dem Weg schon mit Karen telefoniert, und jetzt schickte er ihr schnell eine SMS mit dem Namen des Krankenhauses, damit sie die Adresse finden konnte. Dann beugte er sich zu Madita auf der Trage und nahm die schlaffe, erschreckend kalte Hand seiner Schülerin. Ihre Lider flatterten.

«Herr ... Zimmer», flüsterte sie heiser und bewegte den Kopf in seine Richtung. «Wir haben ... Mist gebaut. Es tut mir so leid.» Die Worte kollerten in ihrem Mund herum, als wisse Madita nicht mehr recht, wie man sprach.

«Pst», machte er und drückte ihr beruhigend die Hand, obwohl seine Kehle wie zugeschnürt war. «Ruh dich aus.

Wir reden später über alles. Frau Lehnert kommt direkt ins Krankenhaus. Ich werde hier bei den anderen bleiben und sie ins Hostel zurückbringen.»

«Okay», murmelte Madita und dämmerte wieder weg.

Jan richtete sich auf. Aus den Augenwinkeln sah er, dass Felix und Emily nebeneinander auf eine Bank sanken. Der Junge hatte einen Arm um seine Mitschülerin gelegt, deren Schultern vom Weinen zuckten.

Die Sanitäter hoben die Trage mit der erschöpften Madita hoch und schoben sie ins Heck des Krankenwagens. Einer der Männer kletterte hinterher. Dann schlug der andere die Türen zu, stieg ein, und der Wagen fuhr ab.

Immerhin nicht mit Sirene, was Jan ein wenig beruhigte – akute Lebensgefahr schien nicht zu bestehen.

Er ging zur Parkbank, auf der seine beiden Schüler wie zwei Häuflein Elend hockten, und baute sich vor ihnen auf. «Raus mit der Sprache», sagte er, «was war hier los? Was ist mit Madita passiert?»

Felix ließ den Kopf hängen und starrte stumm auf seine Fußspitzen. Jan ging auf, dass auch er nicht ganz nüchtern war und sich offenbar ziemlich elend fühlte.

«Emily?»

Das Mädchen hob den Kopf und wischte sich eine Tränenspur von der Wange. «Wir haben was getrunken.»

«Offenbar nicht nur ein bisschen.»

Emily zuckte mit den Schultern. «Madita trinkt sonst nie was, aber heute hat sie gesagt, dass ihr alles egal ist.»

«Wisst ihr, warum?»

Emily wand sich. «Ich weiß nicht, ob ich Ihnen das sagen darf.»

Jan holte tief Luft. «Liebeskummer?», fragte er aufs Geratewohl, denn das war es meistens.

Aber Emily schüttelte den Kopf. «Ich glaube, etwas mit ihrer Familie», erklärte sie. «Jedenfalls war Madita komisch drauf, schon den ganzen Tag. Und dann wollte sie unbedingt eine Flasche Wodka im *Supermarché* kaufen.»

Jan verdrehte die Augen. Immer wieder ärgerte er sich darüber, wie leicht es Jugendlichen gemacht wurde, an Hochprozentiges zu kommen, offenbar auch in Frankreich. Vielleicht hatten sie auch jemanden gebeten, die Flasche für sie zu besorgen? Die Kids kannten alle Tricks, wenn es darum ging, sich Rauschmittel zu beschaffen. Warum nur waren sie so scharf darauf?

Dann dachte Jan an seine eigene Jugend, an seinen ersten furchtbaren Absturz in einem Jugendcamp am Atlantik nach einer Flasche Tequila. Er hatte danach einen Tag lang am Strand dahinvegetiert und nichts essen können, weil es ihm so schlecht ging. Und plötzlich war da wieder das Gefühl, immer fehl am Platz zu sein, linkisch und unglücklich. Er dachte an den Liebeskummer wegen eines Mädchens, dessen Gesicht er heute nicht mehr erinnerte. Dann fiel ihm Yasmina ein und die vielen Gläser Gin Tonic, die er einsam in seiner Aachener Wohnung getrunken hatte, nachdem er ihrem Doppelleben auf die Schliche gekommen war.

Nein, es war nicht verwunderlich, dass junge Menschen versuchten, ihren Weltschmerz mit Alkohol zu betäuben. Auch Erwachsene waren nicht gefeit vor dem Wunsch, ihre Gefühle ab und an zu benebeln.

Jan fuhr sich mit der Hand über die Augen und rieb sich die Stirn. Jähe Kopfschmerzen flammten auf, wie immer nach einer plötzlichen großen Anspannung.

Da räusperte sich jemand hinter ihm. Er drehte sich um. Es war Marie Michel, die er fast vergessen hatte. Doch sie war noch immer da. In Jeans und einem weißen Top unter dem offenen Blouson stand sie vor ihm, die langen blonden Haare hingen ihr in Wellen bis über die Schultern und rahmten ihr Gesicht mit den großen Brillengläsern ein. Wieder fiel ihm ihr charmant abstehendes Ohr auf, hinter das sie sich jetzt eine Haarsträhne schob.

«Alles okay?», fragte sie.

Sie hatte eine wirklich melodische Stimme, Jan war sofort gefangen von den sanften Vokalen darin. Schon in der Orangerie war ihm das aufgefallen, als er ihrem Vortrag gelauscht hatte.

«Ich ... glaube schon», sagte Jan. «Ein Glück, dass Sie vorbeikamen und die drei entdeckt haben.» Er zögerte, dann streckte er die Hand aus. «Ich heiße Jan», sagte er. «Sie sind Marie, richtig?»

Sie nickte. Ihre Hand war schmal und warm, und sie erwiderte kurz den Druck seiner Finger. Dann zog sie ihre Hand schnell zurück, als sei ihr die Berührung unangenehm.

«Es war reiner Zufall», sagte sie. «Ich war auf dem Nachhauseweg.»

«Wo wohnen Sie?», fragte er.

«Im Quartier Latin», sagte sie. «Kennen Sie die Gegend?»

«Natürlich», sagte Jan hastig, «eines der ältesten Viertel von Paris. Dort liegt die Sorbonne, sie wurde im 13. Jahrhundert gegründet und ...» Er sah ihren Gesichtsausdruck und unterbrach sich. Verlegen strich er sich die Haare aus dem Gesicht und lachte leise. «Vermutlich wissen Sie das alles, oder?»

Sie lächelte, und wieder konnte Jan nicht sagen, ob das Lächeln fröhlich oder traurig war. Vielleicht war sie auch einfach genervt von ihm? Ehrlich gesagt konnte er ihr das nicht übelnehmen.

«Ich lebe schon jahrelang in Paris», sagte sie schließlich. «Aber Sie scheinen sich in der Stadt auch gut auszukennen.»

«Ich habe auch mal hier gelebt», sagte er, «aber nicht lange genug.»

«Warum sind Sie weggegangen?»

Jan sah sie an. Diese Geschichte war die Letzte, die er ihr erzählen wollte. Also zuckte er nur mit den Schultern.

«Es war Zeit, nach Deutschland zurückzukehren», sagte er betont leichtfertig. «Obwohl ...» Er unterbrach sich wieder.

Ihm hatte auf den Lippen gelegen, wie sehr er Paris vermisste, wie glücklich ihn die Stadt machte, trotz allem. Wie sehr er in den vergangenen Tagen gespürt hatte, dass er hierhergehörte, noch immer. Aber was würde diese fremde Frau dazu sagen, wenn er ihr mit solchem Kitsch über ihre Stadt kam? Zumal er immer noch das Gefühl hatte, sie sei nicht gerade wild darauf, erneut von ihm in ein längeres Gespräch verwickelt zu werden.

«Obwohl ...?», fragte Marie. Sie machte netterweise ein interessiertes Gesicht und warf sich die goldblonden Haare über die Schultern zurück.

«Ach, nichts.» Er winkte nervös ab. «Ich dachte nur gerade, dass – »

«Herr Zimmer?», fragte Felix hinter ihm.

«Ja?» Er drehte sich von Marie weg.

«Uns ist kalt», sagte Felix, dessen Zähne tatsächlich immer stärker aufeinanderschlugen. «Können wir ins Hostel gehen?»

Sofort beschlich Jan ein schlechtes Gewissen. Was war nur mit seinem Verantwortungsgefühl passiert? Weshalb stand er hier herum und quatschte mit einer Fremden?

Er musste seine Schützlinge, die in keinem besonders guten Zustand waren, schleunigst auf ihre Zimmer bringen.
Außerdem sollte er nach den Übrigen sehen und dann
mit Karen telefonieren, um zu hören, wie es im Krankenhaus lief. Auch Maditas Eltern musste er noch über den
Gesundheitszustand ihrer Tochter informieren, sobald er
etwas Genaueres wusste. Und schließlich musste er sich
überlegen, was er mit diesen ganzen Früchtchen machen
sollte, die meinten, sie könnten gegen alle Regeln versto-
ßen. Bestrafen und nach Hause schicken? Begnadigen?

Ach, er war immer viel zu weichherzig. Wahrscheinlich,
weil er nicht vergessen hatte, wie es war, sechzehn zu sein.

Er wandte sich wieder an Marie. «Wir müssen jetzt los»,
sagte er widerstrebend. «Es gibt … viel zu tun.» Zum zweiten Mal streckte er die Hand aus, und erneut griff sie danach. «Danke noch mal», sagte er und meinte es so. «Sie
haben sich toll verhalten!»

«Gern geschehen», sagte sie steif, zog ihre Hand fort
und nestelte nervös an ihren Haaren. «War doch selbstverständlich.»

Sie hatte etwas Bescheidenes an sich, dachte er, das sie
sympathisch machte. Offenbar war Lob nichts, was sie gut
vertrug oder gewöhnt war. Aber waren sie nicht alle eigentlich verletzliche Wesen, die in den Arm genommen
und gelobt werden wollten?

Auf einmal wünschte er sich, dass sie noch nicht weg-
ginge. Die Erkenntnis kam so überraschend, dass ihm die
Luft wegblieb. Doch er konnte sie schlecht vor den Ohren
seiner Schüler nach ihrer Telefonnummer fragen.

«Sie … haben einen Kaffee bei mir gut», sagte er in dem
vagen Versuch, sie noch einen Moment länger festzuhalten.
«Haben Sie ein Lieblingscafé?»

Sie sah ihn erstaunt an. «*Bah oui*, an der Place de la Contrescarpe», sagte sie. «Da sitze ich manchmal im Café Lola und arbeite.»

Ehe er darauf antworten konnte, lächelte sie wieder ihr schiefes Lächeln und streifte mit der Hand wie zufällig seinen Arm. Dann wandte sie sich an Emily und Felix.

«*Bonne nuit*», sagte sie freundlich, drehte sich um und ging.

Jan sah ihr nach, bis ihm klar wurde, dass er sich vor den beiden Jugendlichen, die ihn beobachteten, zum Narren machen würde, wenn er noch länger so stocksteif stehen bliebe. Achselzuckend wandte er sich seinen beiden Schützlingen zu.

«Also los», sagte er barscher als beabsichtigt, «ab ins Bett. Morgen blüht euch was, da könnt ihr sicher sein.»

Langsam trotteten die beiden durch die nächtlichen Straßen von Paris hinter ihm her. Jan hörte, wie sie miteinander flüsterten, doch er war mit den Gedanken woanders.

# 10

Staunend ging Marie am Sonntagmorgen in der kleinen Küche von Pierre Leco umher und betrachtete die vielen Lebkuchenherzen, die an bunten Bändern überall an den Regalen hingen. Seit vielen Jahren backte Pierre hier in der Rue Ortolan in einem alten Gasofen seine berühmten Lebkuchenherzen nach einem geheimen Rezept seiner korsischen Familie. Marie hatte schon ein, zwei Exemplare von ihm gekauft, doch sie war nie zuvor bei ihm zu Hause gewesen.

Ein unwiderstehlicher Duft nach Zimt und Kardamom hing im Raum und mischte sich mit dem nach geschmolzener Butter und Karamell. Ein paar der Herzen an den farbigen Schnüren besah sie sich genauer. Sie waren kleiner als die, die Pierre sonst auf dem Markt in der Rue Mouffetard verkaufte. Und sie zierten auch nicht wie sonst längere Sinnsprüche oder ganze Gedichtzeilen, sondern nur einzelne Worte, die gerade eben so darauf Platz fanden.

*Liebe*, stand auf dem einen, *Schönheit* auf dem anderen, *Leidenschaft* auf einem dritten.

Marie lächelte bei dem Anblick, und Pierre, der wohl gesehen hatte, wie sie die Leckereien mit den Augen verschlang, kam vom Arbeitstisch herüber und reichte ihr ein Herz, das noch kein Bändchen zierte. Es war am Rand etwas zerbrochen und gehörte somit zum Ausschuss, doch es duftete genauso herrlich wie die anderen. Und die elegant geschwungenen Buchstaben der Aufschrift aus violettem Zuckerguss waren mühelos lesbar.

*Sehnsucht*, stand darauf.

Das einfache Wort schien so gut auf sie zu passen, dass Marie für einen Moment der Appetit verging. Dann hatte sie es plötzlich ganz eilig, hineinzubeißen und die Buchstaben zu verschlingen, ehe das Wort von ihr Besitz nehmen konnte.

«Schmeckt's?», fragte Pierre schmunzelnd.

«Mh», machte Marie genüsslich und nickte.

Das Herz schmeckte zuckersüß, nach sonnenwarmem Honig und feinen Gewürzen, aber es hatte auch eine ganz leichte Bitternote.

Woher wusste Pierre nur immer, was man dachte und womit man sich im Innersten beschäftigte? Woher wusste er von Maries Sehnsucht, die seit Antoines Verrat und dem Abschied von ihm schier uferlos war?

Er trat wieder an die Arbeitsfläche. «Ich hoffe, dass die Gäste von Liliane und Nadim die kleinen Herzen bei der Hochzeit mögen werden.» Eine winzige Spur Unsicherheit zog durch sein sonnengegerbtes Gesicht mit den vielen Lachfältchen und der langen Nase. «Erst dachte ich, die Idee sei vielleicht zu ... trivial. Ich bin es sonst nicht gewöhnt, mich so kurzzufassen, wissen Sie, Marie? Ich spreche lieber in längeren Versen und Sätzen zu den Leuten.» Er machte ein wichtiges Gesicht. «Warum mit Worten sparen? Ich bin nicht der Typ fürs Sparen.»

Bedauernd hob er die Hände und machte eine Rundumgeste durch die kleine Küche. Die Möbel waren alt und abgeschabt, der Ofen rußig, die Holzbank am Arbeitstisch wackelig. Und doch verströmte der Raum einen ganz eigenen Charme.

«Wie man sieht, spare ich nur bei meiner Einrichtung.»

«Ich finde nichts an den Lebkuchenherzen trivial», widersprach Marie. «Im Gegenteil, mir gefallen die mit nur einem Wort besonders gut. Denn jedes dieser Wörter trägt eine ganze Welt in sich.»

«Das haben Sie schön gesagt», gab Pierre anerkennend zurück. «Am Ende sind wohl Sie die Dichterin und nicht ich.» Er räusperte sich. «Womit wir zum Sinn Ihres Besuchs in meiner bescheidenen Küche kommen.»

Marie nickte. Schnell verschlang sie den letzten Bissen von ihrem Sehnsuchtsherz, dann ließ sie sich auf einen der klapprigen Holzstühle fallen, die der Küchenbank gegenüber am Tisch standen. Beim Hinsetzen blätterte etwas weißer Lack ab und rieselte auf die abgetretenen Holzdielen.

«Also», sagte sie unbestimmt, «Sie hatten ja freundlicherweise angeboten, mir bei meiner Rede zu helfen. Mir fehlt nämlich ein bisschen Inspiration.» Sie stockte. «Oder vielmehr der richtige Zugang.»

«Ich verstehe», sagte Pierre, und Marie meinte, einen Schatten Mitleid über sein Gesicht huschen zu sehen. Doch gleich darauf erschien wieder das Schmunzeln, das ihn so sympathisch machte. «Lassen Sie uns mal sehen – gibt es etwas, das wir über das glückliche Paar sagen könnten? Etwas, das die Liebe von Nadim und Liliane so einzigartig macht?»

«Soweit ich es mitbekommen habe, hat es ziemlich gedauert, bis sie sich gefunden haben», überlegte Marie. «Ich glaube sogar, dass lange nicht klar war, ob die Geschichte zwischen ihnen überhaupt ein gutes Ende nehmen würde. Sie begann als Affäre und schien zunächst keinen Bestand zu haben.»

Marie erinnerte sich daran, dass die beiden über Monate umeinander herumgeschlichen waren. Und dass sie Liliane, die Floristin von der Place de la Contrescarpe, des Öfteren im Café gesehen hatte, wie sie mit verweinten Augen über einem Cappuccino hockte und immer wieder in Nadim Slimanis Feinkostgeschäft Les Deux Paradis schielte. Natürlich wusste Marie nicht genau, was zwischen den beiden geschehen war. Vielleicht war auch der Altersunterschied ein Thema gewesen – denn Liliane war sicher zehn oder fünfzehn Jahre jünger als der Feinkosthändler. Wobei Nadim der Typ Mann war, der mit reiferem Alter immer attraktiver wurde.

Was also auch immer zunächst zwischen ihnen gestanden haben mochte – auf irgendeine Weise hatten sie es geschafft, das Ruder herumzureißen. Sie hatten sich nach ein wenig Wellengang und einigen Zerreißproben darauf besonnen, was sie einander wirklich bedeuteten.

Eine Geschichte mit Happy End, dachte Marie.

«Sie haben ein hübsches Lächeln», bemerkte Pierre und riss Marie aus ihrem nachdenklichen Schweigen. «Und ich sehe schon, dass sich da hinter Ihren Brillengläsern allerlei Schönes für die Rede zusammenbraut.»

Verlegen strich sich Marie durch die Haare und zwirbelte eine Strähne zwischen den Fingern. «Ich glaube, ich möchte darüber sprechen, dass Liebe eine Entscheidung ist», sagte sie, obwohl sie selbst kaum wusste, wie sie zu dieser Erkenntnis gekommen war. «Dass es jeden Tag wieder neu möglich ist, glücklich zu sein, selbst wenn der Tag zuvor düster aussah. Und dass für jeden von uns das Glück in jedem neuen Moment möglich ist – egal, was uns vorher geschehen sein mag.»

Sie überlegte, suchte schüchtern den Blick von Pierre, um herauszufinden, ob er ihren Überlegungen folgen konnte – oder ob er über sie lachte. Doch er sah sie aufmerksam an, sodass sie den Mut fand, weiterzusprechen.

«Ich meine, auch in einer Beziehung, die vermeintlich

fest und sicher aussieht, selbst nach einer Hochzeit, ist doch nichts sicher auf der Welt, oder?», fragte sie. «Jeden Tag müssen wir aufstehen, unsere Träume abschütteln, der Realität ins Auge sehen und uns neu für unsere Liebe entscheiden. Oder eben dagegen.» Sie holte tief Luft – und brach ab.

«Wow», sagte Pierre und riss die Augen auf.

«Ja», sagte Marie, selbst erstaunt von ihren auf einmal glasklaren Gedanken. «Wow! Keine Ahnung, wo das herkam.» Sie lächelte und lehnte sich auf ihrem Stuhl zurück.

Pierre griff nach einem vergilbten Notizblock voller Fettspritzer. Auf dem obersten Blatt hatte er ein Rezept hingekritzelt. Marie las: *100 Gramm Butter, zwei Vanilleschoten, ein Esslöffel Brandy* ... Dann riss Pierre den Zettel auch schon mit Schwung ab und knüllte ihn zusammen.

«Das war nichts», knurrte er, «viel zu süß und klebrig.» Er hielt Marie den Block hin, fischte einen Bleistift hinter seinem Ohr hervor und reichte auch ihn weiter. «Hier. Schreiben Sie das auf, ehe Sie es wieder vergessen. Was meinen Sie, wie viele weltbedeutende Kreationen ich schon verloren habe, von denen ich nachts so oft träume – nur, weil ich sie nicht schnell genug festgehalten habe? Ich könnte längst ein gefeierter Pâtissier sein! Stattdessen schleiche ich als unbekannter Lebkuchenmann vom Quartier Latin, bucklig wie Quasimodo, mit seiner Ladung durchs Viertel.»

Er mimte spielerisch, wie er schwer beladen und humpelnd herumlief und bettelnd die Hand aufhielt. Es sah so komisch aus, dass Marie lachen musste.

«Aber wir brauchen Sie hier, Pierre», sagte sie dann. «Wir wollen nicht auf Sie verzichten, schließlich sind Sie *unser* Lebkuchenmann. Ob bucklig oder nicht.»

«Das ist sehr ... ehrlich von Ihnen, *Mademoiselle*», sagte

Pierre, «aber wissen Sie was? Für Ruhm und Ehre würde ich Sie alle mit Freude zum Teufel schicken.»

Jetzt lachten sie beide.

Schließlich zückte Marie den Stift, dachte nach und begann zu schreiben. Doch schon hielt sie wieder inne, die Hand in der Schwebe über den wenigen Worten auf dem Papier.

«Ja?», fragte Pierre und sah sie forschend an.

«Ich überlege gerade», sagte Marie, und plötzlich zitterte ihre Stimme. «Was ist mit den Menschen, die ihr ganzes Leben lang einsam bleiben? Die gibt es schließlich auch.»

«Ja, das stimmt.» Pierre seufzte und ließ sich ihr gegenüber auf die Küchenbank sinken. Alles an seinem langen Gesicht und seinem Körper wirkte auf einmal niedergedrückt und melancholisch. «Was machen wir mit diesen armen Tröpfen?»

Marie schluckte und dachte wieder an Antoine, dann an ihren leeren Balkon, an Ludwig Kirchner und all die einsamen, stillen Abende, die einander seit Monaten ereignislos ablösten. Völlig unvermittelt und ungewollt traten ihr Tränen in die Augen. Sie blinzelte sie mit eiserner Beherrschung fort, ehe sie unter den Brillengläsern hervorrollen konnten.

Darin hatte sie in der vergangenen Zeit eine Menge Übung gesammelt, dachte Marie bitter und presste die Lippen aufeinander.

Pierre beobachtete sie, stand auf und trat betont geschäftig zur Küchenzeile. Er drehte das Wasser am Spülbecken aus zerkratzter Emaille auf, ließ teigbesprenkelte Förmchen und Pinsel hineingleiten und spritzte gehörig mit Seifenlauge herum – was Marie Gelegenheit gab, sich rasch die Wangen mit dem Handrücken abzuwischen.

Sie hatte in den vergangenen Monaten so viel geweint wie lange nicht, dachte sie mit einem beinahe genervten Seufzer. Wann war damit endlich mal Schluss?

«Was soll ich also mit diesen Leuten in meiner Rede anstellen?», nahm sie schließlich den Faden wieder auf, als sie ihre Stimme unter Kontrolle hatte. «Wie mache ich ihnen Mut?»

Oder mir selbst, setzte sie in Gedanken stumm hinzu und war froh, dass Pierre sie nicht hören konnte. Gleichzeitig ahnte sie, dass der ältere Korse mit seinem Gespür für Menschen sicher genau im Bilde war, was sie beschäftigte.

Pierre schwieg lange und wusch stoisch die Utensilien ab, ohne sich nach Marie umzudrehen.

«Gerade für diese Leute ist ein Hoffnungsschimmer besonders wichtig, finde ich», sagte er schließlich ins Spülbecken hinein. «Es gibt doch diese Geschichten von Menschen, die jahrelang allein waren und dann doch die eine Person trafen, mit der sie alt werden wollten. Liebespaare, die auseinandergetrieben wurden und dann, Jahrzehnte später, wieder zusammenfanden. Und nicht zuletzt ...» Er trocknete sich die Hände ab, drehte sich zu Marie um und legte ihr ganz sacht eine Hand auf die Schulter. Seine Finger waren warm vom Spülwasser. «Geschichten von Menschen, die auch ohne eine andere Person glücklich sind. Glück ist schließlich nicht immer nur die Liebe.» Er überlegte. «Oder anders gesagt: Liebe gibt es immer und überall, nicht nur zwischen zwei Menschen. Meine Lebkuchenherzen, zum Beispiel, die sind Liebe für mich. Ebenso die unsterbliche Musik von Jacques Brel. Ein perfekt gerührter Martini an einem lauen Sommerabend. Oder ein Gespräch in der Küche mit einer Nachbarin, die beinahe eine gute Freundin ist.»

Er verstärkte den Druck seiner Hand eine Sekunde, dann nahm er sie fort. Doch obwohl die Berührung kurz gewesen war, fühlte sich Marie getröstet.

«Liebe ist alles», murmelte sie. «Liebe findet immer statt.»

Unschlüssig kritzelte sie auf dem Papier herum, malte selbstvergessen Herzen und Sterne darauf wie früher als Kind, wenn sie in der Schule unaufmerksam war und sich nicht auf ihre Aufgabe konzentrieren konnte. Manchmal hatte ihre Mutter die schludrigen Hefte gesehen und geschimpft, dass Marie nicht fleißig genug war. Dennoch hatte Marie dann immer gespürt, dass es ihrer Mutter insgeheim ganz recht war, wenn die Tochter in der Schule nicht glänzte. Damit gehörte sie unverbrüchlich zum Rest der Familie. Sie waren alle in der Schule schwach gewesen – ihr Vater, ihre älteren Geschwister, ihre Mutter, die nicht einmal einen richtigen Schulabschluss hatte und ihr Leben lang Aushilfsjobs ausübte.

Oder tat sie ihrer Mutter damit unrecht? Hätte Madame Michel sich gefreut, wenn ihre Tochter bessere Noten nach Hause gebracht hätte? Aber weshalb interessierte sie sich dann auch heute mit keiner Silbe für Maries Studium?

«Ich glaube, darüber muss ich noch etwas länger nachdenken», sagte sie und legte den Stift weg.

«Tun Sie das», sagte Pierre. «Ich muss jetzt noch eine Ladung große Herzen für den Verkauf morgen backen, denn schließlich führe ich hier ein Geschäft.»

Maries Blick wanderte zum Fenster, wo hinter dem schwarz lackierten Eisengitter die Augustsonne tastend ihre Strahlen ausstreckte. Ein üppiger Strauß mit roten Rosen welkte in einer Vase vor sich hin. Die Blumen hatten bereits ein paar Blütenblätter fallen gelassen. Eins lag samtig und noch immer tiefrot mitten im Sonnenschein wie gemalt.

«Liliane hat Ihnen zum Dank also auch Blumen geschickt?», fragte Marie und deutete zum Strauß.

Pierres ledrige Wangen färbten sich rosig, und auch seine Nasenspitze schien auf einmal leicht zu glühen. «Nein», sagte er und räusperte sich. «Die Rosen sind nicht von Liliane Morel.»

Marie horchte auf, plötzlich war sie neugierig. «Von einer Verehrerin?», fragte sie und lächelte.

«Gewissermaßen», sagte er. «Wissen Sie, ich hatte ja schon einige Durststrecken, was dieses Thema angeht. Aber zurzeit dürfte ich mir wohl wirklich dieses Herz hier umhängen.» Er zog eins der kleinen Lebkuchenherzen hervor und legte es sich um wie eine Medaille. Dann drehte er an dem goldschimmernden Band und zeigte Marie die Vorderseite.

*Glückskind*, las sie in geschwungener, himmelblauer Zuckerschrift.

## 11

S päter am Nachmittag saß Marie wieder im Café an der Place de la Contrescarpe vor ihrem aufgeklappten Laptop. Die Sonne knallte aufs Pflaster, einige Passanten hatten sich die Hosenbeine aufgekrempelt oder die Röcke geschürzt und saßen am Springbrunnen in der Mitte des kleinen Platzes, um die Füße in das kühlende Nass zu halten. Zwei Kinder spritzten mit Wasser, und das Sonnenlicht brach sich regenbogenschillernd in den Tropfen, die durch die Luft flogen. Doch selbst die Wasserfontäne schien müde und lustlos und fiel scheinbar langsamer als sonst ins Becken, als sei sie kurz vorm Versiegen.

Kein Wölkchen trübte das Tiefblau des Himmels, kein Lüftchen wehte.

Marie trank Limonade. Für heißen Kaffee war ihr viel zu warm. Ringsum taten es ihr die anderen Gäste gleich. Lola schleppte auf ihrem Serviertablett bis zum Rand gefüllte Gläser mit Lillet Rosé und knallorangefarbenem Aperol Spritz herbei, die Eiswürfel klirrten leise darin. Sie nickte Marie über die vielen Tische und Stühle hinweg müde zu, war aber offenbar zu beschäftigt, um auf einen noch so kurzen Plausch zu ihr zu kommen.

Marie starrte wieder auf den Bildschirm. Nach ihrem Besuch bei Pierre war sie im Musée d'Orsay vorbeigegangen und hatte lange vor ihrem Lieblingsbild von Monet gestanden – *Das Mohnfeld bei Argenteuil*. Es zeigte Camille Doncieux, die zu dieser Zeit mit ihm verheiratet war, und den gemeinsamen Sohn bei einem Spaziergang durch eine üppig blühende Wiese. Das Bild übte seit jeher eine große

Anziehungskraft auf Marie aus. Die intensiven Farben, die Hitze, die über dem ländlichen Idyll zu flimmern schien, und die fröhliche Zugewandtheit der Frau zu dem Kind, das augenscheinlich Blumen pflückte – all das machte es zu einem Sehnsuchtsort für sie. Das Gemälde war 1873 entstanden, als die Monets in der Nähe von Paris lebten. Drei Jahre zuvor hatten sich Camille und Claude endlich das Jawort gegeben und waren nun offiziell Mann und Frau.

Vermutlich, dachte Marie und nippte an ihrer Limonade, in der die Eiswürfel längst geschmolzen waren, war es eine schöne, eine stabile Phase im Leben der beiden gewesen. Endlich vereint, an diesem schönen Ort, an dem Monets Schaffenskraft noch weiter aufblühte und die Familie erstmals keine Geldsorgen mehr hatte, zumindest vorerst.

Das Bild würde keinen Eingang in ihre *Thèse* finden, darin fokussierte sie sich schließlich auf die *Nymphéas* und nicht auf Wiesenblumen, doch privat zog es sie immer wieder in den Raum des Museums, in dem das Gemälde hing. Es schien ihr wie ein Versprechen. Eine Versicherung, dass Camille vor ihrer schweren Krankheit und ihrem frühen Tod immerhin ein paar Jahre des Glücks an Monets Seite gekannt hatte.

Warum ihr das so ungeheuer bedeutsam erschien, wusste Marie nicht, doch das Schicksal der Frauen im Dunstkreis von Claude Monet ließ sie einfach nicht los. Da war auch noch seine Stieftochter gewesen, Blanche Hoschedé, die Tochter jener Frau, die er nach dem Tod von Camille heiratete. Marie überlegte. Hatte Monet wirklich schon zu Camilles Lebzeiten mit Alice Hoschedé angebandelt, wie sie Jan Zimmer nach der missglückten Führung in *L'O* gegenüber geäußert hatte? Und was ging es sie überhaupt an – ein längst verstorbener Maler, der sein Leben so gelebt hatte, wie er es für richtig hielt?

Viel interessanter war doch eigentlich Blanche, die junge Frau, die in Giverny aufwuchs. Sie hatte als Autodidaktin das Malen gelernt, indem sie ihrem Stiefvater über die Schulter sah, und war selbst Künstlerin geworden. Ein ungewöhnlicher Weg für eine Frau in jener Zeit, noch vor der Wende zum 20. Jahrhundert. Schließlich hatte Blanche den ältesten Sohn von Monet und der verstorbenen Camille geheiratet und damit die Bande zur Familie Monet noch enger geknüpft. Ob sie an der Seite von diesem Jean Monet glücklich geworden war?

Soweit Marie wusste, hingen in Giverny ein paar Bilder, die Blanche gemalt hatte, doch wo in Paris konnte man ihre Werke ansehen?

Sie schloss die elende Datei ihrer ewig nur stagnierenden Forschungsarbeit, wählte sich ins WLAN des Cafés ein und suchte nach den Bildern von Blanche Monet. Es war gar nicht so einfach, doch sie fand schließlich eine kleine Werkübersicht. Sehr viele ihrer Gemälde schienen sich in Privatsammlungen zu befinden, doch einige waren öffentlich zugänglich. In Museen in Toulouse und Rouen, aber auch eines im Musée Marmottan Monet hier in Paris.

Marie klappte den Computer zu und trank ihr Glas aus. Die Limonade war inzwischen lauwarm, schmeckte aber trotzdem nach Orangen, Sommer und Kindheit.

Das Musée Marmottan schloss, soweit sie wusste, um sechs, und es war bereits Viertel nach fünf. Heute konnte sie dort nicht mehr hinein. Morgen, am Montag, hatte es geschlossen, außerdem würde sie den Vormittag mit drei Führungen in *L'O* bei den *Seerosen* verbringen. Sie überlegte. War es nach ihrer kurzen Recherche nicht ohnehin vielversprechender, gleich nach Giverny zu fahren und dort auf die Suche nach Blanches Bildern zu gehen?

Natürlich hatte sie während der letzten Jahre immer wieder den kleinen Ort besucht, wohin Monet und seine Familie 1883 gemeinsam mit den Hoschedés gezogen waren und wo seine *Seerosen*-Bilder entstanden waren. Camille war zur Zeit des Umzugs bereits tot gewesen, sie war 1879, mit zweiunddreißig Jahren, an Unterleibskrebs gestorben. Daher war von ihr in dem herrlichen Anwesen nichts zu finden, das Museum dort erzählte die Geschichte der zweiten Frau Alice und die ihrer Kinder, unter anderem Blanche.

Seltsam, bei ihren Besuchen hatte Marie stets nur Monets Entwicklung als Künstler und seine berühmten Werke im Kopf gehabt, doch heute fragte sie sich zum ersten Mal, was sie dort über die Frauen der Familie finden könnte. Und warum sie bisher nie wirklich nach ihnen gesucht hatte.

«*Salut*, Marie», grüßte sie eine Stimme hinter ihr.

Sie drehte sich auf ihrem Stuhl um. Vor ihr stand Nancy, eine amerikanische Schauspielerin, die um die Ecke wohnte.

Die Blondine warf sich das lange Haar über die Schultern und fächelte sich mit einer Hand Luft zu. «Ist das nicht viel zu heiß heute zum Arbeiten?», fragte sie. «Zeit, Feierabend zu machen.»

Ungebeten setzte sie sich auf den freien Stuhl neben Marie und schlug geschmeidig ihre langen, schlanken Beine übereinander, die unter einem Minirock hervorsahen. Ihre Füße steckten in knallpinken Louboutins mit schwindelerregenden Absätzen und roter Sohle.

«Was trinkst du?»

«Orangina», sagte Marie und warf einen letzten, nicht besonders bedauernden Blick auf ihren Computer, ehe sie ihn in ihre Umhängetasche gleiten ließ.

Nancy schnalzte leise mit der Zunge, geringschätzig, wie es Marie schien. «Wir brauchen was Stärkeres», sagte sie. «Erstens kommt hier gleich Jules vorbei, wie jeden Tag, wenn er seine Kanzlei schließt – und dann hätte ich gern ein paar Promille im Blut.» Sie lächelte schief, und Marie bewunderte die Lässigkeit, mit der Nancy über ihre vergangene Geschichte mit dem attraktiven Anwalt sprach. Offenbar machten sich nicht alle wegen ihres Ex so verrückt wie Marie. Wäre vielleicht mal an der Zeit, sich daran ein Beispiel zu nehmen!

«Und zweitens?», fragte Marie.

«Zweitens gibt es etwas zu feiern.» Nancys himmelblaue Augen strahlten auf einmal. Jules schien für den Moment vergessen. «Ein Riesending!»

Lola trat zu ihnen. «Was ist denn los?» Sie musste Nancys letzte Sätze gehört haben.

«Bring uns drei Gläser Champagner, der geht auf mich», sagte Nancy. «Du trinkst auch einen mit. Und dann erzähle ich euch alles.»

Lola winkte ab. «Ich sollte besser nicht ...», sagte sie, «der Abend ist noch lang, und ich habe zu tun.» Rastlos fuhr sie sich durchs kinnlange dunkle Haar und klemmte sich das leere Tablett unter den Arm. «Aber ich setze mich kurz zu euch, wartet!»

Sie verschwand im Café, und Marie betrachtete Nancy, die einen kleinen Spiegel aus ihrer Handtasche fischte und sich sorgfältig die schön geschwungenen Lippen mit rosa Chanel nachzog. Als sie Maries Blick bemerkte, lachte sie und steckte Lippenstift und Spiegel wieder weg.

«Wie gesagt, Jules kommt gleich vorbei», murmelte sie. «Und man sollte immer so aussehen, dass der andere wenigstens sieht, was er verpasst. Oder?»

Marie hatte plötzlich das Gefühl, Nancy mustere ihre Zottelfrisur, und unwillkürlich griff sie nach ihren Haarspitzen und versuchte, die wilden Wellen – erfolglos – ein wenig zu ordnen.

«Du fragst dich wahrscheinlich, warum ich immer aussehe, als sei ich gerade aus dem Bett gefallen?», fragte sie leise.

Nancy zog die bemalten Augenbrauen hoch und brach in ein glucksendes Lachen aus.

«Oh, *my girl*», rief sie, «du hast ja keine Ahnung. Ich dachte gerade, wie neidisch ich auf deine herrliche Haarfarbe und deine blonde Mähne bin! Kein Färben wie bei mir, kein Föhnen, kein Volumenspray ... Du bist einfach perfekt.»

Marie lächelte ungläubig. «Ach ja?», fragte sie zögernd.

«Klar! Du bist eine Naturschönheit, wie sie im Buche steht», sagte Nancy. «Und ich persönlich würde für eine Samthaut, wie du sie hast, Morde begehen. Stattdessen pflege und creme und male und färbe und zupfe ich an mir herum, so gut es geht, und hoffe, das Ergebnis kann sich einigermaßen sehen lassen.»

«Und ob!», sagte Marie und spürte, dass sich ihre Wangen bei den Komplimenten röteten. «Du verdrehst hier doch allen den Kopf.»

«Darauf müssen wir einen trinken! Wo bleibt der Champagner?», rief Nancy so laut und mit so starkem amerikanischem Akzent, dass sich mehrere Köpfe an den Nebentischen reckten.

Da kam gerade Lola wieder aus der Tür, zwei hohe Gläser mit perlendem Getränk auf dem Tablett und daneben ein Glas Mineralwasser. Sie stellte alles auf das Tischchen, setzte sich, erhob ihr Glas und prostete ihnen zu.

Wieder bemerkte Marie, wie müde Lola aussah, sie hatte richtige Ringe unter den Augen. Sie und Fabien schufteten wirklich zu viel. Und dann auch noch die Hochzeitsfeier in ein paar Tagen!

Unwillkürlich musste sie an die Rede dafür denken, aber immerhin hatte sie mit Pierres Unterstützung endlich angefangen zu schreiben, auch wenn sie immer noch nicht fertig war.

«Also?», fragte Lola. «Worauf trinken wir?»

«Im Allgemeinen auf das Leben und die Liebe», sagte Nancy und stieß klirrend mit ihrem Glas an. «Und ganz speziell auf den Wahnsinnsvertrag, den ich am Freitag unterzeichnet habe!»

Lola quietschte auf und verschluckte sich fast am Wasser. «*Génial!*», rief sie. «Etwa für einen Film?»

«Allerdings», sagte Nancy und strahlte. «Und zwar für einen *französischen* Film, *sweeties!* Das ist der Ritterschlag! Es wird eine Neuadaption von *À bout de souffle*, und ich spiele die Rolle der amerikanischen Journalistin Patricia.»

Sie trank einen großen Schluck Champagner, und auch Lola und Marie nippten an ihren Gläsern.

«Glückwunsch, *chérie*», sagte Lola und drückte Nancy mit warmer Geste den Arm.

«Eine Hauptrolle!», sagte Marie beeindruckt. «Das ist wahnsinnig toll, Nancy. Den Film muss ich sehen.»

«Es wird der Hammer», sagte Nancy. «Ich werde allerdings kaum noch Zeit haben, am Set für *La famille Descartes* aufzutauchen. Ich fürchte also, die Austauschstudentin Kimberley, die ich dort spiele, muss für einige Zeit verreisen.» Sie kicherte und trank noch einen Schluck Champagner. «Ganz aufgeben kann ich den Schmachtfetzen aber nicht, schließlich muss ich die Miete in Paris bezahlen. Und natürlich wirft der Film viel weniger Gage ab als die Serie.» Sie winkte ab, als sei das nicht so wichtig. «Aber ich darf endlich Kunst machen, versteht ihr? Dafür hab ich Schauspiel studiert, dafür bin ich nach Paris gekommen!»

«Ich verstehe das absolut», sagte Marie, die daran dachte, weshalb *sie* damals nach Paris gekommen war – ebenfalls, um der Kunst und der Schönheit nahe zu sein. «Dein Traum wird wahr, Nancy.»

Und wo, wenn nicht hier, dachte sie still, konnte man seine Träume verfolgen? Sie einfangen, sie wirklich leben? Nancy war es gelungen, und auch Marie musste es einfach gelingen, irgendwann!

Lola erhob sich. «Ich muss jetzt weitermachen», sagte sie mit Blick auf die vollen, unabgeräumten Tische. «Aber ich freue mich wirklich sehr für dich.»

Sie war schon zwei Schritte weiter, als sie plötzlich stehen blieb und sich noch einmal umdrehte.

«Fast hätte ich es vergessen», sagte sie, und ein eigentümliches, verschmitztes Lächeln spielte um ihre Lippen. «Nach dir wurde heute Vormittag gefragt.» Sie deutete auf Marie.

«Nach mir?», echote Marie.

«Ja, ein Mann kam ins Café, ein Deutscher, wenn mich nicht alles täuscht. Er sprach aber gut Französisch.»

Marie starrte Lola an.

«Jedenfalls wollte er wissen, ob du da bist. Und er brach fast zusammen, als er hörte, dass du dich noch nicht hattest blicken lassen.»

«Ach, Quatsch», sagte Marie und schob sich die Brille hoch. «Er brach zusammen ...? Komm schon!»

«Nein, wirklich!», sagte Lola, und aus dem leisen Lächeln wurde ein breites Grinsen. «Möchtest du uns vielleicht etwas erzählen, Marie?»

Marie schüttelte den Kopf. Nancy neben ihr gluckste, doch sie ignorierte es.

«Und ... hat er noch was gesagt?», fragte sie widerstrebend.

«Nicht viel», sagte Lola, «nur, dass ich dir das hier geben soll.» Sie fischte in der Schürzentasche ihrer Kellnerinnenkluft und holte eine Postkarte heraus. «Ich musste es ihm hoch und heilig versprechen. Bitte schön, Auftrag ausgeführt.»

Marie streckte die Hand aus und griff nach der Karte, die – natürlich – die *Seerosen* zeigte. Blaugrünliches Wasser, pinkviolette Schattierungen der Blütenblätter, das Glitzern der Sonne auf dem Teich ... Marie drehte sie um. Auf der Rückseite standen nur wenige Worte.

*Liebe Marie, rufen Sie mich noch einmal an? Diesmal ohne Notfall? Jan.*

Darunter stand eine deutsche Handynummer.

Marie starrte auf die Schrift. Da fühlte sie, wie sich eine manikürte Hand auf ihre Schulter legte.

«*Oh, là, là*», sagte Nancy, «das nenne ich mal romantisch.»

Ja, das fand Marie allerdings auch.

ie Stimme der *Guide touristique* schallte scheppernd aus den Lautsprechern übers Schiffsdeck, immer wieder zerrissen von Windböen, und Jan dachte, wie viel melodischer und angenehmer die Stimme von Marie Michel gewesen war, als sie ihnen den Vortrag über Monet in der Orangerie gehalten hatte. Diese Fremdenführerin hier, die ganz vorne am Bug stand, war eine rüstige Sechzigjährige mit einem riesigen Strohhut, die unablässig ins Mikro sprach. Und zwar abwechselnd etwas gebrochen auf Englisch und dann wieder in einem rasenden, nicht enden wollenden französischen Wortschwall, von dem nicht einmal Jan sehr viel mitbekam.

Auch seine Schüler, die in mehreren Reihen auf den Plastikstühlen an Deck der Fähre saßen, konnte die Dame augenscheinlich nicht fesseln. Sie quatschten und fotografierten – vor allem sich selbst – und hörten Musik oder schienen den Schlaf der vergangenen Nacht nachzuholen. Insbesondere Emily und Felix hingen in den Seilen, doch auch viele der anderen Teenager hatten blasse, müde Gesichter, denn auf den Zimmern im Hostel war nach der ganzen Aufregung um Madita erst lange nach Mitternacht Ruhe gewesen.

Irgendwie hatte Jan Verständnis für seine Schützlinge. Auch er fühlte sich nicht gerade taufrisch, und er beschloss, ebenfalls die Ohren auf Durchzug zu stellen und lieber die Stadt zu betrachten, die links und rechts der Seine an ihnen vorbeizog. Ein weißer, stuckverzierter Fassadenzug schöner als der vorherige, eine beeindruckende Kirche nach der anderen, hier ein Palast, dort die herrlichen steinernen Brücken ... Paris glitzerte wie ein schneeweißes Juwel in der Augustsonne.

Jan schloss kurz die Augen und genoss den Fahrtwind, der sich auf sein Gesicht legte. Dann öffnete er die Lider und griff unauffällig nach seinem Handy.

Madita war schon heute früh wieder aus der Klinik entlassen worden, sie hatte tatsächlich eine Alkoholvergiftung erlitten, war aber auf dem Weg der Besserung. Die Ärztin hatte Karen gesagt, das Mädchen solle sich ausruhen, liegen und viel Wasser trinken, dann sei sie innerhalb der nächsten vierundzwanzig Stunden wieder fit. Vorher solle sie auf keinen Fall reisen.

Nachdem Jans kurze Wut verraucht war, hatte sich bei ihm das Mitleid gemeldet. Offenbar hatte Madita zu Hause wirklich einige schwerwiegende Probleme. Gestern hatten Karen und er spätabends niemanden in Aachen erreicht, und als Karen es heute Vormittag noch einmal bei Maditas Eltern versucht hatte, war nur ein Geschwisterkind ans Telefon gegangen. Die Mutter sei verreist, hieß es, und der Vater komme erst spätabends nach Hause.

Karen hatte darauf verzichtet, eine Nachricht zu hinterlassen. Sie und Jan hatten sich darauf geeinigt, heute Abend in Ruhe mit Madita zu sprechen, wenn diese hoffentlich wieder auf den Beinen war. Bis dahin würde Karen bei ihr im Hostel bleiben, und Jan musste die anderen Schülerinnen und Schüler eben einen Tag lang allein durch Paris zerren.

Jetzt öffnete Jan seine Nachrichten-App, aber er hatte keine SMS von seiner Kollegin bekommen, also schien alles in Ordnung zu sein. Und auch sonst gab es keine Nachrichten. Keinen Anruf in Abwesenheit. Kein Rauchzeichen. Nichts.

Er ließ das Handy wieder in seine Jeanstasche gleiten und wunderte ... ja, ärgerte sich geradezu über seine Enttäuschung. Und seine Ungeduld. Schließlich hatte er erst heute Vormittag, auf dem Weg mit der Klasse zum Jardin du Luxembourg, einen Abstecher zu diesem Café gemacht und die Karte hinterlassen. Vielleicht hatte Marie Michel sie noch gar nicht bekommen? Vielleicht hatte sie noch keine Zeit gehabt, sie zu lesen?

Möglicherweise, meldete sich ein gemeines kleines Stimmchen in seinem Kopf, hatte sie auch einfach keinerlei Lust, ihn anzurufen?

Das *Bateau Mouche* glitt über das graublaue, glitzernde Wasser der Seine, und die Haare und Seidentücher der Passagiere flatterten sanft in der Sommerbrise. Den eleganten Eiffelturm, an dessen Fuß Jan und seine Klasse an Bord gegangen war, hatten sie längst hinter sich gelassen. Sie fuhren jetzt unter dem Pont de l'Alma hindurch, kurz darauf unter dem Pont des Invalides. Die Fremdenführerin sprach noch engagierter ins Mikro und sprudelte nur so vor Details, Jahreszahlen und Namen. Ihre Stimme hallte so laut von den steinernen Brückengewölben wider, dass die Tauben erschrocken aufflatterten und auch einige Möwen empört Reißaus nahmen. Kreischend segelten sie wie weiße Blitze über dem breiten Strom davon.

Jan sah links das Grand Palais mit seinem gewaltigen gläsernen Dach liegen, rechts den Invalidendom, wo Napoleon Bonaparte begraben war. Nach dem Pont de la Concorde tauchte der Park der Tuilerien auf. Grüne Bäumchen erhoben sich, und das Erste, was man vom Schiff aus sah, war die lang gestreckte Orangerie auf einer sanften Erhöhung.

Während das Museum zu den scheppernden Erläuterungen der *Guide touristique* über die berühmten *Seerosen* vorbeizog, tastete Jan erneut nach seinem Handy. Und tatsächlich klingelte es in diesem Moment in seiner Hosentasche. Er zuckte zusammen, als hätte ihn eine Wespe gestochen. Hastig zog er es hervor und sah gespannt aufs Display.

Es war Karen.

«Ja?», sagte Jan etwas mürrischer als gewollt ins Telefon. «Alles in Ordnung?»

«Ja, alles gut. Ich wollte nur durchgeben, dass Madita etwas gegessen hat», sagte Karen am anderen Ende. «Es geht ihr besser, scheint mir. Und sie hat mir außerdem erzählt, dass ihre Eltern sich gerade getrennt haben und dass es zu Hause nicht zum Aushalten ist.» Sie senkte die Stimme. «Ich habe ihr versprochen, dass niemand von den Mitschülern etwas erfährt, aber dir darf ich es sagen, meinte sie. Ich denke, unter diesen Umständen ...»

«... schicken wir sie besser nicht zurück.» Jan seufzte. «Du hast recht. Emily und Felix müssen wir dann aber mitbegnadigen, ja? Und trotzdem sollten wir Maditas Eltern irgendwie benachrichtigen, dass ihre Tochter im Krankenhaus war.»

«Ja, ich rufe noch mal an und spreche notfalls auf die Mailbox», sagte Karen.

Nach ein paar weiteren kurzen Absprachen beendeten sie das Telefonat. Jan steckte sein Handy weg. Sein Blick schweifte über die Hinterköpfe seiner Schülerinnen und Schüler.

Man war als Lehrer so nah an ihnen dran und doch so entfernt wie der Mond, dachte er. Was wusste er schon darüber, was ihnen schlaflose Nächte bereitete, wie sie zu Hause lebten, was sie sich wünschten und erhofften? Dabei sah er sie beinahe täglich, verbrachte mehr Zeit mit ihnen, als viele in diesem Alter es wahrscheinlich mit ihren Eltern taten. Doch sie blieben wie hinter einer Mauer, von ihm getrennt durch den Lehrertisch, hinter dem Jan sie nur von fern betrachten durfte. Diese Jugendlichen wurden durch seine Klasse geschleust, blieben zwei Jahre lang, manchmal unfreiwillig auch länger, tauchten vielleicht noch einmal in einem Oberstufenkurs auf, verließen dann die Schule und waren fort. Ab und zu traf er später noch einen von ihnen auf der Straße, in der Fußgängerzone oder im Park. Man grüßte sich. Doch das war's.

Jan dachte an seine eigenen Lehrerinnen und Lehrer und überlegte, von wem er überhaupt noch die Namen kannte. Es waren wenige, sehr wenige. Eine zierliche, sehr freundliche Kunstlehrerin, die ihm einmal bescheinigt hatte, dass er ein talentierter Zeichner war. Ein Sportlehrer, der ihm beim Schwimmunterricht das Goldabzeichen gegeben hatte, obwohl Jan nicht die erforderlichen Meter hatte tauchen können. Ein besonders furchtbarer, knöcherner Chemielehrer, der ihm das Leben zur Hölle gemacht hatte. Nur diese wenigen – sehr guten oder sehr schlechten – Ausnahmen waren ihm im Gedächtnis geblieben, alle anderen Lehrkräfte verschwammen in seiner Erinnerung zu einer grauen Masse mit schütterem Haar und unmodernen Pullundern. Würde er auch einmal in dieser Masse untergehen? Würden seine Schüler auch ihn sofort vergessen, sobald sie nicht mehr gezwungen wären, in seinen Unterricht zu traben?

Vermutlich schon, dachte Jan, und ein Anflug von Selbstmitleid überkam ihn.

Einen seltsamen Beruf hatte er sich da ausgesucht, in dem er immer ein Schemen bleiben würde. Und doch machte er ihm meistens riesigen Spaß. Besonders auf einer Fahrt wie dieser, wenn er den Jugendlichen seine Lieblingsstadt zeigen konnte.

Vor ihnen tauchte jetzt die erste Seine-Insel auf. Die Türme von Notre-Dame ragten in den tiefblauen Sommerhimmel. Seine Schüler sprangen auf, plötzliche Euphorie erfasste sie angesichts dieses Social-Media-tauglichen Moments, und sie begannen, wie wild Selfies zu machen. Währenddessen lauschte Jan der Fremdenführerin, wie diese jetzt vom furchtbaren Brand der alten Kirche und vom noch andauernden Prozess der Wiederaufbauarbeiten berichtete.

Das Schiff fuhr an der ersten Insel vorbei, kreuzte dann entlang der zweiten, der kleineren Île Saint-Louis und ließ auch sie hinter sich. Das *Bateau Mouche* näherte sich dem Ende der Tour, denn Jan hatte wohlweislich nur eine einfache Fahrt gebucht, damit sie direkt am Pont Marie in Hostelnähe aussteigen konnten.

Eigentlich hatte er vorgehabt, von dort direkt weiterzulaufen zum *Mémorial de la Shoa*, doch als er jetzt die erhitzten und müden Gesichter seiner jungen Mitfahrer betrachtete, erschien ihm dies plötzlich nicht der richtige Moment. Nein, er würde lieber einfach mit ihnen hinunter zur *Paris Plage* gehen, dem künstlichen Sommerstrand am Ufer der Seine. Hier warteten Liegestühle und kleine Buden mit Erfrischungen, und er würde seinen Schützlingen ein Eis spendieren und den Nachmittag in der goldenen Augustsonne ausklingen lassen, entschied er.

Als das Boot anlegte, trieb Jan seine kleine Herde ans Festland und wies ihr den Weg die Treppen hinunter zur befestigten, breiten Promenade des Flusses, wo sich schon viele Touristen und Einheimische in den bunten Stühlen fläzten und kühle Cocktails schlürften.

Er selbst könnte gut einen Gin Tonic gebrauchen, dachte Jan, aber natürlich musste er mit gutem Beispiel vorangehen und eine Limonade bestellen.

Es gab Schlimmeres.

Als sie in der Schlange vor dem *glacier* standen und die Schüler darüber debattierten, welche der vielen schillernden Eissorten sie wählen sollten, klingelte erneut Jans Telefon in seiner Hosentasche. Weniger hastig als zuvor griff er danach, denn er erwartete, dass es wieder Karen sein würde. Sicher wollte sie sich danach erkundigen, wann er mit der Gruppe ins Hostel zurückkehren würde.

Doch als er aufs Display sah, stand dort nicht Karens Nummer. Es war eine Nummer mit französischer Vorwahl, und Jans Herz setzte einen Moment aus, ehe er auf den grünen Button drückte.

«*Oui?*», meldete er sich.

Seine Stimme war heiser, wie er zu seinem Erschrecken bemerkte. Und er erntete sogleich einen neugierigen Blick von Romy, die in der Schlange vor ihm stand und der man, wie Jan schon des Öfteren erlebt hatte, nichts vormachen konnte.

«Marie? Sind Sie das?»

# 13

Die Räder ihres fliederfarbenen Fahrrads surrten über die Straße, und Marie trat kräftig in die Pedale, denn sie war wie immer etwas zu spät dran.

Einerseits hatte sie es also eilig. Andererseits wurde ihr mit jedem Meter, den sie entlang des Canal Saint-Martin zurücklegte, klarer, was für eine schwachsinnige Idee es gewesen war, Jan Zimmer anzurufen – und eine noch dümmere, sich tatsächlich mit ihm zu einem gemeinsamen Glas Wein am Abend zu verabreden. Daher war sie nun bei jedem Hindernis, jedem Hund, der sie zum Bremsen zwang, und jedem Renault oder Peugeot, der ihr die Vorfahrt nahm, beinahe dankbar für den Aufschub.

Was sollte sie nur sagen, wenn sie in der Brasserie ankam, die er ihr genannt hatte? Worüber, um Himmels willen, würden sie sich bloß unterhalten?

Thanh hatte Maries Bedenken natürlich nicht geteilt. Sie hatte vielmehr einen wilden Freudentanz aufgeführt, als sie Marie vor dem Spiegel mit Mascara und Eyeliner experimentieren sah, und sie dazu genötigt, ihr eigenes schwarzes, ärmelloses Schlauchkleid auszuleihen. Der hauchdünne Stoff rutschte nun auf dem Fahrrad immer wieder an Maries Oberschenkel hoch. Genervt zog sie zum hundertsten Mal daran herum und wünschte sich, sie wäre einfach bei Shorts und Ringelshirt geblieben. Zur Hölle mit Thanh und ihren Bemühungen, Marie zur Dating-Queen umzugestalten! Und zur Hölle mit Maries eigenen konfusen Wünschen und Sehnsüchten.

Was hatte sie mit diesem Lehrer aus Deutschland zu tun?

Zugegeben, er hatte sich nach ihrer ersten verunglückten Begegnung in *L'O* als recht sympathisch herausgestellt, mehr aber auch nicht. Was wollte sie also von ihm? Hatte eine kitschige Postkarte schon gereicht, um ihn zu kontaktieren? War sie so verzweifelt? Und dann auch noch ein Tourist, der ohnehin bald wieder fort sein würde...

Sein Französisch immerhin war wirklich hervorragend, auch am Telefon, wie sie festgestellt hatte, und es nahm sie für ihn ein, da ihre eigenen Fremdsprachenkenntnisse mehr als dürftig waren. Trotzdem würden sie sich bestimmt verlegen anschweigen. Oder er würde ihr einen Vortrag halten, denn das hatte sie schon gemerkt, dass dieser Lehrer aus Aachen sich gern selbst reden hörte. Nun, damit war er das Ebenbild fast aller Pariser Männer, die Marie kannte – deutsch oder französisch, es war leider ein universales Problem.

Sie seufzte.

Dann bremste sie ab, ließ ein Paar vorüber, das eng umschlungen an den Kanal treten wollte, und fuhr weiter.

Es war ein heller Abend. Das Licht schwand nur langsam, warm und beinahe golden lag es auf dem grünlichen Kanalwasser, das hier wieder oberirdisch floss. Marie sah einige Touristen, die oben auf einer Brücke standen, kleine Steinchen ins Wasser warfen und sich dabei gegenseitig fotografierten. Sie stellten eine Szene aus dem nach wie vor größten französischen Sehnsuchtsfilm der vergangenen fünfundzwanzig Jahre nach: *Die fabelhafte Welt der Amélie*. Auch Marie hatte den Klassiker mehrfach gesehen, und auch sie konnte sich dessen Charme nur schwer entziehen. Obwohl Paris darin so einseitig bonbonfarben über die Leinwand flimmerte. Doch was war schon gegen ein bisschen Nostalgie einzuwenden? Und Marie musste zugeben, dass das Bild, das sich ihr gerade von ihrem Fahrrad aus bot, verdammt an die Filmbilder erinnerte – das kühle grünliche Wasser des Canal Saint-Martin, in dem sich die Zweige der riesigen Baumkronen rechts und links spiegelten, die ihn beschirmten wie ein lichtes Dach. Dazu die eisernen, hellgrünen und silbrigen Brückengeländer und Schleusen, die gemächlich an ihr vorbeiziehenden Schleppkähne, der Duft nach frischem Kaffee aus den Cafés entlang des belebten Ufers – all das war beinahe so schön wie in der Fantasiewelt des Regisseurs Jean-Pierre Jeunet.

Sie sah Jan Zimmer, ehe er sie sah. Er saß an einem Zweiertischchen in der Brasserie auf der anderen Seite des Kanals, eine Espressotasse vor sich und in sein Handy vertieft. Marie bremste, stieg ab und schluckte. Jetzt wäre ihre letzte Chance, einfach umzudrehen und diese ganze Episode zu vergessen. Zu Hause wartete eine halbvolle Flasche Limonade und eine unangerührte Schokoladentafel auf sie. Ludwig Kirchner würde sich hingebungsvoll an sie schmiegen, und sie könnte sich das unbequeme Kleid von Thanh vom Leib reißen, ihren Pyjama anziehen und früh schlafen gehen.

Doch da hob Jan drüben auf der anderen Seite den Kopf und sah über das Wasser direkt zu Marie. Über sein Gesicht ging ein so echtes, so spontanes Lächeln, dass Marie nicht anders konnte, als ihm zuzuwinken und sich anzuschicken, ihr Fahrrad über die Brücke zum anderen Kanalufer zu hieven – erst die Stufen hinauf, dann auf der anderen Seite wieder hinunter.

Sie kam etwas außer Atem drüben an, wischte sich die Hände ab, zog sich unauffällig den engen Rock zurecht, schloss das Rad wieder einmal illegalerweise an einen Laternenpfahl und trat zu Jan an den Tisch.

Er war aufgestanden und streckte ihr eine Hand hin. Verwirrt ergriff Marie sie und ließ sich die Finger drücken – in Paris, wo man sich stets mit Wangenküsschen begrüßte, wirkte diese Geste so, als habe Jan sie zu einem Bewerbungsgespräch hierher bestellt. Linkisch ließ sie sich auf dem zweiten Bistrostuhl neben ihm nieder.

«Wie schön, dass Sie kommen konnten», sagte er und legte ihr die Menükarte hin.

Marie überflog sie, ohne wirklich Sinn hinter den tanzenden Buchstaben zu erkennen, sie war plötzlich schrecklich nervös.

«Ähm ... Wollen wir vielleicht Du sagen?», fragte sie und räusperte sich.

«Gern», sagte Jan und wirkte erfreut, «ich wusste nicht genau ... In Frankreich seid ihr manchmal erstaunlich förmlich.»

Der Kellner kam, mürrisch zunächst, doch als er bemerkte, dass Marie keine Touristin war, hellte sich sein Gesicht etwas auf, und er nahm ihre Bestellung beinahe friedfertig entgegen. Mit Jan sprach er gar nicht erst, was Marie heimlich amüsierte, Jan aber nicht zu stören schien.

Immerhin, dachte sie, war er offensichtlich kein Mann, der ein Problem damit hatte, wenn sein Date im Restaurant selbst bestellte. Ihr waren schon ganz andere Exemplare untergekommen.

«Alors», wiederholte der Kellner, «zwei Gläser Merlot, eine Karaffe Wasser, eine kleine Apéro-Platte mit etwas Käse, Charcuterie und Baguette.» Er nickte knapp und verschwand.

Marie nestelte an ihrem Kleid und vermied den Blick zu Jan. Lieber sah sie auf das grünlich schimmernde Kanalwasser, das jetzt eine dunklere Schattierung angenommen hatte, da die Sonne tiefer hinter die Häuser rutschte und das Licht weiter abnahm.

«Ich wollte mich noch einmal bei Ihnen ... bei dir bedanken», sagte Jan, und Marie hörte, dass auch er nervös war.

Bis eben hatte sie noch gedacht, dass es ihm bei dem Treffen heute wahrscheinlich wirklich nur um einen Ausdruck von Dankbarkeit ging. Doch auf einmal wurde ihr klar, was das hier auch sein könnte, und sie verfluchte Thanh, die wieder mal alles vorher gewusst hatte. Zwei Menschen ungefähr im selben Alter, ein warmer Sommerabend in Paris, dunkelschimmernder Merlot, der soeben gebracht wurde ...

Marie schluckte und griff nach ihrem Glas, als sei es eine Notbremse.

«Nicht der Rede wert», murmelte sie und trank einen großen Schluck, dann noch einen. Erst danach wurde ihr klar, dass Jan etwas verwirrt darauf wartete, mit ihr anzustoßen.

«*Santé*», sagte er etwas lahm, hob sein Glas und trank ebenfalls.

Als die Vorspeisen kamen, nahm sich jeder von ihnen ein Stück Käse.

«Wie geht es denn deiner Schülerin?», fragte Marie, dankbar über den Geniestreich von ihr, ein neutrales Gesprächsthema anzuschneiden.

«Ganz gut», sagte er. «Zum Glück war es nur eine leichte Alkoholvergiftung, und sie ist schon wieder auf den Beinen.»

«Muss sie jetzt nach Hause fahren?», fragte Marie, denn sie erinnerte sich daran, dass dies in ihrer eigenen Schulzeit an der Tagesordnung gewesen war.

Jan schüttelte den Kopf und stellte langsam sein Glas ab.

«Nein», sagte er, «wir haben entschieden, dass ihr damit nicht geholfen wäre.»

«Aber ist das nicht ein ziemlicher Regelverstoß?», fragte Marie erstaunt. «Sich bis zur Besinnungslosigkeit zu betrinken?»

«Doch», sagte er, «aber ich weiß zufällig, dass Madita ihre Gründe hatte.»

Marie war beeindruckt. Sie sah Jan an. Die Abendsonne lag warm auf seinem blonden Haar, seine Augen leuchteten tiefblau in dem unwirklichen Licht des Sonnenuntergangs. Er wirkte irgendwie zu jung, um schon die Verantwortung für so viele Teenager zu tragen, dachte sie plötzlich. Gleichzeitig hatte sie das Gefühl, dass er seinen Job nicht nur mochte, sondern auch gut machte.

Ihr fiel Antoines riesiges Ego ein – aus dem er regelmäßig in absoluten Selbsthass abgestürzt war. Entweder hielt er sich für den Gott des Podiums, oder aber er war überzeugt davon, nie wieder auch nur ein Wort schreiben zu können. Seine Stimmungen wechselten innerhalb von Tagen. Vor Antoines Sinnkrisen waren Maries eigene Probleme stets verblasst, sie hatten einfach keinen Platz neben seinen großspurigen und dramatischen Ausbrüchen gehabt.

Wieder einmal fragte sich Marie, warum sie sich überhaupt damals so sehr in ihn verliebt hatte. Und warum sie, noch unverständlicher, weiterhin an ihn dachte, während sie doch genau wusste, was für ein Blender er war. Schon zwickte erneut die Sehnsucht nach ihm in ihrer Brust, wie eine alte Gewohnheit, die sie nicht ablegen konnte.

Was für ein Schlamassel, dachte sie und stieß genervt Luft aus.

«Ist etwas?», fragte Jan, und Marie sah ihn schuldbewusst an und spürte, wie sich ihre Wangen rosig färbten. Doch in der zunehmenden Dämmerung fiel das hoffentlich nicht auf.

«Entschuldigung», sagte sie, «ich dachte gerade an etwas ganz anderes.» Sie nahm noch einen Schluck Wein. Er schmeckte ihr nicht besonders, aber etwas musste sie schließlich mit ihren Händen tun.

«Wie kommt es eigentlich, dass du deine Klasse jetzt allein lassen kannst?», fragte sie. «Solltest du deine Schützlinge nicht alle knebeln und fesseln, damit sie keinen Unsinn machen, bis ihr wieder in Aachen seid?»

Jan lachte, und Marie musste zugeben, dass sein Lachen das Beste an ihm war. Er hatte sehr ebenmäßige weiße Zähne, und wenn er lachte, sah man die ersten Fältchen um seine Augen. Und seine Stimme ... Auch die war gar nicht schlecht, dachte Marie und trank erneut vom Merlot, wirklich gar nicht so schlecht.

«Die ganze Klasse hat heute Ausgehverbot», sagte er. «Und meine Kollegin nutzt diesen Abend, um mit ihnen an einem Sprachprojekt zu arbeiten. Wir wollen nach unserer Paris-Fahrt eine Zeitung für die Schule herausgeben, und die Schülerinnen und Schüler schreiben jetzt die ersten Artikel dafür.» Er verzog den Mund zu einer Grimasse. «So jedenfalls der Plan. Aber wenn Karen sich etwas vornimmt, klappt es meistens auch.»

«Und dir hat sie einfach freigegeben?», fragte Marie.

Jetzt war es an Jan, rosig anzulaufen. Verlegen nahm er eine schwarze Olive und steckte sie sich in den Mund. Er nahm sie zwischen seine makellosen Zähne und zerbiss sie, und Marie musste sich zusammenreißen, um ihn nicht anzustarren.

«Ich habe sie darum gebeten», sagte er kauend und trank

einen Schluck Wein hinterher. «Es war mir eben wichtig, dich heute Abend zu sehen.» Er räusperte sich. «Weil du mir neulich so geholfen hast, meine ich», schob er schnell hinterher.

Plötzlich kribbelte es in Maries Nacken, und sie wusste schon wieder nicht, wohin mit ihrem Blick, geschweige denn mit ihren Händen. Halt suchend griff sie erneut nach ihrem Glas, verfehlte es jedoch und erwischte stattdessen das von Jan – und fegte es vom Tisch. Die Hälfte der roten Flüssigkeit landete auf dem Kopfsteinpflaster, die andere Hälfte auf Jans weißem Hemd.

Das Glas zerschellte klirrend auf den Steinen. Jan zuckte kurz zusammen, fing sich aber schnell und begann zu lachen.

Die Gäste an den anderen Tischen hatten ihre Gespräche wie aufs Stichwort unterbrochen, doch als sie sahen, dass nichts passiert war, erhob sich das Gemurmel wieder.

«Es ... tut mir so leid», stammelte Marie und griff nach einer Serviette, um sie Jan zu reichen.

Er tupfte relativ erfolglos an den roten Flecken herum, die sich in Windeseile auf dem hellen Stoff ausgebreitet hatten.

Der Kellner kam ohne große Hektik zu ihnen, erkundigte sich leiernd, ob er ein neues Glas bringen sollte, und informierte sie, dass sie dieses selbstverständlich bezahlen müssten. Als Marie nickte, zog er mit der triefenden Serviette wieder von dannen. Kurz darauf kam ein Küchenjunge mit Kehrblech und Handfeger, um die Scherben zu beseitigen. Jan holte ein paar Euro aus seiner Jeanstasche und gab sie dem jungen Mann mit einem so dankbaren Lächeln, dass Marie erneut beeindruckt war.

Ihre Wangen brannten. «Ich bin so ein Tollpatsch», sagte sie reumütig, «ich wünschte, mir würde nicht andauernd so etwas passieren.»

Jan beugte sich zu ihr, und ehe sie es kommen sah, griff er nach ihrer Hand und drückte sie. Doch nicht als steife, höfliche Geste wie vorhin bei der Begrüßung – nein, diesmal streichelte er mit dem Daumen über ihre Finger und zog Maries Hand dann sogar ganz kurz an seine Lippen. Er streifte sie nur mit dem Mund, ehe er sie wieder losließ, doch in seinen Augen stand ein Ausdruck, den Marie lange nicht gesehen hatte und der das Kribbeln in ihrem Nacken verstärkte.

«Mach dir keine Gedanken», sagte er. «Das Hemd war bloß von H&M und hatte außerdem etwas Farbe nötig.» Er lächelte und nahm vom Kellner das neue Glas Merlot entgegen, das dieser an ihren Tisch brachte. «Außerdem habe ich jetzt etwas bei dir gut, oder?»

Marie lächelte zurück. «Wenn du meinst.»

«Wunderbar», sagte er und wirkte sehr zufrieden. «Aber zuerst wüsste ich gern etwas mehr über dich, erzähl doch mal. Seit wann machst du Führungen durch die Orangerie?»

«Seit ein paar Jahren», sagte sie achselzuckend, «aber es ist nur ein Nebenjob.»

«Und was ist der Hauptjob?»

«Ich schreibe meine Doktorarbeit», sagte sie und verzog das Gesicht.

Jan hob die Augenbrauen. «Wow», sagte er, «das ist ja toll.»

Marie musste lachen. «Toll ist daran gar nichts.» Sie strich sich die Haare aus dem Gesicht. «Wenn ich sage, ich schreibe sie, dann heißt das eigentlich, ich schreibe sie *nicht*. Ich komme einfach nicht voran, aber ich muss sie bald abgeben. Und meine Betreuerin hat wahrscheinlich schon eine Vertretung für den Vortrag in ein paar Wochen engagiert, weil sie nicht mehr damit rechnet, dass ich da auftauche ... und ...»

«Da?», unterbrach Jan ihren Redestrom. «Wo denn?»

«An der Sorbonne», murmelte Marie, und wieder hob Jan die Augenbrauen, diesmal fast bis zum blonden Haaransatz.

«Ich wiederhole mich», sagte er, «aber – wow! Die Sorbonne? Ehrlich?»

Marie rutschte auf ihrem Stuhl hin und her. «Alles schön auf dem Papier», sagte sie abwehrend, «aber wenn man an der Sorbonne versagt, ist das auch nicht besser oder ehrenvoller als woanders.»

«*Versagen* ...» Jan runzelte die Stirn. «Das ist ein Wort, das ich am liebsten aus dem Wortschatz streichen würde – ob auf Deutsch oder auf Französisch. Es hat meiner Meinung nach eine zerstörerische Bedeutung und ist komplett unnötig.»

Marie spürte eine Welle von Sympathie. Er war sicher ein richtig guter Lehrer, dachte sie wieder, und fast beneidete sie seine Schüler ein bisschen.

Sie sah, dass er sie beobachtete.

«Und da kann man nichts machen?», fragte er. «Ein neuer Blickwinkel, eine andere Methode?» Er fuhr sich durch die Haare. «Das sage ich meinen Schülern immer – wenn man nicht weiterkommt, ist der Weg vielleicht nicht der richtige.»

Marie biss auf ihrer Unterlippe herum. «Nun ... Seit ein paar Tagen habe ich da so eine Idee, woran es liegen könnte», sagte sie. «Und es hat irgendetwas mit Monets Frauen zu tun. Und auch mit seiner Stieftochter Blanche.»

Jan grinste schief. «Darüber waren wir beide uns ja schon einmal nicht ganz einig», sagte er, doch Marie wischte die Bemerkung mit einer Handbewegung fort.

«Vergiss es», sagte sie, «ich war an dem Tag einfach merkwürdig drauf.» Sie drehte sich das Haar im Nacken zu einem losen Zopf zusammen und ließ es wieder fallen. «Es könnte sein, dass ich eine Idee habe, aber dafür muss ich erst einmal nach Giverny.»

«Ah», sagte Jan und lehnte sich auf seinem Stuhl zurück. «Der Garten der Monets, ich habe davon gehört. Da wollte ich schon immer mal hin.»

Nach wie vor klebte sein Hemd feucht und rot verfärbt an seinem Oberkörper, und Marie musste zugeben, dass ihr das, was sie darunter erahnte, gefiel. Plötzlich wurde ihr bewusst, dass sie die Unterhaltung mit Jan genoss. Ein völlig neues Gefühl war das, und sie war so überrascht, dass sie den Rest ihres Rotweins in einem Zug leerte. Dann dachte sie über seinen letzten Satz nach.

«Möchtest du vielleicht mit mir hinfahren?», fragte sie und wollte sich im selben Moment auf die Zunge beißen. Das musste der Wein sein, der da aus ihr sprach, sie hätte bei Limonade bleiben sollen.

Doch Jan schien den Vorschlag gar nicht seltsam zu finden, er strahlte sie an, als habe sie ihm das Angebot seines Lebens gemacht.

«Natürlich», sagte er schlicht. Dann verdüsterte sich sein Gesicht, und er schlug sich an die Stirn. «Aber nein», sagte er, «ich kann nicht. Die Schüler.»

«Richtig», sagte Marie.

«Du möchtest nicht zufällig mit fünfundzwanzig deutschen Teenagern nach Giverny fahren?», fragte er mit verschmitzter Hoffnung im Blick.

Marie lachte. «Nein», sagte sie, «nicht unbedingt.»

Doch da hellte sich Jans Miene wieder auf. «Warte mal», sagte er, «am Mittwoch ginge es vielleicht doch. Die Schüler sind einen Tag lang bei Austauschfamilien. An unserem Partner-Lycée ist zwar gerade kein Unterricht, weil ihr hier in Paris noch Ferien habt, aber trotzdem hat jeder Schüler einen Partner, der ihn dann auch in Deutschland besucht.»

«Das heißt, du hättest da den ganzen Tag frei?», fragte Marie.

«*Oui, Mademoiselle*», sagte Jan.

Die Laternen entlang des Kanals flammten auf und tauchten den Quai de Valmy in warmes, schimmerndes Licht. Marie lauschte auf das Gläserklirren ringsum und die lebhaften Gespräche in der Dämmerung unter der Markise der Brasserie. Verblüfft dachte sie, dass sie sich lange nicht so wohlgefühlt hatte. Leise zogen die Klänge eines Akkordeons vom Wasser zu ihrem Tischchen herüber. Der Straßenmusikant auf der anderen Kanalseite spielte *La valse d'Amélie* – was sonst?

## 14

*L*angsam schlenderte Jan durch die Ausstellungsräume im Musée d'Orsay. Es war wirklich ein wunderschöner Ort, an den er immer wieder gern zurückkehrte, voller Licht, das durch die großen Deckenfenster des ehemaligen Bahnhofsgebäudes fiel, und voller Farben, Skulpturen und kostbarer Bilder. Das ganze Haus atmete Kunst, war in allen Stockwerken von der Liebe zu ihr erfüllt, und die Schönheit wirkte hier wie ein Elixier. Jedenfalls auf Jan.

Deswegen hatte er auch darauf bestanden, heute, am Dienstag, mit der Klasse und Karen herzukommen, selbst wenn die Schülerinnen und Schüler, wie er feststellte, nach mehreren Tagen in Paris etwas kulturmüde waren. Gestern hatten sie den Eiffelturm bestiegen, das war für alle ein Highlight gewesen, doch nun sollten sie schon wieder ins Museum? Sie hatten schon gemurrt, als sie draußen am Ufer der Seine in der Schlange stehen mussten, bis der Timeslot begann, für den sie Tickets hatten. Es wurden sehnsüchtige Blicke zu einem Café geworfen, das Eiswaffeln verkaufte. Doch Jan war unerbittlich geblieben und hatte die kleine schlaffe Schar mit Karens Unterstützung durch den Eingang ins Museum getrieben. Morgen würden sie etwas vom echten Leben kennenlernen, würden in ihren Gastfamilien den Tag verbringen, mit französischen Jugendlichen in Kontakt kommen und die ganze Zeit Französisch sprechen müssen – aber immerhin mussten sie dann keine Kunst anschauen. Umso besser, dass dazu heute noch einmal ausgiebig Gelegenheit war, dachte Jan äußerst zufrieden.

Er hatte sie alle mit ausführlichen Fragebögen ausgestattet. Sie sollten bestimmte Kunstwerke finden und dazu Fragen beantworten, Rätsel lösen und von einem der zehn gesuchten Exponate eine größere Skizze anfertigen. Insgesamt würde die Rallye durch die Gänge und Räume des großen Museums etwa zwei Stunden dauern. Aber natürlich wusste Jan, dass einige Schülerinnen und Schüler sich so schnell wie möglich die Zeit mit *Chocolat chaud* und Croissants in der Cafeteria vertreiben wollten und sich die restlichen Antworten von ihren Mitschülern besorgen würden.

Doch selbst wenn jeder von ihnen vorher auch nur ein oder zwei Gemälde etwas genauer ansah, war ja schon viel gewonnen, dachte Jan, während er weiterging. Und immerhin lernten sie auf diese Weise ganz nebenbei noch Teamwork und das Fokussieren aufs Wesentliche.

Er hatte schon lange erkannt, dass es als Lehrer nicht auf Perfektion ankam, nicht auf einen Absolutheitsanspruch, sondern eher darauf, dass er ab und zu einen Funken entzündete. Er konnte nur Angebote machen, nutzen mussten sie die jungen Leute selbst. Und wenn sie es jetzt nicht taten – na gut! Vielleicht würden sie in zehn, zwanzig Jahren nach Paris zurückkehren, ins Musée d'Orsay gehen und sich plötzlich daran erinnern, dass sie einmal mit ihrem komischen alten Lehrer hier gewesen waren – wie hieß er noch gleich? – und sich zu Tode gelangweilt hatten. Und dass es doch eigentlich eine gute Zeit gewesen war, die sie gemeinsam gehabt hatten. Diese Erkenntnis wäre ja wirklich nicht das Schlimmste.

Cézannes Kartenspieler zogen an Jan vorbei, die Tänzerinnen von Degas in Tüllröcken schwebten vorüber, van Gogh starrte ihn aus einem Selbstporträt mürrisch an. Da entdeckte Jan ein Bild von Monet, das ihn in Bann schlug, und er trat näher. Es war ein impressionistisches Gemälde, das die *Houses of Parliament* in London zeigte. Jan ließ die Augen über die Farben gleiten. Ein glühendes Orange hinter der dunklen Silhouette des Turms, das sich noch einmal im Wasser spiegelte, daneben zarte Blau- und Rosatöne, ein dunkles Violett. Alles an diesem Werk war Stimmung, dachte er anerkennend, nichts darin konkrete Abbildung von Wirklichkeit, sondern nur ein flüchtiger und gleichwohl intensiver Eindruck. Man wusste, wenn man vor dem Bild stand, sofort, wie die Luft sich anfühlte, wie es dort an der Themse roch, wie die Wärme des Tages langsam in den Abend überging. Es war im besten Sinne des Wortes eine Impression. Und damit machte es die ganze Szene wirklicher, erfahrbarer, als wenn der Maler sie detailgetreu wie ein Foto dargestellt hätte.

Jan ging weiter, ließ neue Farben und Motive auf sich wirken. Natürlich blühten auch hier *Seerosen*-Bilder an den Wänden, ein schimmerndes, lockendes Blau. Doch er war der *Nymphéas* ein wenig müde, die in Paris wirklich allgegenwärtig waren. Ihm fiel ein, dass Marie ihre Doktorarbeit zu Monets Bildern schrieb, und Bewunderung stieg in ihm auf. Sie schien sich zwar mit ihrer Arbeit zu quälen, aber allein ein Studienplatz an der kunsthistorischen Fakultät der berühmten französischen Universität beeindruckte Jan sehr. Den hätte er selbst auch gern gehabt, nicht nur ein Austauschstipendium für ein paar Semester an einem kleineren Pariser Collège.

Er dachte wieder an den vergangenen Sonntagabend, zum sicherlich hundertsten Mal heute. Je öfter er Marie begegnete, desto besser gefiel sie ihm. Eigentlich ertappte er sich ständig dabei, wie er an sie dachte. Wenn er im Frühstücksraum des Hostels seine Schüler durchzählte, wenn er Metrotickets für alle besorgte, wenn er mit Romy schimpfte, weil sie dermaßen trödelte, dass sie alle beinahe den Bus verpassten, der sie auf die andere Seite der Seine zum Museum bringen sollte. All das erledigte er gewissenhaft, aber doch ein wenig gedankenverloren. Und Romy, die immer alles durchschaute, hatte heute Morgen sogar zu ihm gesagt: «Herr Zimmer, Sie sind irgendwie voll seltsam heute.» Ihre stark geschminkten Augen hatten ihn taxiert, und ein spöttisches Lächeln hatte auf ihren Lippen gelegen, als wüsste sie genau, woran – oder vielmehr an wen – ihr Lehrer die ganze Zeit dachte.

Jan verzog das Gesicht. Das fehlte ihm noch, dass die jungen Leute sich auf seine neue Stimmung einen Reim machen konnten. Und auch vor Karen wollte er nicht gern zugeben, was ihn beschäftigte. Er wusste ja selbst nicht genau, was eigentlich los war.

Vor ein paar Tagen noch hatte er andauernd an Yasmina gedacht, an ihre Treulosigkeit, aber auch an ihre Hingabe, solange zwischen ihnen beiden noch alles in Ordnung gewesen war. Er hatte all die Orte in Paris heraufbeschworen, an denen sie gemeinsam gewesen waren – die Tuileriengärten, den Jardin du Luxembourg, den Aussichtspunkt in Belleville, von dem aus man über die ganze nächtliche Stadt sehen konnte, die verschwiegenen Cafés im alten Marais-Viertel, sein kleines Studio mit den wehenden Vorhängen im offenen Fenster und dem Gurren der Tauben im Morgengrauen – all das hatte so plastisch vor seinen Augen gestanden, als sei alles erst gestern geschehen.

Doch seit er Marie kannte, schob sich ihr Gesicht mit den braunen, warmen Augen hinter den großen Brillengläsern immer wieder vor die alten Bilder. Und nicht nur an ihre Augen dachte er, auch an ihr etwas trauriges Lächeln, an ihre Gesten, wenn sie sprach – oder voller Elan seinen Wein umschmiss –, und an ihre schlanken, sonnengebräunten Beine, die unter diesem wirklich sehr kurzen schwarzen Kleid hervorgesehen hatten. Irgendwie hatte er das Gefühl gehabt, es sei nicht ganz ihr Stil, und die Vorstellung, sie habe sich für ihn herausgeputzt, verstärkte seine gute Laune nur noch. Das enge Kleid hatte toll an ihr ausgesehen. Aber er ahnte, dass sie ihm auch im Schlabberpullover oder im Skianzug gefallen würde.

Im Raum nebenan traf er Karen. Sie stand mit ihrer schwarzen Handtasche und in ihren bequemen Sandalen versunken vor einem weiteren großen Gemälde von Monet.

Er trat neben sie und legte ihr eine Hand an die Schulter.

«Na?», sagte er. «Ist es nicht schön hier?»

Sie nickte und seufzte. «Ein Jammer, dass die Sommerferien schon längst wieder vorbei sind», sagte sie mit bedauerndem Gesicht und deutete auf den Monet. «Ich könnte noch ein, zwei Wochen Urlaub in der Provence oder in der Normandie vertragen, du nicht?»

Jan nickte abwesend und betrachtete ebenfalls das Bild. Es zeigte eine liebliche französische Landschaft und mehrere Personen, die durch ein großes Mohnfeld spazierten. Alles an dem Bild leuchtete: Es war Hochsommer. Die Frau im Vordergrund trug einen blauen Sonnenschirm und einen Strohhut mit Bändern. Neben ihr lief ein Kind in einem Matrosenanzug, vermutlich ein kleiner Junge, der einen Blumenstrauß aus den Mohnpflanzen gepflückt hatte, die überall verschwenderisch und tiefrot blühten. Über ihnen türmte sich ein sommerlicher Himmel mit ein paar Schönwetterwolken. Und Jan meinte beinahe, den sanften, warmen Wind zu spüren, der die Baumkronen am Horizont zauste.

«*Mohnfeld bei Argenteuil, 1873, Öl auf Leinwand*», las Jan halblaut vom Schild daneben ab. «Das hat er gemalt, bevor er nach Giverny zog, soweit ich weiß.»

Karen deutete auf eine Begleitbroschüre des Museums in ihrer Hand. «Hier steht, dass es seine erste Frau Camille und ihren gemeinsamen Sohn Jean zeigt. Beide fanden wohl häufig Eingang in seine Bilder.»

Natürlich musste Jan sofort wieder an Marie denken. Sie würde sicher mehr darüber wissen, und er spürte, dass er am liebsten jetzt mit ihr hier stehen würde anstatt mit seiner Kollegin, sosehr er Karen auch schätzte.

«Sag mal ...», begann er und war auf einmal nervös. «Hättest du etwas dagegen, wenn ich morgen tagsüber einen Ausflug machen würde?»

«Einen Ausflug?», wiederholte Karen und sah ihn überrascht an. «Du meinst, außerhalb von Paris?»

«Ja.» Er trat von einem Bein aufs andere und versuchte, sich nichts anmerken zu lassen. «Ich war noch nie in Giverny, in Monets Garten, weißt du? Es wäre eine gute Gelegenheit, wenn unsere Schüler bei den Gastfamilien sind.»

«Giverny?», fragte Karen. «Es soll herrlich dort sein.»

Für eine Schrecksekunde fürchtete Jan, sie würde vorschlagen, gemeinsam dorthin zu fahren. Er sah, dass Karen es tatsächlich kurz überlegte. Doch dann schüttelte sie kaum merklich den Kopf. «Einer von uns muss in der Stadt bleiben», sagte sie, «sozusagen in Rufbereitschaft.»

«Wäre das okay für dich, wenn ich fahre?», fragte Jan, obwohl ihn das schlechte Gewissen packte, weil er Karen einiges zumuten würde, damit er selbst verschwinden konnte. «Ich wäre abends wieder zurück, es sind nur eineinhalb Stunden Fahrt.»

«Das geht schon», sagte Karen und lächelte ihn so arglos an, dass Jan sich ein wenig entspannte. «Es macht mir nichts aus, ich wollte sowieso ein bisschen auf den Champs-Élysées bummeln gehen.»

«Toll», sagte er und drückte dankbar Karens Arm. «Ein Tag ohne die Bande wird uns beiden guttun, denkst du nicht? Sie sind gut aufgehoben und werden uns nicht brauchen.»

Karen stimmte zu. «Aber eine Frage hätte ich», sagte sie, und nun tauchte ein verschmitztes Lächeln in ihrem etwas müden Gesicht auf. «Wen hoffst du dort in Giverny zu treffen?»

Jan wurde heiß. «Was meinst du?», fragte er so unschuldig, wie er konnte.

Doch Karen ließ sich nicht hinters Licht führen. Sie war auf Draht, wie Jan jetzt erkannte, und nicht die etwas biedere, bequeme Kollegin, für die er sie manchmal hielt.

«Erzähl keine Märchen», sagte sie. «Sonntagabend bis spätnachts unterwegs, morgen schon wieder den ganzen Tag aus Paris weg … Und Romy hat mir berichtet, dass du sie alle am Sonntag frühmorgens zu einem Café geschleppt hast, weil du dort mit jemandem sprechen wolltest.» Die Fältchen um ihre grauen Augen tanzten. «Ich habe Übung darin, verliebte Wesen zu erkennen», sagte sie und stupste Jan spielerisch gegen den Oberarm. «Schließlich sind wir den ganzen Tag von solchen hormongeplagten Exemplaren umgeben.» Sie lachte. «Nur wusste ich nicht, dass auch du dazugehörst, lieber Kollege.»

Jan stimmte halbherzig in ihr Lachen ein und überlegte gleichzeitig, ob das stimmte. Verliebt? Er? Ganz von der Hand weisen konnte er es nicht, aber es schien ihm doch zu stark. Er kannte Marie doch kaum.

«Ich erzähle es dir, wenn es etwas zu erzählen gibt,

okay?», sagte er. «Versprochen, Karen. Aber bis dahin», er hob flehend die Hände, «kein Wort zu den Schülern. Schon gar nicht zu Romy. Sie riecht sofort Lunte. Und dann kocht die Gerüchteküche über, und mein guter Ruf ist ruiniert.»

«Welcher gute Ruf?», fragte Karen mit einem fiesen Lächeln und ließ ihn einfach vorm Mohnfeld stehen.

# 15

Das gleichmäßige Summen und Gurgeln der Waschtrommeln lullte Marie ein, und sie hielt nur mit Mühe die Augen offen, während sie darauf wartete, dass ihre Jeans und Tops hinter dem runden Bullauge der Maschine sauber wurden. Draußen vor dem Waschsalon war es bereits dunkel. Es ging auf den späten Abend zu, und das Neonlicht der großen Buchstaben über der Tür – L A V E R I E – spiegelte sich in den Fenstern der Rue de la Huchette.

Marie saß drinnen auf einem der Plastikstühle und hielt ein schweres Buch über die Künstlerinnen des Impressionismus in den Händen. An der anderen Wand des Salons saßen zwei Männer, einer in Jeans und weißem T-Shirt, der andere mit einer runden, bestickten Kappe auf dem Hinterkopf und mit einem Kaftan bekleidet. Sie spielten in völligem Schweigen *Jeu des petits chevaux*, ein Brettspiel, bei dem man kleine Holzpferdchen über ein buntbemaltes Spielfeld zog. Der Mann im Kaftan sah auf, bemerkte Maries Blick, nickte ihr höflich zu und versank dann wieder im Spiel mit seinem Freund, während neben ihnen zwei Waschmaschinen mechanisch ihr Werk taten.

Marie sah wieder in ihr Buch. Es war ein Ausstellungskatalog mit bunten Abbildungen der Gemälde von Berthe Morisot, Marie Bracquemond und anderen Frauen, die maßgeblichen Anteil an der impressionistischen Bewegung hatten. Aber anders als Monet, Degas und Renoir wurden sie nur selten mit dieser weltberühmten Kunstrichtung in Verbindung gebracht. Langsam blätterte Marie Seite für Seite um und bestaunte die wunderschönen Kunstwerke, fuhr mit dem Finger über die herrlichen Farben, die kunstvoll gemalten Kleider der Frauenporträts, über die Gärten, Wasserszenen und zarten Interieurs. Wie kam es nur, dass die Malerinnen bis heute nahezu unsichtbar waren? Dass ihre Werke entweder vergessen, zerstört oder in den Archiven der Galerien versteckt waren, anstatt gleichwertig neben denen ihrer männlichen Kollegen zu hängen? Ja, es gab immer mal wieder eine Ausstellung, die auch Künstlerinnen zeigte, die weibliches Schaffen sogar zum Thema machte. Doch es blieb auch dann eine Ausnahme – gut gemeint, aber nicht ausreichend.

Immer weniger verstand Marie, weshalb sie selbst sich vor Jahren nach dem Studienabschluss eigentlich ausgerechnet einen Mann als Forschungsobjekt ausgewählt hatte. Selbst ihre Betreuerin hatte sie nicht darauf hingewiesen, dass es auch anders ginge. Weshalb musste da erst diese etwas schrullige, aber scharfsinnige Madame Simenon kommen, um ihr die Augen zu öffnen?

Die Waschmaschine gluckste und gurgelte, immer wieder drehte sich die Trommel und warf Maries nasse Kleider hin und her. Warum dauerte das heute bloß so lange?

Marie schob den schweren Bildband von ihren Knien und stand auf. Sie trat zur Maschine und stellte mit einem Schreck fest, dass sie das falsche Programm ausgewählt hatte. Anstatt das Schnellprogramm einzustellen, das sie sonst immer nutzte – eine halbe Stunde bei 30 Grad reichte völlig aus, fand sie –, blinkte auf dem Display jetzt noch eine Restwaschzeit von über einer Stunde. Und so, wie es in der Maschine schäumte, hatte sie wohl auch wieder mal zu viel Waschmittel hineingegeben, sodass ihre Wäsche anschließend riechen würde wie ein ganzes Lavendelfeld.

Genervt fuhr sich Marie durchs Haar und drehte sich

einen losen Zopf im Nacken. Die Maschine summte und wusch ungerührt von Maries ungehaltenem Blick einfach weiter, und Marie blieb nichts anderes übrig, als auf ihren Platz zurückzukehren. Doch ehe sie sich wieder setzen konnte, flog die Glastür auf, knallte scheppernd gegen die Wand, und ein junger Mann stürmte herein, der die Tür zuvor – mangels freier Hände – mit einem weißen Kunstlederstiefel aufgetreten hatte. Er trug ein ebenso weißes Muskelshirt und eine schwere Goldkette um den gebräunten Hals. Die prächtigen, schwarz glänzenden Haare waren steil nach oben gestylt. Er hielt eine riesige Sporttasche umklammert, offenbar prall gefüllt mit Schmutzwäsche.

Als er Marie sah, ging ein breites Grinsen über sein Gesicht.

«*Salut, ma belle*», rief er so begeistert, als sei Marie seine seit Jahren verschollen geglaubte Zwillingsschwester. Er ließ die Wäschetasche fallen, wo er stand, um auf sie zuzugehen und sie mehrfach schmatzend auf die Wangen zu küssen.

«*Salut*, Samir», sagte Marie und wischte sich unauffällig etwas Spucke aus dem Gesicht. Er roch gut, nach teurem Aftershave und Kaugummi. «Lange nicht gesehen.»

«Ich war viel unterwegs», sagte er und strich sich unnötigerweise über das Haar, das er mit Haarspray in ein bretthartes Kunstwerk aus Lack verwandelt hatte. «Hab den Sommer über in einem Club in Nizza aufgelegt, und Fabien hat solange Flic gefüttert.»

«Wen?», fragte Marie. Sie kannte Samir eigentlich nicht besonders gut, er war *Concierge* in dem Haus, in dem Fabien und Lola wohnten, direkt gegenüber vom Café. Aber er war einer dieser Menschen, die man eben trotzdem kannte, auch wenn man eigentlich fast nichts über sie wusste. Und die einen bei jeder Begegnung mit Küsschen und Umarmung begrüßten, aber deren Nachnamen einem immer entfiel.

«Na, Flic!», sagte Samir und sah Marie an, als könne er nicht fassen, dass sie keine Ahnung hatte, wer das war. «Meine Bartagame.» Seine Miene verdüsterte sich. «Aber er frisst zurzeit nicht gut», sagte er. «Nicht mal seine Lieblingsgrillen. Morgen gehe ich in ein Geschäft in Belleville, wo sie die besten Schwarzkäferlarven haben, das war früher sein Leibgericht, als er noch klein war.»

Marie nestelte an ihrer Brille. «Süß», sagte sie lahm und unterdrückte ein Schaudern, denn sie wollte Samir, der offenbar betrübt wegen seines appetitlosen Haustiers war, nicht verletzen. «Ich hoffe, es geht ... Flic ... bald wieder besser.»

«Danke», sagte Samir und strahlte schon wieder. Er ging zurück zu seiner Tasche, die er mitten im Raum fallen gelassen hatte, packte sie schwungvoll und trug sie zu einer leeren Waschmaschine. Dort begann er, die offene Trommel zu beladen. Nach und nach füllten viele Nylon-Teile in grellen Farben und schwarze Calvin-Klein-Boxershorts die Maschine. Samir wählte das Kurzprogramm und startete es. Dann erst bemerkte er die beiden Männer, die über ihrem Brettspiel saßen, ging lässig zu ihnen und begrüßte beide mit Handschlag.

Natürlich kannten auch sie Samir, dachte Marie belustigt und setzte sich wieder auf ihren Plastikstuhl. Der Kerl war rund um die Straßen von Saint-Michel bekannt wie ein bunter Hund, und seinem Charme konnte sich niemand entziehen.

Samir spuckte seinen Kaugummi in einen Mülleimer in der Ecke des Waschsalons, kam dann zu Marie rüber und setzte sich neben sie. Er deutete auf das dicke Buch, das noch immer aufgeschlagen auf dem leeren Sitz neben ihr lag.

«Schon wieder am Arbeiten?», fragte er. «Machst du eigentlich auch mal was anderes?»

«Wieso?», fragte sie pikiert.

«Ich sehe dich immer nur, wie du vor deinem Computer hockst oder in irgendwelche Bücher vergraben bist», sagte er und holte eine Packung Kaugummi hervor. Er nahm sich einen neuen Streifen, steckte ihn sich in den Mund und kaute genüsslich, wobei seine schönen weißen Zähne aufblitzten. Dann hielt er Marie die Packung hin, doch sie schüttelte den Kopf.

«Nicht, dass es mich was angeht», sagte er kauend. «Ich hätte in meinem Leben auch ruhig mal öfter in ein Buch gucken sollen. Dann hätte ich jetzt vielleicht einen richtigen Job und müsste nicht dauernd durch die Welt tingeln und mir überall was dazuverdienen.» Achtlos zuckte er mit den muskulösen Schultern.

Draußen auf der Straße lief ein junger Mann in einer Bikerjacke vorbei, das Neonlicht fiel auf sein blondes Haar, und Samir wirkte kurz abgelenkt. Bewundernd sah er dem Mann hinterher, ehe er sich wieder fing.

«In der Schule war ich immer eine Niete», murmelte er und machte eine ansehnliche Kaugummiblase. Sie platzte mit leisem Knall, es roch nach Erdbeeraroma. «Die Lehrer haben mich gehasst, und ich habe sie gehasst.» Er lachte. «Aber ich hatte ja Fabien, der vor jeder Mathearbeit das Nötigste in mich reingepaukt und mich mitgezogen hat. Sogar die Lehrer konnten nicht verhindern, dass ich es am Ende irgendwie geschafft habe.»

«Du hattest wohl Pech mit den Lehrern», sagte Marie.

«Obwohl ich auch so einige schreckliche Exemplare hatte, meine Schulzeit war echt nicht schön. Aber ich glaube, die Dinge ändern sich.» Sie dachte an Jan, daran, wie er von seinen Schülerinnen und Schülern gesprochen hatte, wie er mit ihnen umging.

Ihr kam ein Gedanke.

«Weißt du was?», fragte sie und blickte Samir an. «Ich glaube, jemand wie du hätte Lehrer werden sollen.»

Samir lachte so schrill auf, dass die beiden Brettspieler erstaunt aufsahen, ehe sie sich wieder in die Züge mit ihren Pferdchen vertieften.

«Ich?», japste er. «Wohl kaum! Ich kann doch nichts, was soll ich denn da Schülern erklären?»

«Komm schon, wieso nicht?», sagte Marie. «Du bist klug, du bist nett, alle lieben dich. Die Kinder würden dir aus der Hand fressen. Du wärst einer von ihnen.»

Samir sah sie an, sein hübsches Gesicht unter den dichten dunklen Haaren wurde ernst. «*Putain*», flüsterte er, «du meinst das wirklich so, oder?»

«Musik ist doch deine Leidenschaft, oder?», fragte Marie. Sie war einmal auf einer Party gewesen, auf der Samir zuerst aufgelegt und dann auch selbst gesungen und Klavier gespielt hatte. «Du hast Talent.»

Er winkte ab. «Das ist nichts», sagte er verächtlich, «ich hab mir ein bisschen Geklimper auf dem Keyboard meiner Tante beigebracht, das ist alles.» Ein Lächeln huschte über sein Gesicht. «Wenn sie nicht da war, hab ich stundenlang an dem Ding gehockt und mir eigene Songs ausgedacht. Was sie nicht wusste ...» Jetzt kicherte er. «Ich hatte dabei auch ganz gern ihre pinkfarbenen Wildlederpumps an.»

Marie lächelte. «Sie ist bestimmt stolz auf dich.»

Er schnaubte. «Wohl kaum! Hat sich vor Jahren zu Tode

gesoffen und würde mich, wenn sie noch lebte, als Schande der Familie empfinden – genau wie alle anderen.» Er zuckte mit den Schultern. «*Chérie*, schlag dir aus dem Kopf, dass du aus mir noch einen respektablen Bürger machst. Und wieso sprechen wir eigentlich dauernd von mir und meinem traurigen Leben? Ich wollte wissen, warum du immer arbeitest wie eine verrückt gewordene Biene?» Er machte ein summendes Geräusch und pikste Marie mit dem Finger in den Oberarm.

«Ich will endlich mit dieser verflixten Arbeit fertig werden», sagte sie. «Bisher habe ich gedacht, dass es schon klappen wird, wenn ich mich nur einfach noch ein bisschen mehr anstrenge. Wenn ich alles gebe, verstehst du?»

«Bisher?»

Unschlüssig hob sie die Schultern. «So geht es jedenfalls nicht weiter», sagte sie und horchte erstaunt ihren Worten nach. So klar hatte sie den Gedanken noch nicht laut ausgesprochen. «Ich schaffe es einfach nicht. Und es wird Zeit, das einzusehen und am besten alles hinzuschmeißen, ehe ich noch mehr Zeit vergeude.»

«Ich habe zwar überhaupt keine Ahnung, was du da genau machst», sagte Samir und deutete auf den dicken Bildband neben Marie, «aber ich denke, man kann es *Hinschmeißen* nennen – oder einen Neuanfang.» Er zeigte wieder ein breites Grinsen mit vielen weißen Zähnen. «Weißt du, ich bin immer eher für die schönen Worte. Worte, die schmeicheln. Warum auch nicht? Streu ein bisschen Glitzer drüber – und Kopf hoch. Sag einfach, du fängst neu an, das klingt besser.»

Marie musste gegen ihren Willen lächeln. «Klingt wirklich gut», sagte sie, «ich lasse mir das mal durch den Kopf gehen.»

Samir sprang auf und ging mit federnden Schritten zur Waschmaschine. «Gleich fertig», verkündete er. «Und du? Was hast du denn da eigentlich für ein Programm ausgewählt? Das dauert ja ewig!»

«Ich weiß», sagte Marie und zuckte mit den Achseln. «Hab auf den falschen Knopf gedrückt und hänge jetzt hier fest. Ich bin eben furchtbar schusselig. War ich schon immer!»

Samir grinste, während er die schäumende Masse in Maries Waschmaschine beobachtete. «Moment», sagte er und tippte auf den Knöpfen am Display herum, bis ein leises Piepsen zu hören war. «So», sagte er zufrieden, «jetzt spült sie einmal, pumpt ab und fertig.»

Marie stand auf und trat zu ihm. Auf dem Display standen auf einmal nur noch fünf Minuten, und die Waschmaschine schnurrte unter Samirs Händen wie ein Kätzchen.

«Wow», sagte sie. «Einen Freund wie dich zu haben ist echt praktisch.»

«*Bien sûr*», sagte Samir, «vergiss nicht, dass ich Hausmeister bin. Mit solchen Sachen kenne ich mich aus.» Er stupste sie an. «Und weil ich dir Zeit erspart habe, bist du mir jetzt was schuldig. Wir gehen feiern.»

«Was?»

Marie protestierte schwach, doch Samir ließ nicht locker. «Ich kenne einen total angesagten neuen Club in *Oberkampf*. Ein Kumpel von mir legt dort heute auf. Geht nur mit Einladung, aber ich darf jemanden mitbringen.»

«Ich weiß nicht», sagte Marie und sah auf die Uhr. Es war später Abend, und morgen wollte sie früh aufstehen und nach Giverny fahren. Mit Jan. Bei dem Gedanken daran zog ein leiser Schauer über ihren Rücken, den sie als Vorfreude verbuchte. «Lass uns das doch verschieben, okay?»

«Auf keinen Fall», sagte Samir, «wir packen jetzt unsere Wäsche in den Trockner und gehen los. Morgen früh holen wir das trockene Zeug ab. Das mache ich immer so.»

Marie hatte keine Ausrede mehr. Und zu ihrer eigenen Überraschung merkte sie, dass sie tatsächlich Lust hatte, mit Samir durch die nächtliche Stadt zu ziehen. Sie scheute sich, das mit Thanh zu machen, weil diese sofort versuchte, sie mit irgendeinem grinsenden Typen zu verkuppeln. Aber Marie ahnte, dass die Typen in Samirs Club an ihr eher nicht interessiert sein würden. Und das schien ihr auf einmal sehr verlockend.

«Bon», sagte sie. «Ich bin dabei.» Sie sah an sich herunter – weißes Baumwolltop, kurze Jeans, schwarze Ballerinas. «Ich bin aber nicht sehr *chic*.»

«Du siehst heiß aus», sagte Samir mit wegwerfender Geste und schnalzte mit der Zunge. «Und Understatement ist total *en vogue, chérie*.»

Er legte einen Arm um sie. Sein Duft nach *Hermès* und Erdbeerkaugummi hüllte sie ein, und Marie spürte, wie gut gelaunt sie auf einmal war.

Streu ein bisschen Glitzer drüber, dachte sie. Und genau das würde sie tun.

## 16

Wie viel Glitzer das sein würde, das hatte Marie sich vorher nicht vorstellen können. Doch nach dem dritten pinkfarbenen Cocktail undefinierbaren Inhalts war es ihr ziemlich egal, dass auf den wenigen Quadratmetern des winzigen Kellerclubs in der Rue Oberkampf sämtliche rote Kunstlederlackmöbel, Neonleuchten, Diskokugeln und Konfettistreifen der Welt gekippt worden waren. Um sie herum tanzten dicht an dicht leicht bekleidete hübsche Jungs, die sich kein bisschen für Marie interessierten. Samir brachte ihr ein Glas nach dem anderen und tanzte wie ein echter Gentleman nur mit ihr. Er wirbelte sie zu den stampfenden Electroswingbeats von Caravan Palace durch den Raum, hielt ihre verschwitzte Hand, und mit jeder Drehung und jedem Schluck ihres knalligen Getränks fühlte sich Marie besser, fröhlicher, freier. Sie fragte sich, was sie in letzter Zeit alles verpasst hatte, während sie wie ein Trauerkloß nach der Trennung von Antoine zu Hause gehockt hatte. Gut, sie war auch vor dieser unglücklichen Beziehung keine Partymaus gewesen, aber ab und zu ging sie doch gern aus. Es war wirklich Zeit, wieder einmal ausgelassen zu feiern.

Die Beats wurden immer schneller. Der Track hieß passenderweise *Midnight*, und Marie bewegte sich zum Rhythmus, als hätte sie nie etwas anderes getan. Sie stellte ihr leeres Glas auf einem Chromtischchen ab, warf die Arme in die Luft, kreiste mit den Hüften und lachte Samir zu, der eine gewagte Drehung nach der anderen vollführte und sie anstrahlte. Dann zog er sie eng an sich, was sich Marie gern gefallen ließ. Viele Blicke trafen sie, oder nein, dachte Marie und grinste, sie trafen Samir und seine spielenden, schweißglänzenden Muskeln unter dem engen Shirt. Sie selbst war hier nur Beiwerk, und das gefiel ihr ausgezeichnet, weil es ihr eine Freiheit beim Tanzen gab, die sie in einem anderen Club nie gehabt hätte. Ungestört konzentrierte sie sich auf ihren eigenen Körper, auf die immer härteren Beats und ihren angenehmen kleinen Schwips.

Doch so klein war der gar nicht, bemerkte sie irgendwann.

«Ich verschwinde mal kurz», rief sie Samir über die dröhnende Musik hinweg ins Ohr.

Auf dem Weg zur Toilette musste sie sich plötzlich an der Wand abstützen, die feucht vom Dunst der vielen Tanzenden war. Sie fühlte sich, als liefe sie auf Watte, ein bisschen war es wie Schweben. Es gab hier keine Damentoilette, und so quetschte sie sich verlegen lächelnd an zwei Männern vorbei, die am Pissoir standen, verschwand in der einzigen Kabine und atmete kurz durch. Sie brauchte dringend frische Luft.

Nachdem Marie sich die Hände gewaschen und dabei ein wild knutschendes Pärchen aufgescheucht hatte, ging sie nicht zurück in den übervollen Clubraum, sondern stieg die Treppen hoch und taumelte auf die nächtliche Straße.

Es war eine sternklare Nacht, doch die vielen Lichter der Restaurants, Clubs und Bistros, die die belebte Straße säumten, überstrahlten die Himmelskörper mühelos. Die Gegend hier war bei Feierwütigen und Nachtschwärmern beliebt. Marie setzte sich auf eine kleine Mauer, da sich alles in ihrem Kopf drehte, und lauschte der Musik, die aus den vielen offen stehenden Türen auf die Straße drang. Wie oft sie hier früher abends mit Freundinnen aus der Universität unterwegs gewesen war, dachte sie, doch inzwischen waren sie in alle Winde zerstreut. Marie war jener Zeit, als das Leben eine einzige Party und die Tage nur die unwillkommene Unterbrechung der Nacht bildeten, längst entwachsen. Heute hingegen stellte sie fest, wie mühelos sie wieder anknüpfen konnte, wenn sie wollte. Wie sanft sie diese heiße Augustnacht empfing und ihr zeigte, dass es Spaß machte, am Leben zu sein. Dass sie noch immer jung war und – vor allem – vollkommen frei. Warum hatte sie das so lange nicht sehen können?

Plötzlich musste sie so sehr an Jan denken, dass es in ihrem Bauch anfing zu kribbeln. Beinahe wäre sie vorgestern nicht zu der Verabredung mit ihm aufgetaucht, aber dann war es ein wirklich schöner Abend gewesen. Und seitdem ging er ihr nicht mehr aus dem Kopf. Das war natürlich völlig unpassend, denn er würde ja bald wieder aus Paris verschwinden, sie würden sich danach nicht wiedersehen. Was hatte es also für einen Sinn, dass sie immer wieder an das Glitzern seiner blauen Augen dachte, an die kurze Berührung seiner Finger und den Moment, da seine Lippen ihre Hand gestreift hatten? Erst recht an seine Stimme, die ihr, wie sie ungern zugab, in der Erinnerung einen sanften Schauder über den Rücken jagte. So auch jetzt und hier, auf der Mauer, während es in ihrem Kopf hin- und herschwappte, als führte darin ein Wasserballett eine wilde Szene auf.

Sie hatte wirklich ein außergewöhnliches Talent dafür, immer wieder an Männer zu geraten, die auf die eine oder andere Weise unerreichbar waren. Aber ein Gutes hatte die Begegnung mit Jan immerhin gehabt – sie hatte ihren Kummer wegen Antoine fast vergessen. Der Schmerz war in den vergangenen zwei Tagen ein wenig in den Hintergrund gerückt. Sie wusste zwar noch immer, dass sie verletzt war, aber sie *fühlte* es plötzlich nicht mehr. Und das war doch auch etwas wert!

Eine grölende Horde Betrunkener zog an ihr vorbei. Sie sangen lauthals aus ihren Kehlen einen uralten Song von Céline Dion, *I'm alive*, und Marie musste auf ihrem Mäuerchen lächeln. Ja, auch sie spürte heute, dass sie am Leben war. Ob es daran lag, dass sie zum ersten Mal ausgesprochen hatte, dass sie diese verdammte *Thèse* vielleicht niemals beenden würde? Oder daran, dass sie heute wieder einmal getanzt hatte, wenn auch nur mit einem etwas schrillen Nachbarn aus dem Quartier Latin? Oder ob es vielleicht auch ein bisschen etwas mit Jan und seinem schönen Lächeln zu tun hatte? Es war eigentlich egal, warum.

Plötzlich hatte Marie ihr Smartphone in der Hand. Sie öffnete eine App und tippte auf den Nachrichtenverlauf mit Jan Zimmer. Sie hatten sich am Sonntag noch spätabends in der Brasserie für ihre gemeinsame Fahrt nach Giverny verabredet und sich anschließend mit Wangenküsschen verabschiedet. Als Marie längst in inniger Umarmung mit Ludwig Kirchner im Bett gelegen hatte, hatte er ihr noch einmal geschrieben. *Merci für den schönen Abend.* Mehr nicht. Marie hatte lange auf die Worte gestarrt, doch sie war zu unschlüssig und zu schüchtern gewesen, um zu antworten.

Jetzt las sie seine Nachricht erneut und dachte an den morgigen Tag, daran, dass sie sich nicht nur wiedersehen, sondern den ganzen Tag miteinander verbringen würden. Dabei kannten sie sich ja kaum. Dennoch spürte Marie, wie sehr sie sich darauf freute, mit Jan Zeit zu verbringen, ihm das Refugium Monets zu zeigen, mit ihm durch die blühenden Gartenanlagen zu spazieren und seiner schönen Stimme zu lauschen.

Das Gefühl, wenn sie an ihn dachte, war warm und schön. Es blubberte in ihrem Magen – zusammen mit drei großen pinkfarbenen Drinks. Es kribbelte und schlug kleine Bläschen. Kurz entschlossen tippte sie aus diesem Gefühl heraus eine Antwort und schickte sie ab. Dann ließ sie das Telefon in ihrer Jeanstasche verschwinden, stand auf und versuchte, das Gleichgewicht zu halten. Der Boden unter ihren Füßen schien zu schwanken, und sie ging auf unsicheren Beinen zurück in den Club, um Samir zu finden. Sie wollte ihm sagen, dass sie nach Hause gehen und schlafen musste, damit sie morgen nicht wie eine Schnapsleiche im Zug saß. Und dass er bitte ihre Klamotten morgen früh aus der *Laverie* mitnahm, denn sie würde es nicht mehr rechtzeitig schaffen, ehe sie in aller Frühe zur Gare Saint-Lazare musste, wie ihr jetzt erst auffiel.

Doch kaum war sie drinnen im Club, nahmen die Beats sie wieder gefangen und zogen sie zurück auf die Tanzfläche. Marie ließ sich mitziehen, fand Samir im Gewühl der Muscleshirts, fasste ihn bei der Hand, ließ sich herumschwenken und tauchte erneut ein in diese ausgelassene Sommernacht, die unendlich schien.

Erst als sie viel später, fast schon im Morgengrauen und etwas nüchterner, in den Boulevard Saint-Michel einbog und vor dem Haus mit zittrigen Fingern ihren Schlüssel suchte, fiel Marie die Nachricht wieder ein, die sie Jan geschickt hatte. Mit pochendem Herzen zog sie ihr Telefon heraus und öffnete die App erneut. Sie stöhnte. Oh Gott, was hatte sie sich dabei nur gedacht? *Kann es kaum erwarten, dich wiederzusehen*, stand da. Und ja, er hatte die Nachricht bereits gelesen, und nein, er hatte nicht darauf geantwortet. Sein Schweigen, die fehlende Nachricht unter ihrem einsamen, eindeutig wodkagetränkten Bekenntnis sprang sie fast schmerzhaft an. Hastig schaltete sie das Telefon aus und schleppte sich die vielen Treppen nach oben ins Appartement. Sie wollte nichts als schlafen. Morgen, im Tageslicht, würde sie überlegen, ob sie überhaupt zum verabredeten Zeitpunkt am Bahnhof auftauchen sollte. Oder ob sie lieber Vernunft walten lassen und Jan wegen plötzlicher Krankheit absagen würde. Der Gedanke war auf einmal sehr verlockend.

Ludwig Kirchner, der auf Maries Bettdecke zusammengerollt schlief, öffnete nur ein Auge, als sie ins Zimmer schlüpfte, und legte sich dann mit seinem ganzen Gewicht auf ihre Beine. Er schnurrte, und Marie schloss die Augen und überließ sich wieder dem Wasserballett in ihrem kreiselnden verwirrten Gehirn.

## 17

*J*an spähte den Bahnsteig entlang und sah immer wieder auf die Uhr. In der Hand hielt er einen Kaffeebecher. Er hatte ihn vom Boulangerie-Stand *PAUL* hinten am Bahnhof für Marie gekauft. Sein eigener war schon lange leer und lag im Abfalleimer, doch von Marie fehlte noch immer jede Spur.

Er war in aller Frühe aufgestanden, hatte das Abholen der Schülerinnen und Schüler durch ihre Gastfamilien überwacht, sie alle herzlich verabschiedet, gelächelt und genickt, doch mit den Gedanken war er ganz woanders gewesen. Er hatte es nicht erwarten können, dass sie endlich alle weg waren und er seine Tasche holen, sich erneut bei Karen bedanken und dann ebenfalls aufbrechen konnte.

Seit heute Morgen schielte er ständig auf das Display seines Telefons, doch Marie hatte nicht noch einmal geschrieben. Ihre Nachricht, die sie ihm gestern Nacht geschickt hatte, ließ ihn immer wieder lächeln. Er ahnte, dass sie ihr heute vielleicht etwas peinlich sein würde, denn natürlich hatte auch er schon spätnachts solche Nachrichten geschrieben, mit etwas Alkohol im Blut. Er kannte Marie zwar nicht gut, aber dass sie einem Halbfremden im nüchternen Tageslicht solche leidenschaftlichen Bekenntnisse machen würde, schien ihm eher unwahrscheinlich. Und trotzdem konnte er sich bei dem Gedanken an die wenigen Worte auf dem Handy ein hilfloses Grinsen nicht verkneifen. Denn ein kleines bisschen war wohl etwas daran, wenn man so etwas abschickte, oder?

Aber jetzt wurde er langsam nervös, weil Marie sich verspätete. Und auf einmal kam ihm der Gedanke, dass sie ihn womöglich versetzen könnte. Vielleicht war ihr diese Nachricht von gestern Nacht zu peinlich? Das würde schon eher zu ihr passen, dachte er, dass sie über ihre eigene Courage stolperte und lieber fernblieb, als sich ihrer Verlegenheit auszusetzen. Plötzlich sank seine euphorische Laune und machte Nüchternheit Platz. Er hätte ihr gleich in der Nacht noch antworten sollen! Aber er war unsicher gewesen und hatte gedacht, es sei besser, sich erst mal wiederzusehen, ehe man einen derart romantischen Wortwechsel begann.

Mittlerweile fragte sich Jan allerdings, ob er Marie überhaupt noch einmal wiedersehen würde. Oh, er konnte nicht gut damit umgehen, versetzt zu werden, sein armes Herz war noch nicht sicher und stark genug dafür. Nicht schon wieder, dachte er gequält und mit einer kleinen Portion Selbstmitleid. Karen würde über ihn lachen, wenn er wie so ein armer Tropf gleich wieder bei ihr im Hostel auftauchen würde. Konnte er nicht einmal Glück haben?

Da sah er Marie. Ihre blonde Mähne tauchte hinter einer Gruppe Seniorinnen auf, dann ihr hübsches Gesicht mit der zarten Nase. Sie trug nicht das schwarze, enge Kleid von vorgestern, sondern eine schmale Bluejeans und eine weite weiße Bluse, dazu ein kleines blaues Tuch mit zwei Zipfeln um den Hals. Sie sah aus wie eine Pariserin aus dem Bilderbuch.

Jans Herz machte einen Satz, und er ging rasch auf sie zu. Es war ein bisschen so wie in einem kitschigen Film, dachte er, wenn die beiden zur Unzeit getrennten Liebenden auf einem Bahnsteig aufeinander zueilen, die Hände ausgestreckt, mit wehenden Haaren, wehenden Mänteln, ein zarter Duft nach Chanel in der Luft, ein flatterndes

Seidentuch ... Worauf sie sich in die Arme fallen und die Frau elegant ein Bein anwinkelt und beinahe ihren Pumps verliert und –

Nun, ganz so romantisch war es nicht, musste Jan feststellen, als er dicht vor Marie bremste.

Sie stand mit hängenden Armen vor ihm, das Haar sichtlich ungekämmt, Schatten unter den Augen und ein gequältes Lächeln um die Lippen.

«*Salut*», sagte sie heiser.

«*Salut*», sagte Jan, ebenso befangen.

«Kriegt man hier noch irgendwo einen Kaffee?», fragte sie und sah sich suchend um.

Erst als ihr Blick auf den Pappbecher in Jans Hand fiel, erinnerte er sich wieder.

«Hier», sagte er und streckte Marie den Kaffee entgegen. «Der ist für dich. Leider ist er schon fast kalt.»

«Wow», sagte sie, nahm den Becher und warf Jan einen prüfenden Blick zu. «Du bist echt gut.»

Sie trank zwei, drei Schlucke mit geschlossenen Augen, öffnete sie dann wieder. Es waren große dunkelbraune Augen, in die sich jetzt ein bedauernder Ausdruck schlich.

«Ich habe dich warten lassen», sagte sie. «*Desolée!*»

«Alles gut.» Jan verschwieg, welche emotionale Berg- und Talfahrt er hier am Bahnsteig bereits durchlebt hatte. «Gestern ist es wohl spät geworden?»

Sie nickte, und ein Hauch Röte flog auf ihre Wangen unter die großen Brillengläser. Die Farbe stand ihr hervorragend.

«Ich war mit einem Freund feiern», sagte sie. «Einem *Bekannten* vielmehr», verbesserte sie sich, und Jan registrierte mit einem Anflug von Zufriedenheit, dass sie offenbar dachte, sie schulde ihm diese Erklärung.

«Das mache ich normalerweise nicht», fuhr sie fort, «aber gestern …» Sie brach ab.

«Ist doch super», sagte er. «Hoffentlich geht es dir trotzdem einigermaßen?»

Marie räusperte sich und trank noch einen Schluck Kaffee, wobei es ihr offensichtlich nichts ausmachte, dass er kalt war. Sie schien Koffein wirklich sehr nötig zu haben.

«Es geht schon», sagte sie mit noch immer etwas kratziger Stimme. «Wenn wir erst mal im Zug sitzen, wird es sicher besser.» Ihre Stimme wurde noch leiser, als sie fragte: «Sag mal … Gestern Nacht … Ich meine … Hast du meine Nachricht gelesen?» Sie trat von einem Bein aufs andere.

Jan lächelte. «Ja», sagte er.

«Es tut mir echt leid», sagte sie zerknirscht, «das war ein wenig … überschwänglich, fürchte ich.» Sie sah ihn vorsichtig unter dichten Wimpern hervor an. «Oder?»

«Ich fand es sehr charmant», sagte er. «Und mir ging es im Übrigen genauso.»

Sie schwiegen beide verlegen und wurden vom hereinbretternden blau-weißen TER gerettet, der quietschend hielt. Gemeinsam mit den anderen Fahrgästen bestiegen sie das Abteil des Regionalzugs und suchten sich zwei freie Plätze. Marie balancierte ihren Kaffeebecher so gefährlich nahe an Jans Hemd vorbei, dass er auswich, weil er an das Weinglas am letzten Abend mit ihr dachte. Sie schien sein Verhalten zu bemerken, lachte, trank den Kaffee hastig aus und schmiss den Becher in den Müll.

«Ich bemühe mich, dass du heute trocken bleibst», sagte sie. «Versprochen.»

Jetzt lachten beide. Die Anspannung zwischen ihnen löste sich etwas, und sie setzten sich nebeneinander in Fahrtrichtung. Marie am Fenster, Jan am Gang, wobei er darauf achtete, ihr nicht ungebührend zu nahe zu kommen. Zwischen ihren Ellenbogen blieben ein paar Zentimeter Luft, Marie hielt die Hände ineinander verschränkt im Schoß.

Der Zug ruckte an und fuhr aus dem Bahnhof. Es gab keinen weiteren Halt in Paris. Hinter den spiegelnden Fensterscheiben wurden die Häuser erst höher und bildeten die für die Banlieues typischen Anhäufungen aus Beton und kleinen Balkons. Dann wurden sie wieder flacher und standen weniger dicht, dazwischen waren jetzt Gärten mit Wäscheleinen und flatterndem Stoff zu sehen.

Allmählich ließen sie die Stadt hinter sich. Der Zug durchquerte einen Wald, streifte beiläufig eine Kleinstadt, ohne zu verlangsamen, und ab und zu tauchte rechts der Schienen die bläulich schimmernde Seine auf, deren Verlauf die Zugstrecke zu folgen schien. Die Landschaft war flach. Grüne und gelbliche Felder erstreckten sich weit, darüber spannte sich ein kompliziertes Netz aus Strommasten.

Jan sah an Maries Gesicht vorbei aus dem Fenster und überlegte, wie er das Schweigen brechen konnte.

«Ist das schon die Normandie?», fragte er schließlich, da er es wirklich nicht genau wusste.

Marie, die bis eben stumm aus dem Fenster gesehen hatte, schüttelte den Kopf. «Noch sind wir in der Region Île de France», sagte sie, «wozu Paris gehört. Die nächste Station ist Mantes la Jolie, das ist schon ziemlich am Rand der Region, und kurz vor Vernon überqueren wir die Grenze zur Normandie.»

«Du kennst dich gut aus», sagte Jan.

Maries Mundwinkel kräuselten sich, und er konnte nicht sagen, ob sie lächelte oder das Gesicht verzog.

«Ich stamme aus der Normandie», erklärte sie, «allerdings noch ein Stück weiter nordwestlich, am Meer.»

«Es war bestimmt herrlich, am Meer aufzuwachsen», sagte Jan, doch wieder konnte er ihren Gesichtsausdruck nicht deuten. Sie zuckte die Schultern, und ihre Hände verkrampften sich noch mehr ineinander.

«Wie man's nimmt», sagte sie. «Die Küste ist sehr schön, das stimmt. Aber ich bin trotzdem froh, dass ich heute in Paris lebe und nicht mehr in dieser Einöde.»

«Deine Familie lebt also sehr ländlich?», fragte er.

Sie nickte. «In einer winzigen Stadt in der Nähe von Le Havre. Da ist wirklich gar nichts los.»

«Hattet ihr einen Bauernhof?», fragte Jan. Er stellte sich Marie als Kind vor, wie sie in Gummistiefeln und Sommerkleid über eine Weide lief und lauthals lachte. Wie sie auf einem Pony saß und am Strand entlangritt, wie ihr zerzaustes blondes Haar im Wind peitschte, und sie strahlte und winkte...

Doch sie schüttelte erneut den Kopf. «Nein», sagte sie, «meine Mutter ist Aushilfe bei der Post und hauptsächlich Hausfrau. Mein Vater hat als Koch in einem Restaurant gearbeitet, wenn er nicht gerade wieder seinen Job verloren hatte.» Sie verzog schmerzlich den Mund. «Meine Eltern haben einen kleinen Garten hinter dem Haus, in dem ein bisschen Gemüse wächst und ein paar saure Äpfel, weiter sind sie dem Traum vom Landleben nicht gekommen.»

Jan hätte gern weitergefragt, doch er spürte, dass Marie das Thema unangenehm war. Beinahe schuldbewusst dachte er an seine eigene Kindheit mit akademischen Eltern. Seine Mutter Lehrerin, sein Vater Ingenieur. Das große Haus mit Garten, in dem nicht etwa Gemüse wuchs, sondern ein Koi-Teich und reich bestückte Blumenbeete

Platz hatten. Er hatte dies alles immer für selbstverständlich genommen. Erst als er erwachsen wurde und durch sein Studium und ein paar Praktika etwas mehr von der Welt sah, hatte er verstanden, dass nicht alle Menschen so lebten, nicht alle Kinder das Glück hatten, so aufzuwachsen.

Verstohlen betrachtete er Marie von der Seite, die jetzt wieder in die Landschaft hinaussah. Welches Recht hatte er, der sie kaum kannte, nachzubohren, wenn sie doch offensichtlich nicht gern über ihre Familie sprach? Was verschwieg sie ihm?

Der Zug hatte inzwischen in Mantes la Jolie gehalten, wie Marie gesagt hatte, und fuhr nun weiter. Marie und Jan schwiegen, bis eine Durchsage kam, dass sie gleich in Vernon ankommen würden. Von dort, hatte Jan gestern im Internet herausgefunden, fuhr ein Bus direkt zu Monets Garten in Giverny.

«Kommst du?», fragte er und berührte Marie am Blusenärmel. Es war das erste Mal heute, dass er es wagte, ihr nahezukommen.

Sie schien aus ihren Gedanken aufzuschrecken, lächelte ihn jedoch an und stand auf. Obwohl sie weiterhin abwesend wirkte, ließ sie es zu, dass er seine Hand einen Moment auf ihrem Arm liegen ließ.

«*On y va*, los geht's», sagte sie.

Sie griff sogar kurz nach seiner Hand und drückte sie, und gemeinsam gingen sie zur Tür und stiegen aus.

Der Bahnsteig von Vernon war von grellem Sonnenlicht geflutet, es roch nach frischen Croissants von einem Backstand und nach einer undefinierbaren Blütensorte. Und Jan spürte trotz seiner Unsicherheit, wie sehr er sich auf diesen Tag in der Natur allein mit Marie freute.

# 18

*E*s ist unglaublich schön hier», sagte Jan.

Marie, die neben ihm her über den Spazierweg des Gartens ging, musste ihm zustimmen. Sie hatten sich wirklich den perfekten Tag ausgesucht, um herzufahren. Der Himmel spannte sich wie makellose tiefblaue Seide über ihnen, die Sonne wurde von keinem Wölkchen getrübt. Durch die Luft summten geschäftige Hummeln, und alles wirkte wie in Watte gepackt – weich, warm und zufrieden.

Aber das Allerbeste waren diese Farben. Verschwenderisch leuchteten die Blumen auch jetzt im August noch überall im Garten. Es war eine einzige Explosion aus roten Geranien und Mohnblumen, die entlang des ehemaligen Wohnhauses blühten. Aus gelber und orangefarbener Kapuzinerkresse, die überall wucherte und sich an vielen Stellen bis weit über die Wegegrenzen hinaus ausbreitete. Aus pinkfarbenen und weißen Kletterrosen, die von elegant geschwungenen Rankbögen herabhingen, und tiefviolettem Lavendel, dessen würziger Duft die Luft beherrschte und sich an Kleider und Hände heftete, sobald man ihn im Vorbeigehen streifte. Der Garten glich einer Oase, und Marie, die doch schon so oft hier gewesen war, sah alles wie mit neuen Augen.

Heute Morgen hatte sie es kaum aus dem Bett geschafft, und auch jetzt fühlte sie sich noch ein wenig unsicher auf den Beinen und spürte die Müdigkeit, die ihr in den Knochen saß. Doch der herrliche Anblick belebte ihre Lebensgeister.

Oder war es Jans Gegenwart, in der sie sich so lebendig fühlte wie lange nicht mehr?

Bis auf die kurze Berührung im Zug waren sie sich noch nicht nähergekommen, und Marie schwankte zwischen dem Wunsch, dass er sie berührte, und Verlegenheit. Die blödsinnige Nachricht von gestern Nacht hätte sie so gern zurückgenommen, sie verriet viel zu viel von ihren verwirrenden Gefühlen ihm gegenüber. Und doch schien es ihn nicht gestört zu haben. Es war vielmehr großzügig von ihm gewesen, zu behaupten, auch er habe sich auf das Wiedersehen mit ihr so sehr gefreut. Das hatte beinahe die Balance zwischen ihnen wiederhergestellt. Aber es ließ sich nicht leugnen, dass nur sie bisher eine betrunkene Nachricht an ihn geschickt hatte. Und dass nur sie allein sich damit entblößt hatte.

Aber war das nicht albern?, dachte sie dann und ließ ihre Finger über einen prächtigen Lavendelbusch streifen. Unauffällig schnupperte sie anschließend an ihrer Hand, die nun betörend roch nach Hochsommer und teurer Seife von *L'Occitane*. Weshalb sollte es überhaupt schlimm sein, wenn eine Frau einem Mann ganz offen sagte, dass er ihr gefiel? Warum war dieses Katz-und-Maus-Spiel bloß so wichtig für die Menschen?

Am besten wäre es doch, überlegte Marie weiter, wenn man jemanden träfe, mit dem dieses Spiel unnötig wäre. Vor dem man sich und seine Gefühle nicht verstecken müsste.

Schnell sah sie Jan an, der neben ihr ging. Könnte er etwa so jemand sein?

Aber in wenigen Tagen wäre er fort – immer wieder kam Marie mit ihren Grübeleien an diesen Punkt. Er würde zurück nach Deutschland fahren, und sie würden sich nicht wiedersehen. Warum also sollte sie schon wieder ihr Herz öffnen, das doch gerade erst mühsam verheilte?

Der Lavendelduft machte Marie plötzlich schwindlig, und die helle Sommersonne wirkte auf einmal verhangen und dunstig, als habe sich eine Wolke davorgeschoben.

«Was willst du denn heute eigentlich herausfinden?», fragte Jan in ihre Gedanken.

Marie blieb stehen. «Ich suche Bilder, die nicht Monet, sondern seine Stieftochter Blanche gemalt hat», sagte sie. «Es müssen welche in der Ausstellung hängen, aber ich kann mich nicht an sie erinnern. Deshalb will ich nachher unbedingt noch einmal reingehen.» Sie machte eine ausladende Geste mit der Hand durch den Garten, der sich um sie herum schmiegte. «Ich frage mich, wie es sein kann, dass dieser Ort hier so sehr von Claude Monet dominiert wird, obwohl es doch auch das Zuhause so vieler interessanter Frauen war. Die Monets und die Hoschedés haben viele Jahre hier gelebt, und nach dem Tod von Camille heiratete Monet –»

«Alice Hoschedé», unterbrach Jan sie und schmunzelte. «Das haben wir ja schon bei unserer allerersten Begegnung in der Orangerie besprochen, oder?»

Marie musste lachen. «*Besprochen* ist gut», sagte sie. «Erst hast du gesprochen, dann ich. Zugehört hat wohl niemand. Keiner von uns hat sich dabei mit Ruhm bekleckert, wenn ich mich richtig erinnere.»

«Wir hatten einen kleinen fachlichen Disput», sagte Jan und hob amüsiert die Schultern. «Ich wüsste nicht, was daran so schlimm sein sollte.»

«Du warst ein unglaublicher Besserwisser», platzte Marie heraus, doch als sie sah, wie sich seine feinen Brauen kurz zusammenzogen, ergänzte sie schnell: «Und ich war mindestens genauso nervig. Tut mir echt leid.»

«Du musst dich doch nicht entschuldigen», sagte er schnell. «Spätestens seit deinem Rettungseinsatz bei meiner Schülerin kannst du dir sowieso meiner ewigen Dankbarkeit sicher sein.»

Marie spürte, dass sie rot anlief. «War doch selbstverständlich», murmelte sie. «Außerdem hast du mich ja schon zum Dank auf ein Glas eingeladen.» Sie grinste schief. «Und ich hab erst mal dein Hemd mit Rotwein ruiniert.»

Jan lächelte, doch dann sah er plötzlich wieder ernst aus. «Warum hast du bei der Führung überhaupt so heftig auf meine Bemerkung reagiert?», wollte er wissen. «Das frage ich mich schon die ganze Zeit.»

Sie waren fast an der berühmten Brücke angekommen, die wie ein sanfter grüner Bogen über Monets Seerosenteich zu schweben schien. Das Geländer war so zugewuchert und überwachsen, dass es kaum aus den Pflanzen und Bäumen herausstach, die es beschatteten.

Marie blieb am Fuß der Brücke stehen. Hilflos hob sie die Schultern. «Ich weiß nicht, ob ich wirklich mit dir darüber reden will», sagte sie.

«Aber mit wem denn sonst?», fragte Jan. Er trat einen Schritt auf sie zu, stand jetzt dicht vor ihr. Marie spürte seine Wärme. Vom Teich kam ein leises Plätschern, ein Wasservogel hatte sich auf der spiegelnden Oberfläche niedergelassen. Ein leiser Wind spielte mit den herabhängenden Zweigen der mächtigen Trauerweide über ihnen, sodass helle und dunkle Schatten über Jans Gesicht huschten.

«Was meinst du?», fragte Marie und wagte kaum zu atmen.

«Ich will es wirklich gern wissen», sagte er und sah sie so eindringlich aus seinen blauen Augen an, dass ihr schon wieder schwindlig wurde – doch mit dem Lavendel hatte es diesmal nichts zu tun.

«Aber warum?»

Vorsichtig nahm er ihre Hand und hielt sie fest. Fragend blickte er sie an. «Darf ich das überhaupt?», wollte er wissen.

Marie nickte, und er begann, zart mit dem Daumen ihr Handgelenk zu streicheln.

«Vielleicht, weil ich ahne, dass da etwas ist, was dich zurückhält», sagte er. «Und weil ich möglicherweise in einer ähnlichen Situation bin – oder war.»

«Du meinst, du hattest auch Liebeskummer?», fragte Marie heiser. Auf einmal fand sie, es sei besser, mit offenen Karten zu spielen.

Jan nickte. «Sehr schlimmen Liebeskummer», sagte er. «Es ist noch gar nicht lange her.»

«Nein», sagte Marie und schluckte. «Bei mir auch nicht.»

«Siehst du», sagte Jan, «irgendwie spüre ich das schon die ganze Zeit bei dir. Du hängst noch halb in der Vergangenheit, oder?» Er räusperte sich. «Ich kenne das Gefühl nur zu gut, glaub mir. Und deswegen fühlt es sich an, als würden wir beide mit angezogener Handbremse fahren, findest du nicht?»

«Ja», sagte Marie leise. «Obwohl ich bisher gar nicht wusste, dass du überhaupt irgendwohin mit mir fahren willst.»

«Machst du Witze?», fragte Jan, und das Streicheln wurde intensiver. Marie ertappte sich dabei, wie sie kurz die Augen schloss, weil es sich so schön anfühlte. «Also, zunächst mal bin ich heute mit dir in die Normandie gefahren.» Er schmunzelte. «Außerdem kaufe ich normalerweise keine Kunstpostkarten und trage sie durch die halbe Stadt in ein Café, wo ich mich vor der süffisant grinsenden Kellnerin blamiere.»

«Lola findet dich sehr sympathisch», sagte Marie und stupste Jan ein wenig in die Seite. «Und ich im Übrigen auch.»

«Sympathisch?» Jan verdrehte in gespielter Agonie die Augen. «Das klingt ja furchtbar – selbst auf Französisch.»

«Na gut ... *außerordentlich* sympathisch», sagte Marie, die jetzt ein wenig mutiger wurde. «Vielleicht auch mehr.»

«Was meinst du mit mehr?», fragte er und trat noch einen letzten winzigen Schritt auf sie zu, ihre Hand noch immer in seiner. «Wie viel mehr, Marie?»

Sie schloss wieder die Augen, ihre Gesichter waren jetzt ganz dicht voreinander. «So?», fragte sie und streifte seine Wange mit ihren Lippen. Er roch gut, fand sie, nach sonnenwarmer Haut und Shampoo, unaufdringlich und frisch. «Wäre das genug?»

«Ich weiß nicht», murmelte er und zog sie mit beiden Händen an sich heran, sodass sie die Umrisse seines Körpers an ihrem spürte. «Mach das doch noch mal, bitte. Damit ich sicher bin.»

Erneut legte sie ihren Mund an sein Gesicht. Sie küsste ihn noch einmal auf die Wange, glitt mit den Lippen zu seinem Ohr, seinem Hals. Unendlich zarte Küsse waren es, die sie verteilte, doch sie spürte, dass er eine Gänsehaut bekam.

«So?», flüsterte sie an seinem Ohr.

«Ich glaube, noch ist es nicht ganz genug», sagte er, und als Marie kurz zwischen ihren Lidern hindurchlugte, sah sie, dass er die Augen fest geschlossen hatte und seine Wangen leicht gerötet waren. Noch immer plätscherte das

Wasser des Teichs ganz leise zu ihnen herauf, und noch immer säuselten die Blättchen an den Weidenzweigen über ihnen.

«Wie wäre das?», fragte Jan.

Er ließ Maries Taille los, legte seine Hände stattdessen an ihr Gesicht und zog sie noch dichter an sich heran. Erst streiften sich ihre Lippen nur eine Sekunde, doch es war wie ein elektrisches Kribbeln, das Marie in den Bauch fuhr. Sie hob ihr Gesicht, ihr Mund suchte seinen, und sie küssten sich. Erst vorsichtig, dann öffneten sich ihre Lippen und verschmolzen miteinander. Etwas flatterte jetzt in Maries Bauch, ein fast vergessen geglaubtes Gefühl. Sie vertrieb die flüchtige Erinnerung an einen anderen Mann, an einen anderen ersten Kuss mit aller Macht aus ihren Gedanken und überließ sich Jans Liebkosungen. Er küsste sehr gut, viel besser als die meisten Männer, die sie bisher geküsst hatte. Denn die meinten immer, je wilder sie mit Zunge und Zähnen vorstießen, desto besser würden sie bei der Note Leidenschaftlichkeit abschneiden. Jans Küsse waren ebenfalls leidenschaftlich, aber sie hatten etwas Zärtliches, Sanftes und gleichzeitig Selbstsicheres, das Marie gefiel.

Erst nach Minuten lösten sie sich voneinander und öffneten einer nach dem anderen langsam die Augen. Die Sonne blendete Marie, es war, als tauche sie aus einer warmen, geborgenen Höhle auf. Und sie sah, dass auch Jan ein wenig benommen wirkte.

«Wow», sagte er mit aufgerissenen Augen. «Da bin ich ja wirklich froh, dass du mich *sympathisch* findest! Wenn das deine Art ist, es auszudrücken ...» Er räusperte sich. «Vielleicht kannst du es mir dann später noch mal zeigen, ginge das?»

Marie lachte befreit auf. Sie knuffte ihn leicht. «Gehst du jetzt erst mal mit mir ins Museum?», fragte sie und rückte sich ihre Brille zurecht.

Auch Jan lachte, er legte einen Arm um ihre Schulter. «Ich brenne darauf, mit dir da reinzugehen und von dir erklärt zu bekommen, wie sehr die Frauen unter Monet gelitten haben», sagte er mit gespieltem Ernst. «Ich werde an deinen Lippen hängen, Marie, und selbst nichts zum Thema beitragen, versprochen.»

Ihr gemeinsames Lachen hallte durch den Garten, als sie sich Arm in Arm ihren Weg durch Kapuzinerkresse und Rosenranken zum Haus bahnten.

# 19

«Darf ich Ihnen ein Herz zu Füßen legen, *Mesdames?*»
Pierre Leco hielt zwei Touristinnen in durchsichtigen Plastik-Regencapes – an diesem Donnerstag hatte es in der Frühe einen kleinen Schauer gegeben – eins seiner Lebkuchenherzen hin. Mit lindgrüner Schrift standen darauf die Worte *There is never any ending to Paris*, ein Zitat von Hemingway, das bei den vielen amerikanischen Besuchern der Stadt besonders gut ankam. Und sosehr es Pierre manchmal auch widerstrebte, englische Zitate auf seine Pariser Honigkuchenherzen zu schreiben, so sehr liebte er diesen Spruch.

Ernest Hemingway hatte sich seine Sporen in der Stadt an der Seine verdient, fand er. Und er duldete ihn gleichsam als echten Pariser, denn seine Worte trafen immer mitten ins Herz. Außerdem war Pierre Geschäftsmann, und ohne die vielen Touristen, die seine Hemingway-Herzen kauften, wäre er längst aufgeschmissen gewesen.

Die beiden Frauen blieben stehen und betrachteten mit diesem verklärten Lächeln, das viele Besucherinnen der Stadt im Gesicht hatten, sobald sie etwas vermeintlich Authentisches erblickten, Pierres Leckereien an bunten Bändern.

«*Look!*», rief die Frau mit grellrotem Lippenstift ihrer Freundin zu. «*That's so cute!*»

Die andere hatte es sich nicht nehmen lassen, unter ihrem Plastikumhang einen Petticoat und einen gestreiften Pullover anzuziehen, als spiele sie gleich an einem Paris-Filmset die Hauptrolle.

«Yes, lovely!», sagte die Gestreifte und griff nach dem Hemingway-Herz. «How much?»

Pierre nannte den Preis, der sich durch die spontane Begeisterung der beiden Frauen flugs etwas erhöht hatte. Dann gab er beiden ein identisches Herz – nur dass die Zuckerschrift auf dem zweiten himmelblau war. Dankend nahm er das Geld in Empfang und tippte sich freundlich lächelnd an seine Baskenmütze.

Zufrieden pfeifend ging er weiter den Boulevard Saint-Michel entlang. Um seinen Hals hingen nur noch wenige Herzen, ihm war leicht und frei zumute, zumal in der Tasche seiner ausgebeulten Cordhose lustig das Geld klimperte und ihm bei jedem Schritt verheißungsvoll gegen das Bein schlug. Seit diesem Sommer hatte er sein Revier, das bisher auf die Rue Mouffetard weiter südlich im Quartier Latin beschränkt gewesen war, ein wenig Richtung Norden ausgedehnt. Hier auf dem belebten Boulevard Saint-Michel waren einfach immer Menschen unterwegs. Und was er am Vormittag nicht auf dem Markt zwischen Meeresfrüchten und duftenden Käseauslagen loswurde, verkaufte er nachmittags oft mühelos im Gewühl der großen Prachtstraße, die zur Seine führte. Jetzt, da die Nachmittagssonne schon langsam wieder der Erde zustrebte, waren fast alle Lebkuchen unter die Leute gebracht und er hatte sich ein schönes Glas Pastis bei Chez Patrice verdient.

Später, so hoffte er, würde er noch mit seiner neuen Flamme Madeleine spazieren gehen, die bald Feierabend hatte. Wenn er an ihren wohlgerundeten Körper und ihr mitreißendes Lachen dachte, flatterten tausend Schmetterlinge in seinem Bauch.

Vor ein paar Monaten hatte ein neuer Friseursalon in seiner Straße eröffnet, und Pierre, der viel Wert auf Haarpflege legte – gerade weil er nicht mehr allzu viel Haar sein eigen nennen durfte –, hatte den Salon neugierig betreten und sich alsbald in den kundigen Händen von Madeleine befunden. Nach ihrer Kopfmassage hatte er sich bereits geschworen, nie wieder einen anderen Salon aufzusuchen. Beim anschließenden Haarschnitt hatte sie ihm aus Versehen mit der Schere ein wenig ins Ohr gepikst und ihn kurzerhand mit einem kleinen Kuss trösten wollen – da war es um ihn geschehen. Es gefiel ihm, wenn Menschen nicht perfekt waren. Und besonders liebte er es, bei einer hübschen Frau kleine, charmante Marotten zu erkennen und diese als der Gentleman, der er nun einmal war, für sich zu behalten.

Madeleines warme Hände, ihr entschuldigendes Lächeln und ihre zärtlichen Berührungen nach ihrem Missgeschick hatten ihn verzaubert. Mit einem Pflaster am Ohr und einem Kribbeln am ganzen Körper war er schließlich aus ihrem Salon getaumelt. Und von da an hatte er gebetet, dass seine Haare schneller wüchsen als sonst, damit er sich bald wieder bei ihr einfinden konnte.

Doch schon einen Tag später war er ihr unverhofft erneut begegnet. Es hatte in Strömen geregnet, ein Frühsommerguss, wie er im Buche stand. Pierre war missmutig gewesen, weil er bei dem Wetter keins seiner Herzen loswurde. An der Straßenecke war er, weil die Sicht schlecht und sein Blick auf die Pfützen gerichtet gewesen war, mit Madeleine zusammengeprallt, die gerade mit ihrem rot-gelb getupften Regenschirm kämpfte, an dem der Wind zerrte. Pierre hatte gelacht, den Schirm galant für sie aufgespannt und ihr danach sein schönstes Herz geschenkt. *Ohne Regen kein Regenbogen*, hatte darauf gestanden. Und Madeleine hatte es in Pierres warmer Küche, wohin er sie mitgenommen hatte, genüsslich aufgegessen und sich anschließend von ihm ins Schlafzimmer tragen lassen. Dort hatten sie sich, eingehüllt in den Duft von Zimt und Kardamom, den ganzen Abend lang geliebt.

Seitdem sahen sie sich mehrmals in der Woche, und Pierres Herz wurde jedes Mal so weich wie seine Erzeugnisse aus Honigkuchen, wenn er an Madeleines süßen Mund und ihren warmen Körper dachte.

Doch heute musste er sich noch etwas gedulden. Er überlegte, wie er die restliche Zeit dieses herrlichen Spätsommertags nutzen könnte. Kurz bevor er die Seine erreichte, ließ er das Gewimmel rund um die Fontaine Saint-Michel mit den vielen fotografierenden Menschen und die überfüllten Eckrestaurants mit ihren roten Markisen hinter sich und tauchte in die schmale Rue de la Huchette ein. Er flanierte über den sonnengewärmten Asphalt des schmalen Bürgersteigs, der hier an den Häuserfassaden klebte. Die Pfützen des Vormittagsschauers waren längst getrocknet, und der Duft nach Vanille und Zimt aus einer Crêperie zog Pierre in die Nase. Doch er ging weiter, überquerte die Place du Petit Pont und fand sich direkt vor der berühmten Buchhandlung *Shakespeare & Company* wieder.

Unwillkürlich musste er schmunzeln. Hemingway und die anderen Literaten des vergangenen Jahrhunderts, die in Paris ihre Zelte aufgeschlagen hatten, ließen ihn wohl heute nicht los. Zwar befand sich die Buchhandlung nicht mehr an ihrem früheren Standort in der Rue de l'Odéon, wo ihre Gründerin sie seit 1921 geführt hatte, doch sie hatte sich den Charme alter Pariser Tage und bücherverrückter Menschen bewahrt. Auch jetzt standen wieder einige Passanten eifrig über die kleinen Bücherwagen gebeugt, die vor dem Eingang zum Stöbern einluden. Andere Besucher hatten sich um die Ecke auf die Bänke vor dem Café niedergelassen, das zur Buchhandlung gehörte, und schlürften hier einen Espresso im Sonnenlicht.

Pierre trat näher an den Eingang der Buchhandlung. Er schnupperte dem Duft von Papier und Leim nach, der aus der niedrigen Tür hinaus in die Sommerluft wehte. Der Ort glich einer Kulisse, wie so vieles in Paris. Mit seinen grünen Markisen und den altmodischen Kreidetafeln spürte man hier noch den Hauch der alten Zeiten, als Paris die Metropole der Kunst und Kultur, der Schriftsteller und Tänzerinnen gewesen war. Zeiten, in denen Gertrude Stein ganz in der Nähe, in der Rue de Fleurus, ihren Salon führte, in dem Berühmtheiten wie Pablo Picasso, Zelda und F. Scott Fitzgerald, Henri Matisse und eben auch Ernest Hemingway ein und aus gingen. Es waren die Jahre, in denen auch eine junge Amerikanerin namens Sylvia Beach nach Paris gekommen war und hier die erste englischsprachige Leihbücherei der Stadt eröffnete, direkt gegenüber von der französischen Buchhandlung ihrer Freundin und Geliebten Adrienne Monnier. Sie war die Erste gewesen, die das völlig wahnsinnige Werk eines noch unbekannten Schriftstellers namens James Joyce veröffentlichte, weil sie an ihn glaubte. Und heute war *Ulysses* eins der bekanntesten Werke der Literaturgeschichte.

Ja, dachte Pierre und blätterte gedankenverloren in einem Büchlein über die Backkunst von Makronen – so ging es manchmal. In Paris war eben alles möglich. Auch wenn er wahrlich kein Fan dieses sperrigen, unlesbaren Buchs war, das Joyce da geschrieben hatte.

Ein Schatten fiel über seine Buchseiten, als sich jemand an ihm vorbei drängelte. Er sah auf und erkannte den

Mann, der offenbar sehr dringend etwas an genau dem Bü-
chertisch suchte, an dem Pierre bis eben so herrlich fried-
lich und ungestört unter einem Kastanienbaum gestanden
hatte. Es war Antoine Bernard, ein ehemaliger Nachbar
aus der Rue Mouffetard. Und der Ex-Freund der kleinen
Marie Michel.

Pierre unterdrückte ein Knurren und schlug sein Back-
büchlein zu. Er hatte diesen Schnösel noch nie leiden können und von Anfang an geargwöhnt, dass ein Mann, der so
unsicher und gleichzeitig so penetrant mit seinem eigenen
Ego umging wie dieser Antoine, niemals ein guter Liebha-
ber sein konnte – geschweige denn Partner für eine Frau
wie Marie.

Man sah es drei Meilen gegen den Wind, was das für einer war, dachte Pierre und beobachtete Antoine verstohlen,
während dieser einen großen Bildband über die Künstler
des Expressionismus aus dem Stapel zog. So umständlich,
wie er den Wälzer aufschlug, wollte er vermutlich sicher-
gehen, dass jeder sein Interesse an moderner Malerei bemerkte und ihn deswegen bewunderte. Man sah es in jeder
seiner großspurigen Gesten, dass Antoine der Welt zeigen
wollte, wie unnachahmlich er war. So auch in seinem Lächeln, das auf den ersten Blick zwar attraktiv, auf den zweiten aber gekünstelt wirkte. Und in seinen kühlen Augen,
die stets nur darauf bedacht schienen, herauszufinden, ob
er denn auch die Aufmerksamkeit bekam, die er seiner
Meinung nach verdiente.

Was machte dieser Idiot denn nur in Paris?, überlegte
Pierre. Das Letzte, was er von ihm gehört hatte, war, dass
er mit wehendem Mantelsaum die Stadt verlassen hatte,
um in New York zu arbeiten, wo man sich offenbar nach
einem Gernegroß wie ihm verzehrte. Nun, Pierre war

es nur recht gewesen. Besorgt hatten er und die anderen Nachbarn rund um die Place de la Contrescarpe Maries stummes Leid mitangesehen. Und viel zu lange hatten sie gewünscht und gebangt, dass die junge Frau sich endlich fing und diese Episode mit Antoine vergaß.

In den letzten Tagen hatte Pierre etwas Hoffnung geschöpft, wenn er sie sah. Denn ihre Miene wirkte entspannter. Und als er heute früh schwer beladen am Café Lola an ihr vorbeigelaufen war, hatte sie gelächelt und ihm zugewinkt. «Ich bin fast fertig mit der Rede», hatte sie gerufen und einen so gelösten Eindruck gemacht wie schon lange nicht mehr.

Was für ein schlechtes Timing, dass Antoine Bernard nun ausgerechnet jetzt wieder hier auftauchte. Ein langes Elend in allzu lässig geknöpftem Hemd, spitzen Lederstiefeln und einem viel zu aufdringlichen Eau de Toilette, das Pierre nun in die Nase stach.

Zur Hölle mit ihm, dachte Pierre und schnappte sich ein weiteres Rezeptbuch, diesmal mit verlockenden Abbildungen von cremegefüllten Eclairs auf dem abgegriffenen Umschlag.

Schon lange träumte Pierre von einer eigenen Confiserie oder einer Boulangerie, in der er nicht nur Lebkuchenherzen, sondern auch alle anderen Leckereien, die die Welt zu bieten hatte, kreieren und damit die Menschheit beglücken könnte. Doch noch war nicht die Zeit, noch musste er Klinken putzen und Herzen verkaufen, was das Zeug hielt.

Antoine sah auf und schien Pierre erst jetzt zu bemerken. Lässig hob er die Hand zum Gruß, und Pierre blieb nichts anderes übrig, als dem Jüngeren zuzunicken.

«*Bonjour*. Zu Besuch in Paris?», hörte er sich kühler fragen als beabsichtigt. Doch an einem wie Antoine ging Sarkasmus ohnehin vorbei.

«Mal sehen», sagte der vage und fuhr sich über die unrasierte Wange.

Erst jetzt ging Pierre auf, dass Antoine etwas Federn gelassen hatte. Seine Arroganz schien einen feinen Riss bekommen zu haben. Waren die Schatten unter seinen Augen etwas dunkler als gewohnt? Und seine Schultern vielleicht sogar eine Spur gekrümmt?

«Kann sein, dass ich erst mal länger bleibe», murmelte er.

«So?» Pierre hob die Brauen. «Wie kommt's? Ich hörte, Sie hätten in New York das ganz große Los gezogen.»

«Ach», sagte Antoine und machte eine wegwerfende Geste, die ihm aber ein wenig unsicher geriet. «Da ist auch nicht alles Gold, was glänzt. Ich sollte mein Talent nicht länger an eine Stadt verschwenden, die nichts von Kunst und Kultur versteht.» Er verzog die Mundwinkel zu etwas, das in seiner Wahrnehmung wohl ein Lächeln darstellen sollte, aber eher säuerlich wirkte. «Warum in die Ferne schweifen, oder? Auch in Paris gibt es schließlich große Galerien, die auf fähige Menschen wie mich warten.» Sein Lächeln wurde noch eine Spur arroganter. «Apropos warten», sagte er. «Haben Sie heute schon Marie gesehen? Ich möchte sie gern überraschen.»

Pierre ballte die Faust und hätte Antoine gern einen Hieb versetzt. Stattdessen schüttelte er nur stumm den Kopf. Er verschwieg, dass er wusste, dass Marie heute nach ihrem Kaffee bei Lola und Fabien in die Orangerie geradelt war, weil sie den ganzen Tag dort arbeiten würde. Wenn es nach ihm ginge, sollte sie das unbehelligt von ihrem Ex-Freund tun können.

«Na dann», sagte Antoine, «man sieht sich.» Und ehe Pierre etwas erwidern konnte, klappte er den Bildband mit einem leisen Knall zu und drehte sich auf dem Absatz um.

Pierre sah ihm nach, wie er in seinen engen Jeans Richtung Café ging, zweifelsohne, um sich einen Flat White zu gönnen. Er musste sich zusammenreißen, das Büchlein mit den Eclairs nicht voller Abscheu in die Bücherkiste zu pfeffern. Sorgfältig legte er es zurück. Die Bücher konnten schließlich nichts dafür, dass er dieses Ekelpaket namens Antoine nicht ausstehen konnte und den Mann weit fortwünschte, am besten noch weiter als New York. Seinetwegen sogar bis zum Mond, wo er den Kratern etwas von den Expressionisten erzählen konnte. Wo aber Marie Michel und alle anderen Bewohner des Quartier Latin sicher vor ihm wären.

# 20

Der Geruch nach billigem Deo, Kaffeeautomat und durchgelatschten Sneakers im Speisesaal des Hostels in der Rue Jean-Jacques Rousseau war heute wie immer, aber dennoch schien Jan alles verwandelt. Das Nachmittagslicht, das durch das Glasdach auf die Tische und Thonet-Fakes fiel, wirkte verheißungsvoll, und das leise Surren des Getränkeautomaten gesellte sich freundschaftlich zum Summen in Jans Bauch hinzu.

Karen und er hatten die Schülerinnen und Schüler nach dem Mittagessen hier versammelt, damit sie ihre Paris-Berichte fertigstellten, ehe sie alle für einen letzten freien Nachmittag in Paris ausschwärmen durften. Überall wurde gekritzelt, gestöhnt und geraschelt. Jan nickte aufmunternd und sprach beruhigende Worte. Er lächelte in alle Richtungen, machte eine humorvolle Bemerkung zu Karen, die neben ihm über eine Abrechnung gebeugt saß, und ermahnte Mira freundlich, dass später noch genug Zeit sei, sich am ganzen Körper mit Sonnencreme einzuschmieren. Erst sollte sie ihr Referat über die Wasserspeier Notre-Dames fertig schreiben. Dann schlichtete er noch einen Streit am Nebentisch, wo sich Orhan und Ben darüber in die Haare gekriegt hatten, wer über ihr gemeinsames Thema – französischer Hip-Hop – besser Bescheid wusste. Außerdem sprach er ein paar vertrauliche Worte mit Madita. Das Mädchen war seit dem Vorfall im Park und der Nacht im Krankenhaus noch stiller als sonst und auch noch etwas blass. Doch Jan hatte in den vergangenen Tagen immer wieder gerührt beobachtet, dass die anderen Mädchen sie nicht alleinließen, sondern eine Art Schutzwall um sie herum bauten und stets an Maditas Seite blieben. Auch jetzt saß sie mit Mira und Romy zusammen und wirkte, wenn auch nicht glücklich, so doch einigermaßen stabil.

All diese tagtäglichen Aufgaben eines Lehrers erledigte Jan wie mit links – wobei ihn die ganze Zeit die Erinnerung an Maries Gegenwart begleitete. Sie saß hier mit ihm am Tisch und überwachte die Arbeit der Schüler, sie stand drüben neben dem Kaffeeautomaten und schaute ihm über die Schulter, während er sich einen Becher mit der dampfenden Brühe zapfte, und sie sorgte dafür, dass er den ganzen Tag keinen Appetit verspürte, sich aber dabei ertappte, wie er immer wieder eine kleine Melodie summte. Es war *La valse d'Amélie*. Jan konnte selbst kaum glauben, wie sehr ihn dieser Kitsch plötzlich verfolgte, ja, ihm völlig folgerichtig und gar nicht mehr so kitschig erschien. Die Welt war verzaubert und verwandelt – und das alles, weil ihn gestern eine Frau namens Marie unter einer Trauerweide geküsst hatte.

Beinahe hätte Jan aufgelacht, doch der lauernde Blick aus Romys dick geschminkten Augen, den sie ihm über die Tische hinweg zuwarf, brachte ihn zum Schweigen. Er hustete schnell, um sein Summen zu überspielen, und hielt sich dafür kurz die Hand vor den Mund. Romy zog misstrauisch ihre zu zwei perfekten Bögen gezupften Augenbrauen hoch, beugte sich dann aber wieder über ihren Bericht.

Jan atmete auf. Er durfte sich vor den Schülerinnen nicht anmerken lassen, wie wenig erwachsen, ja fast pubertär seine Gedanken heute waren. Doch es war schwer, seriös zu wirken, wenn man eigentlich am liebsten tanzen würde.

Marie gefiel ihm einfach unheimlich gut. Und jedes Mal,

wenn er daran dachte, wie es wäre, sie wiederzusehen, hüpfte etwas in ihm aufgeregt auf und ab und wollte am liebsten aus ihm herausspringen. Ganz so, als sei er nicht bereits dreißig, sondern wieder dreizehn Jahre alt.

Dann allerdings fiel ihm ein, dass er morgen mit seiner Klasse abreisen musste, zurück nach Aachen. Und das versetzte ihm einen ordentlichen Stich. Doch selbst dieses Wissen hielt ihn nicht davon ab, weiter summend durchs Hostel zu taumeln. Das Glücksgefühl, das er seit gestern verspürte, wich nicht einmal angesichts der unverkennbaren Tatsache, dass Marie und er sich bald erst einmal nicht mehr sehen konnten. Denn noch war er in Paris, noch könnte er sie treffen. Einen Nachmittag und einen Abend hatten sie noch.

Er warf einen Blick auf die Uhr. Marie hatte ihm erzählt, dass sie heute den ganzen Tag in *L'O* arbeiten und mehrere Führungen hintereinander geben würde. Gegen fünf Uhr, hatte sie gesagt, sei sie frei. Und etwas in ihrem Blick hatte Jan zu verstehen gegeben, dass sie eigentlich meinte – frei für ihn.

Seitdem sie sich gestern am frühen Abend am Bahnhof Saint-Lazare mit einem langen Kuss und einem noch längeren Blick voneinander verabschiedet hatten, hatte er nichts mehr von ihr gehört. Doch er wusste ja, wo er sie finden würde. Kurz fragte er sich, ob er ihr eine Nachricht schreiben sollte, aber sein Handy lag oben im Hostelzimmer. Und ohnehin wollte er ein gutes Vorbild sein und nicht auf dem Smartphone daddeln, während seine Schüler ihn brauchten.

Endlich hatte er das Gefühl, dass die meisten soweit fertig waren und es jetzt wirklich reichte. Karen und er hatten die Schüler genug gequält, nun sollten sie zu ihrem Recht kommen: ein letztes Mal durch die Straßen von Paris schwärmen, auf den sonnenwarmen Steinen am Ufer der Seine sitzen oder ein Eis auf der Promenade essen, den Tauben hinterhersehen, die über die Brücken wackelten, und all das tun, weswegen man nach Paris kam. Das Leben genießen, sich treiben lassen, die Freiheit spüren – ehe sie alle morgen wieder in den Zug steigen und in ihren Alltag zurückfahren würden.

Jans Bedürfnis, sich erneut diesem Alltag hinzugeben, war äußerst gering, und er vermutete, dass es den jungen Leuten in seiner Klasse ähnlich ging. Immerhin wartete erst einmal ein langes Wochenende auf sie alle. Karen und er hatten sich außerdem noch den Montag als wählbaren freien Tag genommen, um sich ein wenig auszuruhen. Doch spätestens am Dienstag ging alles wieder los: Unterricht, Korrekturen, Klassenarbeiten, Hausaufgaben, Listen, Papierkrieg, Stress auf dem Schulhof, empörte Eltern, überforderte Eltern, überforderte Lehrer, weinende Teenager ... Aber auch gelungene Unterrichtsstunden, Gespräche mit netten Kollegen, Geburtstagskuchen im Lehrerzimmer, Gemeinschaftsgefühl – und dann, endlich, in ein paar Wochen Herbstferien.

An den Herbst wollte Jan allerdings jetzt noch nicht denken. Noch war Sommer. Und was für einer!

«So, packt alles zusammen», rief er den Schülern zu, und ein Ächzen der Erleichterung war die Antwort. «Falls ihr noch nicht fertig geworden seid, schreibt die Berichte bitte übers Wochenende fertig und gebt sie am Montag ...» Er korrigierte sich. «... am Dienstag bei mir ab. Ordentlich abgetippt, ausgedruckt und geheftet, klar? Wir wollen sie am Tag der offenen Türen auslegen.» Er ging um die Tische herum und räumte hinter seinen Schülern her.

«Und was machen wir jetzt, Herr Zimmer?», fragte Magnus.

Jan sah ihn irritiert an. «Rausgehen», sagte er. «Ihr habt frei bis zum Abendessen.»

«Aber was sollen wir unternehmen?», murmelte sein Tischnachbar Ben gähnend. «Wir haben doch schon alles gesehen.»

«Ihr seid in Paris!», sagte Jan ungläubig und deutete durchs Glasdach ins Licht. «Macht was draus.»

«Komm schon», sagte Orhan und zog seinen Kumpel hoch. «Wir gehen Souvenirs kaufen.»

Die Schüler packten ihre Sachen zusammen und drängten in Grüppchen aus dem Saal.

Karen blickte von ihrer Abrechnung auf.

«Und du?», fragte sie und lächelte gespielt arglos. «Hast du noch etwas Schönes vor?»

Jan spürte, wie es in seinen Händen kribbelte. Verlegen zuckte er mit den Schultern. «Vielleicht», sagte er, «ich weiß es noch nicht genau, um ehrlich zu sein.»

«Na, geh schon. Mach was aus dem letzten Abend», sagte sie amüsiert. «Das Abendessen kann ich auch allein überwachen.» Sie stand auf. «Morgen auf der Rückfahrt im *Eurostar* möchte ich aber in Ruhe lesen, dann kannst du dich revanchieren und die Meute in Schach halten.»

«Du bist die Beste», sagte Jan und meinte es so.

Karen war die ganze Zeit in Paris über eine tolle und selbstlose Kollegin gewesen. Man musste nicht seelenverwandt sein, um gut zusammenzuarbeiten. Aber er nahm sich vor, es wiedergutzumachen, wenn sie in Aachen waren.

«Nun hau schon ab», sagte Karen und räumte ihre Papiere in eine Plastikmappe, die sie schnalzend zuschnappen ließ. «Ich sehe doch, dass dir was unter den Nägeln brennt. Und eine Frau sollte man nicht warten lassen.» Sie zwinkerte ihm zu. «Ich gehe jetzt noch ein letztes Mal in dieses süße kleine Café an der Ecke und entschädige mich für dieses Gift hier.» Sie schwenkte ihren halb vollen Pappbecher und ging mit ihm zum Mülleimer, wo sie ihn mit angeekelter Geste entsorgte.

Jan nickte ihr dankbar zu. Dann verschwand er aus dem Speisesaal und stieg die Treppen zu seinem Zimmer hoch, um sein Hemd zu wechseln und sein Handy und seine Brieftasche zu holen. Schon wieder ertappte er sich dabei, wie er auf den abgetretenen Treppenstufen diese außerordentlich hübsche Melodie vor sich hin summte.

## 21

So, *ma belle*», sagte Corinne und tätschelte Marie die Schulter, «Schluss für heute.»

Marie strich sich erschöpft eine blonde Strähne aus dem Gesicht, die sich unter ihr linkes Brillenglas verirrt hatte. «Ja, so viele Führungen hintereinander sind immer ein bisschen zu viel», sagte sie. «Irgendwann schaltet sich mein Gehirn einfach aus.»

Corinne fuhr über den dunklen Stoff ihrer Jacke und seufzte. «Heute ist es wirklich besonders voll. Ich bin froh, wenn die Ferien bald zu Ende sind und alle Touristen aus Paris verschwinden. Dann hat man hier endlich wieder etwas Ruhe.» Sie grinste. «Klar, wir alle leben davon, dass unsere Stadt ein Mythos ist», sagte sie, «aber manchmal hätte ich sie auch gern einfach mal nur für uns.»

Marie lächelte. «Ich weiß, was du meinst», sagte sie. «Aber das werden wir wohl nie. Und bist du nicht auch manchmal stolz, dass du hier lebst?»

«Kindchen ...», knurrte Corinne, «mein Appartement ist in Pont du Bois, das hat mit dem Paris, wie du es dir vorstellst, nur wenig zu tun.» Sie hob die Augenbrauen. «Aber ich lebe gern dort, habe ich schon immer. Hier in der Innenstadt ist mir alles zu hysterisch. Ich mag die echte Welt lieber, die Welt der Banlieues, in der ich zu Hause bin.»

«Aber hier bist du auch zu Hause», sagte Marie und deutete zu der offen stehenden Tür, hinter der die *Seerosen* schimmerten. Das Blauviolett leuchtete, als wolle es Marie und Corinne einladen, ihm erneut zu folgen und sich in den Farben der gemalten Gartenteiche und im sanften Licht der ovalen Ausstellungsräume zu verlieren.

Corinne war Maries Blick gefolgt und erwiderte amüsiert: «Ja, auch wenn ich die paar Quadratmeter hier manchmal nicht mehr sehen kann – ich komme doch jeden Morgen wieder gern her.» Dann schüttelte sie den Kopf. «Aber ein Zuhause ist es nicht, *ma belle*. Es ist meine Arbeit – nicht mehr und nicht weniger.»

Marie betrachtete die ältere Kollegin nachdenklich. Wenn sie das doch auch so einfach trennen könnte, wie Corinne es tat. Aber sie hatte das ungute Gefühl, dass es in ihrem Leben nicht ging. Wer wäre sie denn ohne ihre Arbeit, ohne ihre Obsession für Monets *Seerosen* und ohne ihre Promotion, um die ihre Gedanken unablässig kreisten? Ihre Liebe zur Kunst füllte alles aus, was sie war, und Marie fragte sich beklommen, was aus ihr würde, wenn sie das einfach so aufgeben müsste.

In ihrer Jeanstasche piepste es. Sie zog ihr Telefon heraus und warf einen Blick aufs Display. Sie konnte nicht verhindern, dass ein Lächeln über ihr Gesicht huschte, als sie die Nachricht las.

Corinne hatte sie beobachtet. «Na?», fragte sie süffisant. «Schöne Nachrichten?»

Marie spürte, wie sie rot anlief. «Ja», sagte sie. «Ich werde abgeholt.»

«*Oh, là, là!*» Corinne schnalzte mit der Zunge. «Das freut mich, *ma petite*.» Sie hatte Maries Unglück nach der Trennung von Antoine aus der Ferne verfolgt, auch wenn die beiden Frauen nie wirklich darüber gesprochen hatten. Einmal, als Marie nach einer weiteren schlaflosen, durchgeweinten Nacht zur Arbeit in der Orangerie aufgetaucht war, hatte Corinne wütend gesagt, dass sie diesem Kerl, wer auch immer er war, gern einmal den Marsch blasen würde, weil er Marie offensichtlich so wehgetan hatte. Doch Marie hatte entsetzt abgewehrt.

Das fehlte noch, dass sich ihre Arbeitskollegin wie eine Löwenmutter in ihr – ohnehin nicht mehr vorhandenes – Liebesleben einmischte! Gleichzeitig hatte es sie auch gerührt, genau wie es sie jetzt rührte, dass Corinne Anteil an ihrer Verabredung nahm.

«Ich muss los», sagte sie und küsste die Kollegin rasch auf beide Wangen, was diese strahlen ließ. «Bis morgen.»

«Viel Glück», rief Corinne ihr hinterher, als Marie sich bereits ihren Weg aus dem Museum bahnte.

Glück, dachte Marie, während sie aus der Glastür des Personaleingangs stürmte und dabei einen raschen Blick in die spiegelnde Scheibe warf und ihr Top etwas ordentlicher in den Bund ihrer Jeans stopfte, ja, dieses Gefühl war ihr lange abhandengekommen. Doch seit Jans Kuss gestern im Garten von Giverny hatte sie erneut eine Ahnung davon bekommen, was es bedeutete. Da war so ein feines Kribbeln in ihrem Nacken und das Gefühl, nicht mehr mit dem Lächeln aufhören zu können. Die Melodie eines alten Lieblingslieds, das sich in ihr Ohr schlich, und Sonnenlicht, das warm auf ihren Wangen zu liegen schien.

Marie eilte über den staubigen Kiesweg unter den Platanen, die entlang der Orangerie wuchsen. Der Platz war voller Menschen, noch immer standen lange Schlangen für die *Nymphéas* an, doch die Leute gingen sie nichts mehr an, und sie ließ sie hinter sich.

Die Sommerluft strich über ihre bloßen Füße in den Sandalen und über ihre Arme, wehte ihr das Haar zurück. Atemlos umrundete Marie das Gebäude und stand schließlich auf dem Plateau, von dem aus man einen guten Blick auf die Tuilerien hatte. Auf der anderen Seite schimmerte blausilbrig die Seine, doch Marie suchte den Palastgarten mit den Augen ab. Spielende Kinder, Menschen in Gruppen, die einem Reiseführer Richtung Place de la Concorde folgten, Eisverkäufer, ein kläffender Hund, der sich losgerissen hatte und seine Leine hinter sich her schleifte, während seine Besitzerin laut rufend hinterhereilte. Das übliche Treiben in der großen Stadt, mitten im Hochsommer. Und über allem lagen die langen, goldenen Strahlen des Spätnachmittags, die die Szene fast unwirklich schön erhellten.

Und da unten, inmitten des Gewusels der Gärten, stand Jan. Er trug, wie auch schon die letzten Male, eine blaue Jeans und ein weißes Hemd. Die Ärmel hatte er sich bis über die Ellenbogen hochgeschoben, und selbst aus der Entfernung bemerkte Marie seine leicht gebräunten, muskulösen Unterarme. Auch er sah sich suchend um, noch hatte er sie nicht entdeckt. Ein paar Herzschläge lang konnte Marie ihn einfach betrachten. Das Kribbeln wurde stärker, die Melodie in ihr schwoll an.

Er gefiel ihr unheimlich gut, dachte sie und war selbst überrascht, *wie* gut. Er hatte etwas an sich, das ihr vertraut und wahrhaftig vorkam, als würde sie ihn schon lange kennen. Gleichzeitig war er neu, aufregend neu, und sie hatte das Bedürfnis, noch mehr über ihn herauszufinden. Sie wollte wissen, was er gern aß, welche Musik ihm gefiel, was er nicht mochte, wovor er sich vielleicht fürchtete, was ihn wütend machte. Und wovon er träumte.

In diesem Moment entdeckte er sie. In sein Gesicht trat Freude, und er winkte.

Langsam gingen sie aufeinander zu. Eine Schrecksekunde wusste Marie nicht, wie sie sich begrüßen würden, doch da zog er sie schon in eine Umarmung und küsste sie auf beide Wangen. Er ließ sie danach auch nicht gleich wieder los, sondern nahm ihre Hände in seine und drückte sie warm.

«Da bist du ja», sagte er.

«Ja», sagte Marie verlegen. Sie wusste nicht, wohin sie gucken sollte, doch als sie bemerkte, dass auch er aufgeregt wirkte, fühlte sie sich nicht mehr allein mit dem Gefühl. Und auf einmal konnte sie sich entspannen.

«Gehen wir ein Stück?», fragte sie und ließ seine eine Hand los, doch mit der anderen hielten sie einander weiter fest.

Langsam gingen sie Hand in Hand über den Weg, vorbei an den beschnittenen Buchsbaumhecken und Beeten in Richtung Wasserbassin, wo heute eine ganze Flotte aus Holzbooten kreuzte. Wasser spritzte, Kinder kreischten, verliebte Paare fotografierten sich wieder und immer wieder. Nur die Fische im Becken schwammen ungerührt ihre Bahnen.

Marie und Jan waren ein Teil von all dem.

Vom Jahrmarkt orgelte Musik herüber, der Duft nach verbranntem Zucker zog Marie in die Nase.

«Fährst du mit mir eine Runde Riesenrad?», fragte sie, plötzlich übermütig und deutete zu den Gondeln, die zwischen den Bäumen hindurch an dem majestätischen Rad sanft hin und her schaukelten. Nur einige waren besetzt, dort baumelten Beine in der Luft, während das Riesenrad gleichmütig seine Runden drehte zu einer altmodischen, nostalgischen Melodie, die sich mit den pulsierenden Dance-Rhythmen der anderen Fahrgeschäfte mischte.

Jan schien zusammenzuzucken. Er blieb stehen und sah sie von der Seite an.

«Lach jetzt nicht über mich», sagte er, «aber das ist echt überhaupt nicht mein Ding.»

«Magst du keine Jahrmärkte?», fragte Marie.

«Doch», sagte er, «aber ich habe Höhenangst.» Er zuckte mit den Schultern. «Sogar ziemlich stark.»

Marie lächelte. Diese kleine, vermeintliche Schwäche machte ihr Jan nur noch sympathischer. «Also kannst du auch nicht auf Berge steigen?», fragte sie.

Er schüttelte den Kopf. «Nein», sagte er, «und Flugzeuge oder Balkone an Wolkenkratzern mag ich auch nicht besonders.»

«Weißt du», sagte Marie, die wieder ernst geworden war, «ich liebe alles, was hoch ist, und mir macht kein Karussell oder Flugzeug der Welt etwas aus. Aber dafür habe ich vor vielen anderen Sachen Angst.»

«Ja?», fragte Jan. «Wovor denn?» Er zog sie an der Hand ein Stück näher zu sich, sodass sich ihre Körper fast berührten. Aber nur fast.

«Vor fremden Menschen», sagte Marie leise, «vor allem, wenn es viele auf einmal sind. Vor Geldsorgen.» Sie lachte auf, doch sie hörte selbst, dass es nicht fröhlich klang. «Davor, zu versagen.» Nun flüsterte sie beinahe. Verlegen sah sie auf ihre Sandalen, die vom Staub des Kieswegs bedeckt waren. «Und vor allem davor, mich wieder zu verlieben», fügte sie fast unhörbar hinzu und wagte nicht mehr, aufzusehen.

Doch dann spürte sie, wie Jan den Druck seiner Finger an ihrer Hand verstärkte und einen letzten, winzigen Schritt auf sie zumachte. Jetzt schmiegten sie sich aneinander. Er legte beide Arme um sie, und Marie barg ihr Gesicht in seiner Halskuhle, wo sie seinen Puls schlagen fühlte. Seine Haut war warm und trocken, seine Gegenwart tröstlich und schön – und doch aufregend, alles zugleich.

Marie schloss die Augen, spürte seine Nähe, seinen Herzschlag, roch seinen Duft. Er war ihr schon jetzt vertraut. Dabei kannten sie sich doch kaum.

«Davor habe ich auch Angst», murmelte Jan dicht an ihrem Haar und streichelte ihren Rücken. «Aber weißt du was? Sie wird mit jeder Minute kleiner.»

Marie öffnete wieder die Augen und musste lächeln. Das zu sagen, verlangte Mut, und Jan schien ihr auf einmal sehr mutig. Daran konnte auch seine Höhenangst nichts ändern.

Vorsichtig löste sie sich aus der Umarmung und sah ihm in die Augen. Sie waren so blau wie die *Seerosen*-Bilder, so blau wie der Sommerhimmel über Paris.

Vom Rummel dudelte noch immer die Musik zu ihnen herüber. Sie erinnerte Marie an ihre Kindheit in der Normandie, als eine Fahrt mit dem Kettenkarussell und ein tiefroter, süßer Liebesapfel auf dem eher tristen Stadtfest das höchste der Gefühle gewesen waren. Hoch oben, mit dem Wind im Gesicht und dem Duft nach karamellisiertem Zucker in der Nase, hatte sie sich frei gefühlt, und ihr Blick war weiter als sonst gewesen. Er war über die schiefergedeckten Dächer der engen, grauen Kleinstadt und über die geduckten Menschen hinausgegangen. Ganz so, als hätte Marie von dort eine andere, bessere Zukunft, wenn auch nicht sehen, so doch wenigstens ahnen können. Als hätte sie plötzlich instinktiv gewusst, dass es noch ein anderes Leben geben musste als das ihrer Eltern. Es war ein unvergleichliches Gefühl gewesen, und doch hatte sie es später als Erwachsene wiedergefunden – wenn sie hier in Paris vor ihren Lieblingsbildern stand, wenn sie sich mit Kunst und Schönheit umgab.

Plötzlich fiel die Angst von ihr ab. Sie war, trotz allem, am richtigen Ort. Vielleicht sogar auf dem richtigen Weg, auch wenn sie noch ein paarmal würde abbiegen müssen, um ans Ziel zu kommen.

Jans Mundwinkel zuckten. «Ich wüsste gern, woran du denkst», sagte er. «Du siehst auf einmal so glücklich aus.»

Marie küsste ihn schnell auf die Wange.

«Ich dachte gerade daran, dass man dort oben alle Sorgen vergisst», sagte sie und deutete wieder zum Riesenrad hinauf. «Sie werden für einen Moment einfach weggeblasen, wenn man hinaufschwebt und nur die Musik und das Rauschen des Windes hört.»

Jans Augen folgten ihrem Fingerzeig. Er nickte zu ihren Worten, dann holte er tief Luft.

«Also gut, meinetwegen», sagte er, «du hast mich überredet. Ich versuche es. Was soll schließlich passieren?»

Marie sah ihn überrascht an, doch er drückte zur Bekräftigung ihre Hand und zog sie in Richtung Jahrmarkt, als habe er es auf einmal eilig, seinen Plan in die Tat umzusetzen.

Wahrscheinlich, dachte sie, wollte er seinen plötzlichen Wagemut nicht wieder verlieren.

«Aber lass mich nicht los», sagte er, während sie auf das Gelände des Jahrmarkts einbogen, wo sie laute Rhythmen, Gelächter und Kreischen empfingen, und lachte verlegen. «Die ganze Fahrt über. Versprochen?»

«Versprochen», sagte Marie. Sie hob seine Hand an ihren Mund und drückte einen Kuss darauf.

## 22

Thanh ließ die Eiswürfel sacht in ihrem Martini hin und her schwimmen, sodass sie leise gegen das Glas klirrten. Sie trank den letzten Schluck aus und sah suchend über den Platz mit dem kleinen Springbrunnen, der in der Abendsonne lag. Eigentlich war sie hier im Bistro von Pierre mit einem Mann auf ein Glas verabredet gewesen, doch ihr Date war nicht aufgetaucht. Thanh betrachtete ihre regenbogenfarbenen Fingernägel und fuhr sich dann damit durch die glatten schwarzen Haare, die bis auf ihre Schultern fielen. Sie zuckte mit den Achseln. Es war zwar ärgerlich, versetzt zu werden, aber wenn sie ganz ehrlich war, interessierte dieser Kerl sie eigentlich nicht besonders. Er hatte sie tagelang in der Dating-App um eine Verabredung gebeten, obwohl Thanh bereits spürte, dass sie nicht unbedingt füreinander geschaffen waren. Heute hatte sie schließlich zugestimmt, weil sie nichts Besseres vorhatte. Sie wollte offenbleiben, denn ihr Grundsatz war, dass man immer überrascht werden konnte. Es war natürlich typisch, dass genau diese Typen, die sich erst furchtbar um eine Frau bemühten, dann einfach nicht auftauchten, als hätten sie auf einmal Angst vor ihrer eigenen Courage. Andererseits wusste Thanh jetzt wenigstens Bescheid, sie würde seinen Kontakt endgültig löschen und diesen herrlichen Sommerabend nun ganz für sich allein genießen.

Drüben im Café Lola war auch noch Betrieb. Lola eilte mit abgespanntem Gesicht zwischen den Tischchen hin und her und servierte Espresso und Kir Royal in hohen Sektflöten. Fabien schleppte Käseplatten und appetitlich angerichtete Salate mit *Foie gras* und Baguette herbei, und die Gäste saßen in Shirts und Sommerkleidern auf der Terrasse und genossen den lauen Abend im Sonnenuntergang.

Thanh fiel ein älteres Paar auf, das am Tisch ganz vorn am Platz unter der Markise saß. Beide waren sicher weit über siebzig. Die Frau wirkte hübsch und sehr gepflegt, ihr Begleiter trug einen hellen Leinenanzug und stand ihr in Eleganz in nichts nach. Die beiden hielten sich unter der Tischplatte an den Händen wie Teenager, und Thanh kam nicht umhin, sie ein wenig zu beneiden. Sie waren offenbar trotz ihres Alters verliebt und hatten es nicht nötig, vergeblich auf einer Bistroterrasse herumzuhocken in der Hoffnung, dass einer der vielen Kandidaten, die durch Thanhs Existenz zogen wie Statisten, sich doch einmal als etwas mehr als ein harmloser Flirt entpuppte. Zwar war sich Thanh ziemlich sicher, dass sie nicht nach der großen Liebe suchte – aber man konnte nie wissen. Irgendetwas musste ja dran sein an dieser Sache, um die alle, besonders ihre Mitbewohnerin Marie, ein solches Aufhebens machte.

Jetzt beobachtete Thanh, wie Lola an den Tisch des älteren Pärchens trat und die alte Dame mit zwei Wangenküsschen begrüßte. Als sie anschließend dem Mann die Hand schüttelte, erhob dieser sich – ganz alte Schule –, um Lola zu begrüßen. «*Mamie*», hörte sie Lolas Stimme. «*Papy* ... wie schön, dass ihr vorbeikommt.»

Das war also Lolas Großmutter Rose Caron, dachte Thanh erstaunt. Und sie erinnerte sich daran, dass deren kurzzeitiges Verschwinden im vergangenen Sommer für gehörigen Wirbel im Quartier Latin gesorgt hatte. Neugierig musterte sie den Begleiter im hellen Sommeranzug, der sich wieder hingesetzt hatte und nun seinen Rotwein trank. Das war dann wohl Benoît Leroux, ein ehemaliger

Priester, der vor vielen Jahren eine heimliche Affäre mit der jungen Rose Caron gehabt hatte. Thanh hatte von der großen Liebesgeschichte zwischen Benoît und Rose gehört, die sich damals beinahe zu einem schrecklichen Skandal ausgewachsen hätte. Erst nach vielen Jahren, nachdem Benoît die Priesterwürde abgelegt hatte, waren sie erneut zusammengekommen. Und Lola hatte auf diese Weise endlich ihren Großvater kennengelernt, denn Benoît und Rose hatten damals Lolas Mutter Margot gezeugt, was aber bis letztes Jahr niemand hier am Platz gewusst hatte.

Thanh winkte Patrice, dem Bistrobesitzer, und bat ihn um ein zweites Glas Martini auf Eis. Wohlig räkelte sie sich auf ihrem Stuhl und beglückwünschte sich bereits wieder dazu, dass sie nicht so dumm war, sich auf derart komplizierte Geschichten einzulassen. Allein die Vorstellung, jahrzehntelang unglücklich verliebt zu sein! Da war es ihr doch lieber, alles blieb so entspannt, wie es war. Und irgendwann würde sie auch Marie davon überzeugen, dass sich andauernder Herzschmerz nicht lohnte.

«*Pardon*», sagte da eine Stimme am Nebentisch, und Thanh drehte sich um.

Eine junge Frau saß dort, vor sich ebenfalls einen Martini mit Zitrone und daneben ein Notizbuch, dessen Seiten über und über mit einer chaotisch wirkenden Handschrift vollgekritzelt waren. «Dürfte ich dich etwas fragen?»

«Ja, was denn?», erwiderte Thanh abwartend.

«Das klingt vielleicht komisch», sagte die Frau und strubbelte sich verlegen durchs sehr kurze, kastanienbraune Haar. «Aber – hat jemand dich versetzt?»

Thanh lachte auf. «Wie kommst du darauf?», fragte sie erstaunt. War das so offensichtlich?

«Na, du sitzt hier schon eine halbe Stunde und siehst

dich die ganze Zeit so suchend um, als würdest du auf jemanden warten.» Sie lächelte entschuldigend. «Weißt du, ich frage aus beruflichem Interesse. Mittlerweile habe ich einen Blick für solche Situationen.»

«Wieso, bist du Paartherapeutin?», fragte Thanh. Sie nahm mit einem dankbaren Kopfnicken ein eiskaltes Martiniglas aus Patrice' Händen entgegen, der gerade wieder an ihrem Tisch aufgetaucht war.

«Um Himmels willen», wehrte die Frau ab und lachte nun ebenfalls. «Das würde mir sehr leidtun für alle Menschen, die wirklich ein Problem haben.» Sie schüttelte den Kopf, ihre Augen funkelten. «Nein», fuhr sie fort, «ich schreibe einen Roman. Es geht um das Suchen und Finden der großen Liebe und ...» Sie zögerte. «Und darum, wie steinig der Weg bis dahin ist. Aber ich hatte selbst seit Ewigkeiten kein Date, weißt du? Und so muss ich von den Erfahrungen anderer Leute zehren.»

Thanh lachte erneut. «Na, da bist du an die Richtige geraten», sagte sie und warf ihre langen Haare zurück. «Wie viel Zeit hast du?»

«Ehrlich?», fragte die Frau und riss begeistert die Augen auf. «Ich darf dich ausfragen?»

«Du hast es ja gerade selbst gesagt», antwortete Thanh achselzuckend, «ich wurde versetzt und habe jetzt alle Zeit der Welt.»

«*C'est génial!*», rief die Frau aus und stand auf. Sie räumte ihr Notizbuch und das halb volle Glas auf Thanhs Tisch und setzte sich ihr gegenüber. «Aber dann geht deine Rechnung auf mich», sagte sie bestimmt, nahm ihren Bleistift und sah Thanh erwartungsvoll an. «Meine Deadline rückt näher, und ich habe immer noch keinen Plot. Du rettest mir gerade den Abend, weißt du das?»

«Gern», sagte Thanh. Ihr war die Frau mit den kurzen Haaren und dem herzförmigen Gesicht sympathisch. «Aber bevor wir anfangen – wie heißt du denn überhaupt? Ich bin Thanh.» Sie lächelte ihr Gegenüber an.

«Ich heiße Aurélie», sagte die Frau, «freut mich wirklich sehr, Thanh.»

«*Enchanté!*» Thanh schlug die Beine im kurzen Rock übereinander, nahm einen großen Schluck aus ihrem Glas und wartete auf Aurélies erste Frage.

$\mathcal{J}$n dieser Straße wohne ich», sagte Marie, als sie mit Jan an der Hand von der Seine in den Boulevard Saint-Michel einbog. Es war bereits früher Abend, die Dämmerung senkte sich langsam über die Stadt. Wie schon vor einigen Tagen ging die Sonne nach dem strahlenden Sommertag heute wieder als blutroter Ball unter. Sie färbte den Himmel puderrosa und ließ die wenigen Schäfchenwolken in einem dramatischen Lila-Ton erleuchten. Der Himmel schien zu glühen.

«Ich liebe dieses Viertel hier», sagte Jan bewundernd und sah sich um. «Und ich beneide dich zutiefst darum, dass du hier studieren durftest.»

«Lass es lieber», sagte Marie und schnaubte. «Mein Studium und noch viel mehr meine Zeit als Doktorandin sind nicht gerade beneidenswert.» Sie zog ihn weiter über den breiten Boulevard, vorbei am Brunnen, am Kiosk und durch eine Menschentraube, die aus einem Kino kam, und schließlich auf die andere Seite, wo das Mietshaus stand, in dem sie und Thanh lebten.

Jan fragte nicht weiter, und Marie war froh darüber, den Abend nicht mit ihren beruflichen Problemen zu belasten. Ihr gemeinsamer Nachmittag auf der *Fête foraine des Tuileries* war einfach perfekt gewesen, leicht und unbeschwert – wie mit dieser erdbeerfarbenen Zuckerkruste überzogen, die an den Süßigkeitenständen auf Äpfeln und Weintrauben glänzte.

Sie waren tatsächlich Riesenrad gefahren und hatten zu zweit eine Gondel bestiegen. Nachdem Jan zuerst ihre Hand umklammert hatte und ausgesehen hatte, als wolle er sofort wieder aus der Gondel aussteigen, hatte er sich während der Fahrt immer mehr entspannt. Sie hatte ihn zwar nicht dazu bewegen können, direkt nach unten zu sehen, doch er schien die Aussicht auf die Puppenstube zu genießen, die Paris von oben war. Er zeigte auf die weiter entfernt liegenden Sehenswürdigkeiten und schmiegte sich eng an Marie. Als das Riesenrad dann eine Weile stillstand und sie ganz oben hielten, fielen sie einander in die Arme und begannen, sich zu küssen. Zart zuerst, dann immer leidenschaftlicher, sodass sie schließlich ein wenig benommen wieder unten ankamen. Eine weitere Runde lehnte Jan dankend ab, doch Marie sah ihm an, dass er stolz war, es gewagt zu haben. Und auch sie war stolz auf ihn. Danach waren sie noch ein wenig durch das Gewimmel des Jahrmarkts spaziert und hatten sich kichernd eine Zuckerwatte geteilt, die so süß war, dass selbst Maries Zähne schmerzten. Anschließend hatten sie in einer Brasserie in der Rue de Rivoli ein Glas Wein getrunken und eine Kleinigkeit gegessen.

Nun fühlte sich Marie angenehm beschwipst – ob vom Chardonnay oder von Jans Gegenwart, wusste sie nicht. Wahrscheinlich war es die Mischung aus beidem.

«Danke, dass du mich nach Hause bringst», sagte sie und drückte seinen Arm. Sie blieben vor ihrer Haustür stehen.

«Gibt es eine Chance, dass du am Samstagabend noch einmal freibekommst?», fragte sie ihn.

«Wieso?»

Ein wenig verschloss sich seine Miene, schien ihr.

Marie zögerte. «Ich werde Samstag auf einer Hochzeitsfeier hier im Viertel eine kleine Rede halten», sagte sie. «Die Feier steigt im Café Lola. Und ich habe noch keine Begleitung.»

Das plötzliche Schweigen nahm ihr fast den Atem. Hoffentlich war das jetzt nicht zu forsch von ihr gewesen.

«Ich ... muss dir etwas sagen.» Endlich begann Jan zu reden, aber es klang nicht gut.

«Ja?» Auf einmal pochte Maries Herz.

«Das ist heute mein letzter Abend in der Stadt», sagte er leise und nahm ihr Gesicht in seine Hände. «Morgen geht es mit dem Zug zurück.»

Maries Mut sank. Sie hatte gewusst, dass er nicht ewig hier sein würde, doch dass er schon morgen abreisen musste, war ein kleiner Schock. Sie öffnete den Mund, doch ehe sie antworten konnte, küsste er sie. Ihre Lippen verschmolzen miteinander. Jan hielt sie fest, presste sie an sich, streichelte ihre Wangen, ihr Haar, ihren Hals. Auch Maries Hände umklammerten Jans Körper, zogen ihn dicht, noch dichter, als wollte sie ihn nie wieder loslassen.

«Kommst du noch mit hoch?», hörte sie sich atemlos an seinem Ohr murmeln, und sie war selbst überrascht von ihrer Courage. Doch sie spürte, dass sie mehr wollte, mehr als ein paar Küsse, mehr als einen schönen Nachmittag und eine Fahrt im Riesenrad. Morgen würde er fahren? Gut, dann sollte er diesen Abend nicht so schnell vergessen.

«Bist du sicher?», fragte Jan, aber sie hörte in seiner Stimme, dass er nur aus Höflichkeit fragte und eigentlich nur zu gern zustimmen würde.

«Ja», sagte sie, «ganz sicher. Meine Mitbewohnerin ist unterwegs, wir wären ganz allein. Wenn du willst.»

«Natürlich», sagte Jan heiser und versuchte erneut, sie zu küssen.

Doch sie entzog sich ihm lächelnd und drehte sich zum Eingang um. Hastig gab sie den Code ein, die Tür sprang auf, und Marie zog Jan hinter sich her in den düsteren Treppenflur. Als die Tür hinter ihnen ins Schloss fiel, umarmte Jan sie erneut und zog sie eng an sich. Marie stand mit dem Rücken zum Treppengeländer, während sie sich wieder von ihm küssen ließ. Seine Hände wurden mutiger, fuhren unter ihr Shirt, streichelten sie und legten sich dann um ihren Po. Er zog sie noch enger an sich.

Als er begann, ihr Dekolleté zu küssen, und seine Zunge über ihren Hals glitt, hielt sie einen Moment seine Hände fest.

«Warte», flüsterte sie und unterdrückte ein Kichern. «Madame Bonnard im ersten Stock kriegt alles mit.» Sie deutete stumm mit dem Daumen nach oben. «Komm mit hoch in mein Appartement.»

Jan nickte, fuhr sich etwas verlegen durchs Haar und folgte ihr die Treppen hinauf. Immer wieder griff er nach ihr, küsste sie, hielt sie fest, gab sie dann wieder frei, und so dauerte es lange, bis sie oben ankamen.

Sie taumelten über den Treppenabsatz und stolperten beinahe über eine am Boden sitzende Gestalt. Die Person saß mit dem Rücken an Maries Tür gelehnt, hatte die langen Beine ausgestreckt und tippte auf einem Handy herum. Das Display schimmerte sanft durch den dunklen Flur.

Ungläubig starrte Marie auf die Umrisse der Person, die sich jetzt aufrappelte und zu voller Größe erhob. Ihre Hand suchte den Lichtschalter, die Beleuchtung im Treppenhaus flammte grell auf.

«Antoine?», fragte sie mit aufgerissenen Augen. Zitternd schob sie sich einen Träger ihres Tops hoch, der ins Rutschen gekommen war. «Was machst du denn hier? Ich denke, du bist in New York.»

Antoine sah mit dem Ausdruck eines verwundeten Tiers

zwischen ihr und Jan hin und her. In Jans Miene las Marie aus den Augenwinkeln das Wechselspiel der Gefühle – Verblüffung, Verlegenheit und ein leiser, verhaltener Ärger, gepaart mit einem großen Fragezeichen.

Auch auf ihrer eigenen Stirn, dachte Marie, musste dieses Fragezeichen geradezu irrsinnig hell blinken.

«Ich war in New York», sagte Antoine und machte einen Schritt auf Marie zu. Und ehe sie sich's versah, hatte er sie in eine enge Umarmung gezogen. Für einen Moment versank sie darin. Er roch wie immer, sein Duft hüllte sie ein, und sie spürte, wie er links und rechts ihre Wangen küsste. Dann fiel Marie ein, dass Jan da war, und sie machte sich los.

«Aber wie kommst du hier herein?», fragte sie.

«Ich kenne doch deinen Code», sagte Antoine mit tiefer Stimme. «Den vergesse ich nicht, Marie.»

Jan räusperte sich.

«Ich geh dann mal», sagte er.

Marie starrte ihn an. Alle Fröhlichkeit war aus seinem Gesicht gewichen. Mit hängenden Armen stand er da, das Haar leicht zerstrubbelt.

«Warte», sagte sie und machte einen Schritt auf ihn zu.

Doch Antoine hielt noch immer ihren Arm fest. «Marie», sagte er, «ich muss mit dir reden. Allein!»

Jans Blick ging zwischen ihr und Antoine hin und her, und ein peinliches Schweigen breitete sich aus.

Marie stand wie erstarrt da, sie konnte sich nicht rühren.

«Ich denke nicht, dass das mit uns was bringt», sagte Jan schließlich und zuckte mit den Achseln. Dann drehte er sich um und eilte, ehe sie ihn zurückhalten konnte, die Treppen hinunter.

Eine weitere Sekunde lang war Marie wie gelähmt, es ging alles zu schnell. Sie sah Antoine an, der mit hochgezogenen Brauen dastand und sie erneut in die Arme schließen wollte. Endlich besann sie sich.

«Jan!», rief sie, schüttelte Antoines Arm ab und eilte zum Treppengeländer. «Bitte, warte doch.»

Aber Jans Schritte waren schon leiser geworden, sie verhallten im Treppenhaus. Marie stürzte hinterher, sie nahm zwei Stufen auf einmal, stolperte – und fiel unsanft auf den Hosenboden. Ihr Kopf schlug gegen das Treppengeländer, sie sah Sterne und schmeckte Blut im Mund. Hatte sie sich auf die Lippe gebissen?

Unten schlug die Haustür krachend ins Schloss.

Marie lehnte sich gegen das Geländer und stöhnte. Vorsichtig tastete sie nach ihrem Gesicht, doch offenbar war sie nicht weiter verletzt.

Sie hörte Antoines Schritte, die sich auf den Stufen von oben näherten.

«Marie, Marie …» Er war jetzt dicht hinter ihr, und sie fühlte, wie er sie von hinten an den Schultern berührte und zu sich hochzog. «Du bist ein solcher Tollpatsch. Genau wie früher, *ma petite*.»

Marie schloss die Augen.

# 24

Jan wusste nicht, wie er zum Pont Neuf gekommen war, doch plötzlich fand er sich auf der Brücke wieder. Keuchend blieb er stehen, er musste gerannt sein.

Er lehnte sich über die steinerne Brüstung und sah hinab ins dunkelgraue Wasser der Seine. Tausende Lichter, die nach der Dämmerung in den vielen Fenstern der Häuser diesseits und jenseits des Flusses angegangen waren, funkelten in einem fröhlichen Spiel auf den kleinen Wellen. Ein schwacher rötlicher Schimmer hing noch am bereits dunklen Himmel, wie ein letzter Gruß des spektakulären Sonnenuntergangs, der nun langsam im Fluss verglühte.

In Jans Kopf sah es düster aus, und er hatte kaum einen Blick für die Schönheit, die ihn umgab. Um diese Abendzeit war die Brücke nicht mehr allzu belebt. Doch immer noch spazierten Paare Arm in Arm darüber hinweg, überquerten den breiten Strom, der Paris in zwei Seiten teilte – *rive gauche* und *rive droite*. Die Spazierenden flüsterten und lachten miteinander und zeigten ihr Glück so unverhohlen, dass Jan noch wütender wurde. Menschen in knapper Sommerkleidung radelten auf Leihfahrrädern durch die warme Abendluft, ein Straßenmaler hatte seine kitschigen Bilder ans Brückengeländer gelehnt und mit einer kleinen Stehlampe gelblich-warm erhellt. Offensichtlich hoffte er noch auf ein paar nostalgische Paris-Besucher, die ihm eines davon zu einem horrenden Preis abkaufen würden. Und auf der anderen Seite der Brücke, dort, wo der Pont Neuf auf den Quai du Louvre führte und die Metrostation lag, hatte sich eine Musikgruppe aufgestellt und spielte herzzerreißende Singer-Songwriter-Musik. Eine Akustikgitarre, ein Saxofon und der schmachtende Gesang des recht talentierten Sängers zogen in schönster Eintracht direkt zu Jan herüber. Der Song jagte ihm einen Schauder über den Rücken, während er, immer noch über der Brüstung hängend, nach Atem rang.

Die Bilder der vergangenen Stunden zogen an ihm vorüber – Marie, wie sie aus der Orangerie gekommen war und ihn entdeckt hatte, ihr Lächeln, ihr Duft, der ihm so aufregend vorkam und zugleich schon so vertraut. Ihre gemeinsame Fahrt mit dem Riesenrad ... Nie hätte er gedacht, dass er sich das trauen würde, aber dann, mit Marie an der Hand, war es ganz leicht gewesen, und er hatte die Fahrt sogar genossen. Solange er nicht nach unten sah, war alles gut. Stattdessen hatte er den Blick weit hinauf gerichtet, über die Dächer der Stadt, die er so liebte, über all das Gewusel und Chaos, das ihn an Paris manchmal auch nervte. Die Hektik, der Lärm, die Armut auf den Straßen und unter den Brücken, der Gestank, der tosende Verkehr – all das wirkt von der Gondel aus so viel unbeschwerter. Die Stadt schien von dort oben wunderbar symmetrisch und weitläufig. So weit man sehen konnte, bot sie dem Betrachter ihre schönen, strahlend weißen Häuser und reich verzierten Paläste dar. Alte Kirchen und grüne, weitläufige Parks. Und das alles säuberlich durchschnitten von der majestätischen Seine, an deren Ufer unzählige Menschen saßen oder flanierten und Händchen hielten ... Auch Marie und er hatten Händchen gehalten und sich schließlich geküsst, als die Gondel ganz oben auf dem Scheitelpunkt anhielt. Lang und innig war ihr Kuss gewesen. Und danach hatte es noch viele weitere gegeben. Später im Restaurant hatten sie herumgealbert, viel gelacht und sich leicht gefühlt. Ja, alles war plötzlich leicht und schön gewesen. Und als Jan angeboten hatte, Marie noch nach Hause zu bringen, hatte es sich wie der Dialog eines Films angehört. Eines Films, bei dem sie beide wussten, was die nächste Szene sein würde.

Umso tiefer war der Absturz gewesen.

Jan hatte sofort gewusst, dass dieser große, schlanke, elegante Mann, der aussah, als wäre er einer Paris-Werbung entsprungen, Maries Ex-Freund sein musste. Der Kerl, wegen dem sie noch immer trauerte. Dessen Anwesenheit in ihrem Leben Jan von Anfang an gespürt hatte – in den wenigen Bemerkungen, die sie gemacht hatte, in ihren vorsichtigen Andeutungen und in ihrem manchmal plötzlich leer wirkenden Blick, der an ihm, Jan, vorbeizusehen schien. Doch er hatte gedacht, dass das Kapitel trotzdem für sie abgeschlossen war. Nun, da hatte er sich ganz offensichtlich getäuscht. Dieser Mann – *Antoine*, hatte sie ihn vorhin genannt – war alles andere als Vergangenheit. Er war sehr präsent gewesen dort oben im Treppenhaus am Boulevard Saint-Michel, in seinen Designer-Jeans und den glänzenden Stiefeln.

Maries Miene hatte Bände gesprochen. Sie war überrascht gewesen, gut, das verstand Jan sogar. Aber vor allem hatte sie sich kein bisschen gewehrt, als dieser Typ sie mit geradezu ekelhaft besitzergreifender Geste in seine Arme gezogen hatte. Nein, sie war regelrecht darin versunken, völlig bereitwillig, wie es Jan schien. Sie hatte sich kaum noch nach ihm umgesehen. Und ja, er musste es zugeben, dieser Antoine war eine echte Hausnummer. Ihn umwehte ein Flair von großer weiter Welt. Er wirkte maskulin und sensibel zugleich, mit diesem eleganten Seidenschal und seinen traurigen Augen, mit denen er zwischen Jan und Marie hin- und hergeblickt hatte.

Jan hätte schwören können, dass diese Augen auf einmal sogar gelächelt hatten, wissend – so, als sei Antoine mit einem Blick klar geworden, dass Jan nicht seine Kragenweite war. Keine wirkliche Konkurrenz, sondern nur ein etwas spießiger, viel zu deutsch aussehender Lehrer einer mittelklassigen Schule und einem treuen Hundeblick.

Was willst du von einer Frau wie Marie?, schienen Antoines Augen zu fragen. Weißt du nicht, wo du hingehörst?

Da hatte Jan die Flucht ergriffen. Es war ihm jetzt beinahe peinlich, dass er so Hals über Kopf davongelaufen war, kampflos, kopflos, doch es ging nicht anders. Nur weg, das war sein einziger Gedanke gewesen. Natürlich wusste er, dass der Fluchtinstinkt auch deshalb plötzlich so übermächtig gewesen war, weil ihm etwas ganz Ähnliches vor ein paar Monaten schon einmal passiert war. Die unvergessliche Szene vor Yasminas Haustür in Hamburg hatte ganz sicher auch ihren Teil dazu beigetragen.

Nicht noch einmal, hatte er gedacht.

Nie wieder hatte er sich so fühlen wollen, so dumm wie ein fallen gelassener Waschlappen, den niemand mehr brauchte.

Damals in Hamburg hatte er mitansehen müssen, wie Yasmina glücklich ihre Arme um einen anderen Mann schlang, ihren Neuen. Und wie sich die Haustür hinter den beiden schloss. Auf Jans Netzhaut war damals ein Film abgelaufen, so deutlich, als sei er mit ihnen in Yasminas neue Wohnung hinaufgestiegen und hätte ihnen dabei zugesehen, wie sie gemeinsam eintraten, sich die Schuhe abstreiften, sich in die Arme schlossen und dann übereinander herfielen. In dieser absoluten Vertrautheit und Nähe, die es nur zwischen Verliebten gab – und von der

Jan bis wenige Sekunden zuvor angenommen hatte, dass sie auch Yasmina und ihn vereinte.

Stattdessen hatte er erkennen müssen, dass sie seit längerer Zeit ein falsches Spiel mit ihm trieb, dass sie seine Gefühle mit Füßen trat. Es war niederschmetternd gewesen, und er hatte sich geschworen, so etwas niemals wieder mit sich machen zu lassen.

Mit Marie war es natürlich etwas anderes, das wusste Jan selbst in seinem dumpfen, wie vor den Kopf geschlagenen Seelenzustand genau. Sie hatte ihm schließlich nichts versprochen, sie kannten sich erst wenige Tage. Doch dass Maries Ex einfach so auftauchen würde und dass sie sich so mir nichts, dir nichts von seinem Charme einwickeln ließ, das hätte Jan nicht erwartet. Er dachte, dass sich zwischen Marie und ihm etwas entwickelte. Dass da etwas war, etwas Wirkliches, Wahrhaftiges. Aber er hatte sich getäuscht.

Wütend hieb er mit der Faust auf die steinerne Brüstung des Pont Neuf, einmal, dann noch einmal. Es tat weh, und er schüttelte die Hand mit schmerzvoll verzogener Miene. Dann sah er sich um. Neben ihm standen zwei japanische Frauen in Abendkleidern, die offenbar die Aussicht bewundern wollten, und starrten ihn an. Hastig zog die eine ihre Freundin ein Stück weiter.

Jan wollte ihnen eine Entschuldigung hinterherrufen, doch sein Hals war wie zugeschnürt. Er winkte ab. Sollten sie doch denken, er sei ein aggressiver Typ. Ein Verrückter, der hier auf der berühmtesten Brücke von Paris stand, in der schönsten aller Spätsommernächte, und vor sich hin fluchte. Es war egal.

Nur seine Schüler, dachte er und sah sich mit plötzlichem Unbehagen erneut um, die sollten ihn bitte jetzt nicht beobachten.

Jan hoffte sehr, dass Karen sie alle aufs Zimmer zum Packen geschickt hatte und dass sie vielleicht sogar, nach den Strapazen der vergangenen Tage, endlich einmal früh einschliefen und ihn nicht weiter behelligten. Morgen würde er sie ein letztes Mal durch die Straßen von Paris treiben, sie zum *Eurostar* schleifen, dafür sorgen, dass sie alle rechtzeitig einstiegen, und sie nach Hause bugsieren. Dann wäre er sie los, und dieses Paris-Kapitel würde hinter ihm liegen.

Auf einmal konnte es Jan nicht schnell genug gehen. Die Tatsache, dass er jetzt noch durch die nach Jasmin und Flieder duftenden Straßen zum Hostel laufen und eine weitere schlaflose Nacht in einem zu kurzen Doppelstockbett hinter sich bringen musste, war unerträglich. Wie sollte er morgen bloß die ganze lange Zugfahrt überstehen und erst am Abend auf das Sofa in seinem Aachener Appartement sinken?

Doch es blieb ihm nichts anderes übrig. Kurz dachte er an die Ginflasche in seinem Wohnzimmer. Und er nahm sich vor, das ganze kommende Wochenende nicht rauszugehen, sondern sich die Erinnerung an Marie und Yasmina und dieses verdammte Paris aus dem System zu trinken. Er wollte endlich ein für alle Mal damit abschließen.

Zuerst musste er jedoch diesen Tag zu Ende bringen.

Er stieß sich mit einem tiefen Seufzer vom Brückengeländer ab und ging, die Hände tief in den Hosentaschen, den Kopf gesenkt, auf der Brücke in Richtung Norden. Mit übermenschlicher Kraft verdrängte er die Bilder, die sich ihm aufdrängten – Marie und dieser Antoine, wie sie ihr Wiedersehen feierten, wie sie vielleicht sogar über ihn, Jan, sprachen, wie sie sich zuprosteten und einander näherkamen. Jan presste sich die Fäuste auf die Augen.

Als er sie wieder öffnete, sah er ein helles Blinken. Natürlich! Es war der Eiffelturm, der abends zu jeder vollen Stunde für wenige Minuten funkelte und blitzte, damit die Touristen auf ihre Kosten kamen. Jan verzog spöttisch die Mundwinkel, während um ihn herum alle begannen, hektisch zu fotografieren. Er wollte gern glauben, dass er nach seinem erneuten Desaster abgeklärter war als all die anderen, die sich so einfach von diesem Kitsch einfangen ließen.

Doch wenn er ehrlich war, fiel es ihm schwer, sich von dem illuminierten Schauspiel abzuwenden, das in der Ferne wie eine riesige Wunderkerze Funken sprühte. Er hielt einen Moment inne und betrachtete die hell erleuchtete, schlanke Silhouette des Wahrzeichens der Stadt, die sich im Wasser spiegelte. Er hatte den Eiffelturm immer besonders geliebt. Und obwohl er sich gern etwas anderes eingeredet hätte, so fühlte Jan doch, dass er noch immer nicht fertig war mit Paris.

## 25

Zeig mal her», sagte Antoine mit sanfter, tiefer Stimme. Das Licht war längst wieder ausgegangen, der Flur lag im Halbdunkel. Antoine drückte wieder auf den Schalter und setzte sich dann neben Marie auf die Treppenstufe. Behutsam fasste er an ihr Kinn und drehte ihr Gesicht zu sich.

Sie ließ es geschehen, aber in ihrem Kopf drehte sich alles. Was wollte er hier?

«Was willst du hier?», fragte sie, während er sich ihre aufgeplatzte Lippe besah und ein Taschentuch aus seinem Sakko zog, mit dem er vorsichtig begann, ihr das Blut abzutupfen.

«Ich bin eben einfach zurückgekommen», sagte er und hielt inne. Er sah ihr tief in die Augen. «Ich wollte dich sehen, Marie. Ich glaube, das alles war eine große Dummheit.»

«Was meinst du?», fragte sie und runzelte die Stirn. Ihr Kopf schmerzte davon nur noch mehr.

«New York», sagte er und machte eine weit ausholende Geste. «Dieser Job dort. Aus Paris wegzugehen. Von dir wegzugehen.» Sein Blick wurde noch tiefer.

Im Treppenhaus wurde es wieder dunkel. Antoines gut geschnittenes Gesicht war jetzt nur noch schwach vom Licht erhellt, das durch einen Schacht ins Treppenhaus tropfte.

Marie starrte ihn an, ihre Augen gewöhnten sich an das Dämmerlicht. Wie oft hatte sie sich gewünscht, diese Worte aus seinem Mund zu hören! Wochenlang hatte sie ständig auf ihr Telefon geguckt und gehofft, dass Antoine ihr schriebe, dass er erklärte, wie sehr er sie vermisste und dass alles ein riesengroßer Fehler gewesen war. Dass er nur sie liebte, sie allein, und dass er sie auf Knien um Verzeihung bitten werde. Mit Willenskraft hatte sie versucht, das Nachrichtensymbol auf dem Display herbeizuwünschen, um seine reuige Rückkehr nicht zu verpassen.

Doch nichts davon war geschehen, nicht einmal zu ihrem Geburtstag hatte er ihr gratuliert. Stattdessen hatte er auf seinem Instagram-Account, den sie heimlich und unter Qualen verfolgte, Fotos von sich und der Assistentin gepostet. Arm in Arm vor dem Empire State Building, auf der Fifth Avenue, vor dem MoMa in New York. Marie hatte die Fotos mit einer seltsamen Mischung aus Abscheu und Faszination betrachtet und sich immer wieder gefragt, was zwischen Antoine und ihr nur schiefgelaufen war. Bis Thanh ihrem selbstzerstörerischen Tun schließlich auf die Schliche gekommen war und kurzerhand die Instagram-App auf Maries Handy gelöscht hatte.

«Warum bist du denn überhaupt gegangen?», fragte sie ihn schwach.

Antoine zuckte mit den Schultern. «Ich glaube, ich habe mich geschmeichelt gefühlt, dass man mich in die USA einlud. Aber ich habe nicht geahnt, dass ich mich dort nicht wirklich entfalten kann.»

«Am MoMa?», fragte Marie ungläubig und vergaß einen Moment lang das Pochen in ihrer Unterlippe. «Ein europäischer Kunstwissenschaftler kann sich am Museum of Modern Art in New York nicht entfalten? Meinst du das ernst?»

«Ich bin eben nicht irgendein Kunstwissenschaftler»,

sagte Antoine und hob erneut vielsagend die Schultern. Er platzierte das blutverschmierte Taschentuch auf der Stufe neben sich und legte einen Arm um Marie. Die Geste war so vertraut, dass sie automatisch ihren Kopf an seine Schulter legte.

Wie sehr sie ihn in den ersten Monaten nach der Trennung vermisst hatte, dachte sie. Dann machte sich Erstaunen breit, denn in den vergangenen Tagen war das Gefühl verschwunden. Es war einfach so verblasst, Antoine hatte ihr nicht gefehlt, wie sie jetzt erkannte.

Nun aber war er wieder da, und die Gefühle brachen sich erneut Bahn, als wären sie eingeübt und wüssten genau, wo sie bei ihr landen mussten. Alles war so verwirrend, doch noch mehr beschäftigte Marie der Schmerz in ihrem Gesicht. Sie atmete tief durch.

«Ich –»

«Ich brauche Freiheit, verstehst du?», fuhr Antoine fort. «Künstlerische Freiheit, und die Freiheit, zu leben, wie ich will.»

«Und die hattest du dort nicht?», fragte sie und leckte sich über die Lippe, die inzwischen angeschwollen war. «Wer hat denn deine Freiheit … zu leben … eingeschränkt?»

«Ach, weißt du», er schüttelte den Kopf, «die Menschen in den USA sind schrecklich borniert und spießig. Sie stellen sich wegen jeder Kleinigkeit wahnsinnig an. Alles ist so furchtbar … bewusst, so *woke*.» Er lachte spöttisch. «Man ist als Mann eigentlich jederzeit mit einem Bein im Knast.»

«Kannst du mal Klartext reden?», fragte Marie und löste sich von Antoines Schulter. «Ich verstehe überhaupt nichts.»

Er räusperte sich. «Ich habe einen Fehler gemacht», gestand er. «Es gab da eine Frau, genauer gesagt meine Chefin ...»

Maries Herz pochte auf einmal wild. War das sein Ernst? Offenbar schon.

«Wir haben uns verliebt», sagte er, «oder besser gesagt, ich dachte es. Aber sie hat nur mit mir gespielt. Zwei Wochen lang große Gefühle ... und dann weggeworfen.» Er seufzte schmerzlich. «Und dann hat sie plötzlich behauptet, ich sei ihr zu nahegekommen und sie könne mit mir nicht auf professioneller Ebene weiterarbeiten. Sie hat mich praktisch rausgeschmissen. Wenn ich nicht gekündigt hätte, hätte sie die Sache an die große Glocke gehängt. Aber ich wollte sowieso weg.» Er berührte Marie an der Schulter. «Du bist mir die ganze Zeit nicht aus dem Kopf gegangen», murmelte er mit seinem weichen Bass. «Ich habe pausenlos an dich gedacht, Marie.»

Sie saß da wie erstarrt. «Und deine Assistentin?», fragte sie fassungslos. «Ich dachte, ihr seid zusammen?»

«Wo denkst du hin», sagte er abschätzig, «das war doch nie so geplant. Aber sie hat da wohl was falsch verstanden. Reist mir gleich in die USA nach – das ging mir alles viel zu schnell.» Dann wurde seine Stimme wieder sanft, er schnurrte fast. «Das alles wäre mir mit dir nie passiert, Marie, du kennst mich. Du weißt, wie ich bin, du bist die Einzige, die mich versteht.» Er griff nach ihrer Hand, doch Marie zog sie fort.

Sofort setzte Antoine seinen Hundeblick auf. «Ich verstehe», sagte er, «ich habe dich verletzt. Aber genau davor hatte ich immer Angst, verstehst du? Das ist überhaupt der Grund, weshalb ich nicht mehr mit dir zusammen sein konnte, Marie. Diese Gefühle, die ich für dich habe, die sind so groß, so erschreckend. Sie machen mir Angst. Ja,

ich gebe es zu. Ich schäme mich nicht für meine Angst.»
Er reckte stolz das Kinn. «Ich musste ausbrechen, es war
mir alles zu eng, zu viel, zu überwältigend. Aber jetzt habe
ich es verstanden.»

«Was hast du verstanden?», fragte Marie. In ihrem Kopf
drehte sich alles.

«Dass du die Eine bist.» Antoine griff wieder nach ihrer
Hand, hob sie zum Mund und küsste ihren Handrücken.
Marie war zu benommen, um sie ihm zu entziehen. «Du
tust mir gut, Marie, du kennst mich als Einzige wirklich,
oder? Du hast Verständnis dafür, dass ich sensibel bin und
dass ich manchmal mit dem Kopf durch die Wand will.» Er
lachte leise. «Ich bin eben ein leidenschaftlicher Mensch»,
sagte er und drückte Maries Hand. «Ich kann nichts für
meine Gefühle. Aber daran ist doch nichts Schlechtes,
oder? Schon gar nicht in der Liebe?» Wieder lachte er.
«Im Krieg und in der Liebe ist alles erlaubt, so sagt man
doch?»

Maries Knie hörten ganz plötzlich auf zu zittern. Sie hatte das Gefühl, als stehe sie unter der Dusche – und auf
einmal hätte jemand das kalte Wasser aufgedreht. Eisig
rauschte es auf sie nieder, es machte ihren Kopf klar, ihre
Glieder fest, ihre Stimme laut.

«Es reicht», sagte sie und stand auf. Ihre Hand rutschte aus Antoines Fingern. «Ich habe mir diesen Müll lange
genug angehört, Antoine.» Vorsichtig tastete sie nach ihrer
Lippe, doch die Wunde hatte aufgehört zu bluten.

«Was meinst du denn?», fragte Antoine entgeistert. Auch
er hatte sich erhoben und stand nun in voller Größe vor
ihr. Das hatte sie immer geliebt – dass er so groß war und
sie so viel kleiner als er. Es hatte ihr das Gefühl gegeben,
verletzlich zu sein und beschützt zu werden. Aber Antoine

hatte sie nicht beschützt. Er hatte sie ausgenutzt, sich in ihrer Bewunderung gespiegelt und sie dann weggeworfen. Und nun, da er seinen Job verloren hatte und alles den Bach runterging, war sie ihm gerade recht als Trösterin? Das konnte er vergessen.

«Ich bin nicht dein Fußabtreter», sagte Marie, «und ich bin überhaupt nicht interessiert an deinen Gefühlen und Leidenschaften, Antoine.» Sie klopfte sich den Staub von der Jeans, stieg ein paar Stufen hoch und drückte auf den Lichtschalter. Das Treppenhaus wurde sofort grell erleuchtet, und Antoines fassungslose Miene starrte sie an. Dann wandelte sich sein Ausdruck zu einem gönnerhaften Lächeln.

«Du bist doch verrückt nach mir», sagte er, «das weiß ich. Jetzt lässt du es nur nicht zu, weil ich dich verletzt habe, Marie. Aber wir gehören zusammen, das weißt du doch.»

«Nichts und niemand gehört hier zusammen», sagte Marie. «Und verrückt war ich höchstens, weil ich dir diesen ganzen Kram so lange geglaubt und dir auch jetzt schon wieder viel zu lange zugehört habe.» Sie stemmte die Hände in die Hüften und sah auf ihn herunter. «Verschwinde, Antoine. Geh zu deiner Assistentin oder zurück nach New York. Versprühe deinen Charme woanders, schmeiß dich vor deiner Chefin auf die Knie, mir ist das alles egal. Hauptsache, du lässt mich in Ruhe.»

«Das meinst du nicht wirklich», sagte Antoine irritiert. Doch dann gefror sein Lächeln und wurde zu einer unsicheren Grimasse. «Ich dachte, ich könnte mich auf dich verlassen.»

«Ja», sagte Marie. «Das habe ich auch mal von dir geglaubt, doch ich habe mich geirrt. So ist das Leben.»

«Aber ... du bist verliebt in mich», versuchte es Antoine noch einmal und stieg zu ihr hoch.

Marie wich ihrerseits ein paar Stufen rückwärts nach oben.

«Nein», sagte sie. Und in dem Moment, als sie das Wort aussprach, spürte sie, dass es die Wahrheit war. «Ich bin nicht in dich verliebt, sondern in einen anderen.»

Antoine stieß empört Luft durch seine Nasenlöcher. Er deutete nach unten, wo Jan vor gut zwanzig Minuten verschwunden war. «Etwa in das halbe Hemd?», fragte er und lachte höhnisch. «In diesen *Boche*? Bitte, Marie ... Das hast du doch nicht nötig.»

«Deine Meinung interessiert mich nicht», sagte Marie, doch sie hatte ohnehin nur noch mit halbem Ohr zugehört. Stimmte das, was sie eben behauptet hatte? War sie in Jan verliebt?

Ein Lächeln breitete sich in ihrem Gesicht aus, sie spürte, wie sie strahlte. Sie dachte an Jans Lachen, seine schöne Stimme, das Blau seiner Augen und daran, wie er sie heute im Riesenrad angeschaut hatte. An die Gespräche mit ihm über ihre Angst und über Mut. In ihr stieg ein kleines, warmes, wunderbares Gefühl auf, ein Kribbeln, wie sie es die letzten Tage immer wieder verspürt hatte.

«Ich gehe jetzt rein», sagte sie und suchte bereits nach dem Haustürschlüssel. Mit der anderen Hand fischte sie ihr Handy heraus, das in ihrer Jeanstasche steckte. «Und ich bitte dich – lauere mir nicht mehr hier auf.»

«Ich ... Dir auflauern?», fragte Antoine perplex. «Das klingt, als seist du auch in dieser *woken* Blase, Marie, in der die Männer immer die Bösen sind.»

«Das hat nichts mit *woke* zu tun», sie schüttelte den Kopf, «sondern mit ganz normalem menschlichem Anstand. Ich will dich nicht mehr sehen, Antoine, und du solltest das respektieren.»

Ehe er noch etwas erwidern oder sie aufhalten konnte, sperrte sie die Tür auf und verschwand in ihrer Wohnung.

## 26

*J*ch fasse es nicht», sagte Thanh und schüttelte wieder und wieder den Kopf. Sie saß Marie gegenüber auf dem schmalen Balkonstreifen und lackierte sich die Fußnägel. Unter ihnen toste der Verkehr, durch die Höhe nur unwesentlich gedämpft. Thanh hielt erneut inne und sah Marie an. «Er ist wieder da? Antoine? Hier in Paris?»

«Ja», sagte Marie nun schon zum wiederholten Mal. Sie hatte ihre Mitbewohnerin heute früh geweckt, weil sie einfach mit jemandem reden musste. Und Thanh, die im entscheidenden Moment wusste, was von einer guten Freundin erwartet wurde, war nach Maries gestammelten Neuigkeiten ohne Murren aufgestanden. Sie hatte ihnen beiden sogar ein Katerfrühstück zubereitet, das sie aus unterschiedlichen Gründen brauchten. Durchdringender Aceton-Duft vom Nagellack mischte sich auf dem Balkon nun mit dem Geruch nach Eiern mit Speck. Marie hatte eigentlich keinen Hunger, musste aber zugeben, dass ihr das salzige Zeug ein wenig gegen den Druck im Magen half. Dabei hatte sie gestern im Restaurant nur ein kleines Glas Wein getrunken, danach hatte sie sich wie Jan an ihr gemeinsames Lieblingsgetränk gehalten – Limonade.

Bei dem Gedanken an dieses kleine, bereits vertraute Detail stach ihr etwas in den Bauch, und sie ließ den Teller mit den Rühreiern sinken.

Gestern Abend war sie erst sehr spät eingeschlafen, völlig erschöpft von den ganzen Gefühlsverwirrungen, und lange nachdem sie etliche Male versucht hatte, Jan auf seinem Handy zu erreichen. Doch es war ausgeschaltet gewesen, sie bekam immer wieder nur eine deutsche Mailbox mit einer metallischen Computerstimme ans Ohr. Schließlich hatte sie es aufgegeben, sich Ludwig Kirchner geschnappt, der schon halb schlief, und ihn mit ins Bett genommen wie einen Talisman gegen das ganze Chaos, das ihr Leben beherrschte. Und tatsächlich musste sie irgendwann trotz des pochenden Schmerzes in ihrer Unterlippe und trotz der kreisenden Gedanken eingeschlafen sein, denn sie hatte die Ankunft ihrer Mitbewohnerin mitten in der Nacht verpasst.

«Erzähl noch mal von vorn», sagte Thanh, die dunkle, verwischte Mascaraspuren unter den Augen hatte. Sie tunkte den kleinen Pinsel in den stark riechenden, knallroten Nagellack, und eine neue Aceton-Wolke umschwebte sie. «Was hat er genau gesagt? Dass er dich vermisst hat? Dass er dich zurückhaben will?»

«So etwas in der Art.» Marie zuckte mit den Schultern. «Ich glaube, er ist in New York gehörig auf die Nase gefallen und probt nun den Rückzug.»

Thanh schnaubte und machte versehentlich einen Klecks auf den Fliesenboden des Balkons. «*Merde*!», sagte sie aus tiefstem Herzen, und es war nicht klar, ob sie damit den Nagellack oder Antoines Unverfrorenheit meinte. «Der hat sie wohl nicht mehr alle!»

«Ich weiß», sagte Marie.

«Und was jetzt?», fragte Thanh. «Wie stellt er sich das vor? Er bricht dir das Herz, kommt zurück, und ihr macht einfach da weiter, wo ihr aufgehört habt?»

«Keine Ahnung», sagte Marie eine Spur zu laut, sodass Thanh überrascht aufblickte.

«Achtung», sagte sie und verzog schmerzlich das Gesicht, «mein armer Kopf braucht noch etwas Schonung. Wenn ich schon wegen deiner kleinen *histoire* aufs Ausschlafen verzichten muss ...» Doch sie lächelte.

«Sorry», sagte Marie leiser. «Antoine und dieses ganze Thema nerven mich einfach. Und eigentlich ist es mir auch ganz egal, was er will oder was er gesagt hat. Es interessiert mich nicht mehr, verstehst du?»

Thanh kicherte ungläubig. «Dass ich diese Worte noch einmal aus deinem Mund höre, hätte ich nicht gedacht», murmelte sie und bepinselte konzentriert den allerkleinsten Zehennagel mit roter Farbe. «Monatelang rede ich mit Engelszungen auf dich ein, völlig erfolglos! Dann kommt da so ein hergelaufener Deutscher nach Paris, und plötzlich bist du über Antoine hinweg?» Sie lächelte versonnen. «Ich finde es ja gut», sagte sie. «Aber bist du dir ganz sicher, was du willst?»

Marie sah über das schmiedeeiserne Geländer in den himmelblauen Sommertag, der über den weißen Dächern der Stadt erwachte. Unten dröhnte eine Hupe, gefolgt von quietschenden Reifen und deftigen Flüchen – ein Taxi war auf dem befahrenen Boulevard von einem Mofa zum Bremsen gezwungen worden. Nun streckte der Fahrer seinen Kopf aus dem Fenster und brüllte, was das Zeug hielt. Doch der Mofa-Fahrer in Jeansjacke, mit Flip-Flops und großen Kopfhörern auf den Ohren antwortete dem Wüterich nur mit einer lässigen Handbewegung und brauste knatternd davon. Der Taxifahrer schrie ihm ein letztes heiseres «*Connard!*» hinterher, ehe auch er wieder Gas gab und sich der Tumult langsam zerstreute.

«Keine Ahnung, was ich will», sagte Marie und sah wieder kläglich zu Thanh. «Ich würde Jan einfach gern wiedersehen, ihm alles erklären. Ich glaube, ich mag ihn sehr gern. Vielleicht auch mehr als das.» Sie schluckte. «Aber er geht nicht ans Handy, und ich weiß, dass er heute zurück nach Deutschland fährt.»

«*Putain*», fluchte Thanh erneut, die selten ein Blatt vor den Mund nahm. «Das ist wirklich äußerst schlechtes Timing, Süße.»

«Allerdings», klagte Marie, «wahrscheinlich ist er bereits am Bahnhof.»

«Na, dann nichts wie hin!» Thanh schraubte die Nagellackflasche zu. «Finde raus, wann heute der *Eurostar* nach Aachen abfährt, geh hin, rede mit Jan.»

«Vor seinen Schülern?», fragte Marie zweifelnd. «Auf dem Bahnsteig? Das bringe ich nicht, Thanh. Ich kann ihm das nicht antun, ich weiß ja nicht einmal, ob er sich freuen würde, mich zu sehen. Und ganz sicher hat er etwas dagegen, wenn ich ihm vor den Augen dieser ganzen Teenager ein Drama mache.» Sie tastete nach ihrer Lippe. «Noch dazu, weil ich aussehe wie ein Boxer nach dem großen Kampf.»

«Wenn er dich mag, wird er auch dein Drama lieben», sagte Thanh. «Ist doch total romantisch!»

Für eine Sekunde war Marie versucht, auf Thanh zu hören. Doch dann schüttelte sie den Kopf. «Das schaffe ich nicht», sagte sie matt. «Ich bin zu schüchtern, ich traue mich nicht. Was, wenn er mich vor allen zurückweist?»

Thanh seufzte, nahm ihren Teller mit dem Rührei hoch und schaufelte sich zwei Gabeln voll in den Mund. Sie wackelte mit den frisch lackierten Zehen, damit der Lack schneller trocknete.

«Dann wirst du aber nie erfahren, was er wirklich von dir hält», sagte sie.

Marie nickte stumm. Ihre Brillengläser waren auf einmal beschlagen, und sie nahm die Brille ab und putzte sie ausgiebig mit dem Ärmel ihres Pyjamas.

Thanh beobachtete sie.

«Na, vielleicht ist es ja auch gut so», sagte sie mit tröstender Stimme. «Schau mal, Süße, der Typ wohnt in einem anderen Land. Was hätte daraus werden sollen? Du ersparst dir eine Menge Ärger, wenn du mich fragst.» Sie lächelte aufmunternd und zwinkerte Marie zu. «Betrachte es mal so», fügte sie dann noch hinzu, «du brauchtest so etwas wie einen *Toy Boy*. Einen Übergangsmann eben.»

Marie riss die Augen auf und setzte die Brille wieder auf. «Was soll das denn bitte sein?», fragte sie entsetzt.

«Ein Mann, der dir deine letzte Liebesgeschichte aus dem Kopf pustet und dir das Herz heilt», sagte Thanh unbekümmert. «Durch diesen Jan hast du endlich erkannt, was für ein Idiot Antoine ist, das ist doch auch was wert. Es muss ja nicht immer gleich was Ernstes sein.» Sie zuckte mit den Schultern. «Ich hab sowieso noch nie verstanden, warum man sich nach einer Beziehung gleich wieder in die nächste stürzt. Ist doch viel besser, wenn alles leicht und unbeschwert bleibt und man erst mal wieder zu sich kommen kann.»

«Vielleicht hast du recht», sagte Marie zögernd, aber das Ziehen in ihrem Bauch zeigte ihr, dass sie keinesfalls mit Thanh einer Meinung war. Jan als *Toy Boy* zu betrachten, war einfach nur lächerlich. Was war das überhaupt für ein dummes Wort? Und *Übergangsmann*? Auch den Begriff konnte sie kaum mit ihm in Verbindung bringen.

Natürlich, sie hatten sich nur ein paar Tage lang gekannt, doch von Anfang an war etwas zwischen ihnen gewesen, das sich nach mehr anfühlte als nach einer kurzen Sache. Marie dachte an ihren ersten Kuss unter der Trauerweide in Giverny, so innig, so voller Zärtlichkeit. Dann fiel ihr der Moment in der Brasserie an ihrem allerersten Abend ein, als das Lied aus dem *Amélie*-Film etwas in ihr auslöste. Sie hatte Jan angesehen, während er sprach, und heimlich mehr der Musik als ihm zugehört – und zum ersten Mal gedacht, wie gut er ihr gefiel. Seine Gesten, sein Blick, sein Duft, der ihn unaufdringlich umgab, obwohl sie ihm bei diesem ersten Treffen nicht besonders nah gekommen war. Und sie wusste – wenn er gestern Nacht, wie geplant, noch mit reingekommen wäre, wäre es zwischen ihnen richtig ernst geworden.

Marie spürte, wie es in ihrem Bauch kribbelte, wenn sie sich vorstellte, wie sie und Jan miteinander geschlafen hätten. Noch vor Kurzem hätte sie nicht gedacht, dass sie dazu überhaupt wieder bereit wäre, doch mit Jan hatte es sich richtig angefühlt. Er hatte sie verzaubert – wie auch immer er das geschafft hatte. Und nun fuhr er aus Paris fort, wütend auf sie, mit ausgeschaltetem Handy und ohne Abschied.

Es war einfach nicht richtig. Aber sie hatte keine Ahnung, was sie tun konnte. Er musste ja längst gesehen haben, dass sie ihn mehrfach angerufen hatte.

«Sag mal, ist morgen nicht diese Hochzeit?», fragte Thanh und holte sie damit aus ihren Gedanken. Die Freundin war offenbar bemüht, das Thema zu wechseln. «Sollen wir da zusammen hingehen? Ich bin zwar offiziell nicht eingeladen, aber ich glaube, es wäre gut, wenn du eine Begleitung hast, oder?»

«*Mon dieu!*», stöhnte Marie und schlug sich gegen die Stirn. «Die Hochzeit hätte ich fast vergessen. Und natürlich ist meine Rede noch nicht fertig.»

«Noch immer nicht?», fragte Thanh und sah sie mit aufgerissenen Augen an. «Meine Liebe, es wird echt Zeit, dass du mal ein paar deiner Sachen zusammenkriegst, oder?»

Marie fühlte, wie ihr die Tränen kamen. Das fehlte noch, dass Thanh ihr jetzt auch noch die Leviten las. Alles entglitt ihr: diese dumme Rede, die sie niemals halten wollte, ihre Doktorarbeit, die weiter vor sich hingammelte, der Vortrag für die Sorbonne, den sie endlich schreiben musste ... Sie hatte überhaupt keine Zeit, hier herumzusitzen und wegen eines Kerls Trübsal zu blasen, der wahrscheinlich gerade in den *Eurostar* einstieg und aus der Stadt verschwand.

Jan und sie würden sich nie wiedersehen, und je schneller Marie das akzeptierte, desto besser. Doch die Tränen liefen weiter, als sei eine Schleuse geöffnet worden, und Marie musste sie mit dem Ärmel ihres Pyjamas abwischen.

«Oh, Süße», sagte Thanh erschrocken, «entschuldige! So meinte ich das nicht.» Sie knallte ihren leeren Teller auf den Boden, stand auf und zog Marie in eine Umarmung.

Marie war mehr als einen Kopf größer als ihre zierliche Mitbewohnerin, doch sie fühlte sich in Thanhs Armen geborgen. Bald war Thanhs Schulter durchnässt, und Maries Schluchzer verebbten.

«Pass auf», sagte Thanh schließlich, «ich melde mich jetzt bei der Arbeit krank. Ich fühle mich eh nicht so ganz auf dem Posten. Wir ziehen uns an und kochen uns den stärksten Kaffee der Welt. Und dann setzen wir uns in die Küche und schreiben gemeinsam diese Rede. Wie schwer kann das schon sein, oder? Je mehr Kitsch und Zuckerguss, desto besser.»

«Kannst du denn so was?», fragte Marie mit erstickter Stimme.

«Na, hör mal», sagte Thanh, «natürlich kann ich das! Zumindest in der Theorie weiß ich, wie das mit den Gefühlen und dem Säuseln und diesem ganzen rosaroten Quatsch funktioniert. Und morgen Abend bin ich dein Pluseins, wir brezeln uns so richtig auf und gewinnen im Team den ersten Platz fürs Outfit. Das wird wie bei so einer Highschool-Prom-Night, richtig lustig. Okay?»

«Okay», sagte Marie und atmete tief durch.

Gut, dass sie eine Freundin wie Thanh hatte, dachte sie. Eine, die ihr manchmal den Kopf zurechtrückte, die sie aber im entscheidenden Moment auffing. Ihr Kompass, den sie manchmal einfach brauchte, wenn sie bei ihrer Segelfahrt durchs Leben den Kurs aus den Augen verlor.

«Dann los», sagte sie und löste sich aus der Umarmung. «Ich kriege zuerst das Bad!»

«Kriegst du doch immer», sagte Thanh mit säuerlichem Lächeln. Dann deutete sie auf Maries halb vollen Teller am Boden. «Isst du das noch?»

## 27

Verschwitzt und erschöpft rutschte Jan tiefer in seinen Sitz. Er sehnte einfach nur den Moment herbei, wenn er aus dem *Eurostar* taumeln würde und wieder den Bahnsteig des Aachener Hauptbahnhofs unter den Sohlen spüren konnte. Die Fahrt war nicht lang, knappe drei Stunden, aber Jan hatte einfach genug. Genug von Deozerstäubern und krümelnden Chipstüten, von Kaugummiblasen und *Apache 207*, dessen Musik aus diversen Handylautsprechern schallte. Genug von Teenagern und ihren Sorgen und Problemen, die stets so dringlich und schrill geäußert wurden, als bestehe akute Lebensgefahr. Bis sich dann herausstellte, dass es nur um Romys Fingernagel ging, der ihr abgebrochen war, als sie versucht hatte, einen vollen Kaffeebecher in einen noch volleren Abfalleimer zu stopfen.

Ja, er hatte mehr als genug. Seine Laune war während der ganzen Fahrt ohnehin schon rabenschwarz gewesen. Auch ohne, dass er durch die Reihen ging und versuchte, den Lautstärkepegel seiner kleinen Reisegruppe wenigstens so weit einzudämmen, dass es nicht von überall Beschwerden hagelte. Die Mienen der meisten Fahrgäste, wenn sie erkannten, mit wem sie die nächsten Stunden im selben Wagen verbringen würden, sprachen wieder einmal Bände. Normalerweise begegnete Jan der allgemeinen Abneigung gegenüber Schulgruppen und Jugendlichen – sowohl in der französischen als auch in der deutschen Gesellschaft – mit unbestechlicher Höflichkeit, aber auch mit Intoleranz. Auch junge Leute gehörten schließlich in diese Welt. Sie waren nur eben manchmal lauter, anstrengender und auffälliger als Erwachsene – wobei es hier durchaus Gegenbeispiele gab. Trotzdem war Jan meistens der Meinung, dass Erwachsene gefälligst tolerant denen gegenüber sein sollten, die die Zukunft darstellten.

Doch heute fiel es selbst ihm schwer, sich diese Liebe zu den jungen Leuten zu bewahren. Sie nervten ihn einfach bis in jede Faser seines Körpers, und er ertappte sich dabei, wie er schärfer als sonst auf ihre Sprüche und lustigen Unverschämtheiten reagierte, auf ihre kosmetischen Problemchen und ihren grauenvollen Musikgeschmack. Einige verwunderte Blicke trafen ihn deswegen, denn normalerweise galt Herr Zimmer als *cool*. Heute aber nicht, er war so weit entfernt von *cool* wie nur möglich. Heute war er einfach ein überforderter, meckernder, schwitzender Junglehrer, der die ganze Meute am liebsten auf den Mond schießen würde.

Natürlich wusste er, was ihm dermaßen die Laune verhagelt hatte. Aber er vermied es tunlichst, an Marie, diesen Lackaffen Antoine und die unschöne Szene im Treppenhaus am Vorabend zu denken. Er schob das alles weit fort und konzentrierte sich auf die Erziehung seiner Schutzbefohlenen, was diese nicht gerade mit Freude erfüllte. Als Reaktion benahmen sie sich die ganze Zugfahrt so dermaßen daneben, dass Jan kurz davor war, seine Berufswahl zu überdenken.

Nur Karen, die schließlich mehr als einen Gefallen bei ihm guthatte, saß entspannt und mit Kopfhörern auf ihrem Platz ganz hinten im Waggon, hörte klassische Musik und las. Jan beneidete sie ein wenig, aber er wusste, was er ihr zu verdanken hatte. Und es war ja nicht ihre Schuld, dass ihre Großzügigkeit und ihr Einsatz der vergangenen Tage am Ende keine Früchte getragen hatten. Das hatte nur er vermasselt, er allein. Und Marie, die beim Anblick ihres Ex-Freundes wie erstarrt gewesen war und Jan nicht mal ein Zeichen gegeben hatte, was das alles zu bedeuten hatte.

Halt!, dachte er und versuchte, diesen Gedanken abzuschneiden wie einen losen Faden. Denn darüber wollte er jetzt einfach nicht nachdenken.

Doch während draußen die französischen Felder vorbeizogen, die leuchtenden Sonnenblumen und der gelbe Senf unter einem tiefblauen Sommerhimmel, ertappte er sich immer wieder dabei, wie seine Gedanken zu Marie zurückwanderten. Und merkwürdigerweise waren die Wut und die Enttäuschung, die er gestern Abend verspürt hatte und die ihn die halbe Nacht wach gehalten hatten, allmählich versiegt. Ein leises Stimmchen war stattdessen erwacht, das ihm einflüsterte, er solle die ganze Sache doch noch einmal in Ruhe betrachten. Was waren denn Maries Möglichkeiten gewesen? Ganz offensichtlich hatte sie der Anblick dieses Mannes ziemlich überrascht, ja, kalt erwischt, wenn man bedenkt, dass sie sich gerade in den Armen eines anderen befand. Jan war ins Grübeln gekommen. Was hätte er denn getan, wenn plötzlich Yasmina leibhaftig vor ihm gestanden hätte? Wäre er nicht auch perplex gewesen?

Unruhig biss er an einem Fingernagel herum und starrte nach draußen, während um ihn herum das Chaos zusammenschlug. Doch er hörte es kaum noch.

War er womöglich zu schnell gewesen mit seinem Abgang? Hatte er zu früh aufgegeben? Aber warum hatte Marie nicht versucht, ihn aufzuhalten? Oder ihn wenigstens nachher zu erreichen und ihm alles zu erklären?

Er zog sein Handy aus der Tasche und starrte darauf,

zum tausendsten Mal. Auf dem Display war noch immer keine Nachricht, kein Anruf. Das passte irgendwie gar nicht zu Marie. Er runzelte die Stirn und sah auf – direkt in Romys Augen, die von dicht getuschten Wimpern umkränzt waren. Unvermittelt stand sie neben seinem Sitz, er hatte sie gar nicht bemerkt.

«Was ist los, Herr Zimmer?», fragte sie ernst und ein wenig streng. «Sie sind den ganzen Tag völlig daneben. Und dann starren Sie dauernd aufs Handy. Aber wenn wir das tun, schimpfen Sie mit uns.»

Jan lachte hilflos auf. «Du hast recht», sagte er, entwaffnet von ihrer Ehrlichkeit. «Ich warte einfach auf eine Nachricht, das ist alles.»

«Verstehe.» Romy beugte sich vor und sah ungefragt auf sein Handy. «Dann würde ich an Ihrer Stelle mal den Flugmodus ausmachen.»

«Was?» Irritiert schaute Jan auf das kleine Flugzeugsymbol, das in der Ecke seines Displays zu sehen war. «Wieso ist das Ding denn auf Flugmodus?»

«Passiert mir auch manchmal», sagte Romy und kaute geräuschvoll ihren Kaugummi. «Wenn man aus Versehen draufkommt, passiert das eben.»

Jans Hände zitterten plötzlich. «Äh ... Danke, Romy», sagte er. «Würdest du mich jetzt allein lassen, bitte?»

«Klar», sagte sie großzügig. «Aber hey, Herr Zimmer?»

«Ja?»

«Ich hoffe, Sie klären das bald!» Sie nickte in Richtung Display. «Sie sind viel netter, wenn es Ihnen gut geht.»

Damit ging sie zurück an ihren Platz.

Jan sah ihr einen Moment lang mit offenem Mund nach. Dann beendete er mit einem Wischen den Flugmodus seines Telefons. Innerhalb von Sekunden erschienen acht Anrufe in Abwesenheit, alle von Marie. Ungläubig starrte er darauf, wartete, aber eine Nachricht ging nicht ein.

Immerhin, dachte er, sie hatte versucht, ihn zu erreichen. Doch nun musste sie glauben, er sei beleidigt und ignoriere ihre Anrufe mit Absicht. Wütend stopfte er das Telefon zurück in die Jeans. Das nächste Mal würde er ein anderes, zuverlässigeres Gerät kaufen. Jetzt musste er überlegen, was er tun sollte. Doch vor dem Ende dieser Reise hatte er dafür nicht die Nerven.

«In wenigen Minuten erreichen wir Aachen Hauptbahnhof», informierte sie da auch schon die Stimme der Zugbegleiterin über Lautsprecher. «Unser Zug endet hier.»

«Auf geht's», rief Jan. Er erhob sich von seinem Sitz und begann, alles einzusammeln und einzelne Gepäckstücke zu ihren Besitzern zu befördern. «Vergesst nichts, liebe Leute, wir kommen nicht wieder hier rein.»

Karen nahm mit einem bedauernden Seufzen die Kopfhörer ab und half ihm, alle Schülerinnen und Schüler mit ihren Siebensachen zum Aussteigen zu treiben, wobei unter ihren Sohlen Chipskrümel knirschten.

Wenig später standen alle wohlbehalten mit ihrem Gepäck auf dem Bahnsteig. Schon kamen die ersten Eltern und umhalsten ihre Kinder, deren Gesichter ihnen wahrscheinlich nach der langen Trennung lieblicher erschienen als Jan. Er konnte es nicht erwarten, bis auch der Letzte aus seinen Augen verschwunden wäre.

Doch als er sich von ein paar der Jungs mit Handschlag verabschiedet und von Romy sogar einen kleinen Drücker bekommen hatte, spürte er zu seiner eigenen Überraschung, wie die Zuneigung zu ihnen bereits zurückkehrte. Sie waren schon alle in Ordnung. Trotzdem hatte er gegen eine kleine Pause wirklich nichts einzuwenden.

Erleichtert beobachtete Jan, dass auch Madita abgeholt wurde. Er ging kurz zu der Frau hinüber, die er als Maditas Mutter wiedererkannte.

«Ach, Herr Zimmer ...», sagte sie leise. Ihre Augen wirkten verweint, ihr Gesicht verhärmt, als hätte sie in letzter Zeit nicht gut geschlafen. «Meine jüngere Tochter sagte mir, die Schule habe angerufen, aber ich –» Sie senkte die Lider, starrte auf ihre Schuhspitzen. «Bei uns zu Hause ist zurzeit einiges durcheinander», murmelte sie. Dann blickte sie wieder auf. «Vielleicht hat Madita erzählt, dass mein Mann und ich uns getrennt haben?»

«Das tut mir leid», sagte Jan. «Es gab in Paris einen kleinen Zwischenfall, aber das kann Madita Ihnen in Ruhe erzählen. Vielleicht könnten Sie in den nächsten Wochen zur Sprechstunde kommen, wenn Sie noch Fragen haben?»

Die Mutter von Madita schien erleichtert. «Ja, so machen wir es», sagte sie. Dann legte sie Madita einen Arm um die Schultern und nahm die Reisetasche auf. «Nun komm, mein Mädchen. Wir gehen nach Hause.»

Jan sah Mutter und Tochter nach, wie sie Arm in Arm den Bahnsteig verließen. Er spürte, wie ein wenig Druck von ihm abfiel. Auch diese Sache würde sich klären, hoffte er, und er nahm sich vor, in nächster Zeit ein Auge auf Madita zu haben. Leider ging im Leben nicht immer alles glatt. Aber das Wichtigste war, nicht allein gelassen zu werden.

«Puh», sagte Karen hinter ihm, «das hätten wir geschafft.»

Nach und nach hatten alle Schüler mit ihren Eltern den Bahnhof verlassen, nur noch Karen und er standen da.

«Wir haben es gut hinbekommen», sagte Jan. «Danke dir, Karen.»

Sie nickte und sah ihn forschend an, sagte jedoch nichts.

Gemeinsam rollten sie ihre Koffer zur Bahnhofshalle. Dort blieben sie unter den Anzeigetafeln stehen, um sich zu verabschieden.

«Erhol dich gut», sagte er und nahm Karen kurz in den Arm. «Wir sehen uns am Dienstag in der Schule.» Er drehte sich um und wollte gehen, doch sie hielt ihn am Ärmel fest.

«Eins muss ich dich noch fragen», sagte sie und lächelte. «Was war da eigentlich los am letzten Abend in Paris? Du wirktest gestern überglücklich, als du aufgebrochen bist. Aber seit dem Frühstück heute schleichst du herum wie ein begossener Pudel.»

Jan holte tief Luft. «Es ist schiefgegangen», sagte er. «Schon wieder.»

«Weißt du», sagte Karen und zuckte mit den Achseln, «ich kenne mich ja nicht so gut mit der Liebe aus. Seit meiner Scheidung bin ich eigentlich ganz gern allein. Aber eins weiß ich – man sollte immer noch einmal drüber schlafen, ehe man eine wichtige Entscheidung trifft.»

«Wie meinst du das?», fragte Jan.

«Ich glaube, am Abend scheint vieles düsterer als im Morgenlicht», erwiderte sie. «Und mein Gefühl sagt mir, dass das, was dir da in Paris passiert ist – was auch immer es war –, noch nicht vorbei ist. Das sehe ich in deinem Gesicht, lieber Kollege.»

Jan hob die Schultern und ließ sie wieder fallen. «Selbst wenn du recht hast», sagte er und dachte wieder an die acht Anrufe in Abwesenheit, «was soll ich jetzt unternehmen?»

«Ist sie es denn wert, etwas zu unternehmen?», fragte Karen und lächelte spitzbübisch.

Jan dachte an Marie. An ihre dunkelbraunen Augen mit dem melancholischen Blick, die aber funkelten, wenn sie lachte. An ihre Leidenschaft für Kunst, ihre süße Tollpatschigkeit, die aber wie weggewischt war, wenn sie ihn umarmte und küsste. An ihre warmen Hände, mit denen sie ihn ganz hoch oben im Riesenrad über den Tuilerien festgehalten hatte.

«Ja», sagte er schlicht.

«Dann würde ich dich gern auf Folgendes aufmerksam machen», sagte Karen und deutete wortlos nach oben auf die Anzeigetafel.

Jan sah hoch. Über ihnen waren die Abfahrten des Bahnhofs angeschlagen. Gleich in der obersten Zeile stand es.

«Aachen – Paris Nord», las er. «15:47.»

Er sah Karen an, dann wieder auf die große Bahnhofsuhr. Es war kurz nach halb vier.

«Ich muss los», sagte er, gab ihr einen Kuss auf die Wange und eilte mit seinem Rollkoffer zum Fahrkartenautomaten. Karens Lachen klang noch lange hinter ihm her.

## 28

«Fertig», sagte Thanh zufrieden und schob den Schreibblock auf dem Küchentisch von sich. Dabei stieß sie gegen eine Vase aus glasiertem Ton, die Marie bei Madame Bonnard, der älteren *Concierge* im 1. Stock, ausgeliehen hatte. In der Vase blühte ein ganzes Meer aus langstieligen weißen und gelben Rosen. «Jetzt musst du die Rede nur noch abtippen, ausdrucken und fertig.»

«Mmh ... Eigentlich wollte ich sie ja frei halten», sagte Marie. «Das bedeutet aber, dass ich die Seiten bis morgen Abend auswendig lernen müsste.»

«Wenn du willst», sagte Thanh und verzog die Lippen zu einem Lächeln, «aber ich finde, du musst es dir nicht schwerer machen als ohnehin schon.»

«Ich gucke mal», sagte Marie. «Auf jeden Fall vielen Dank, du hast mir sehr geholfen.» Sie knuffte Thanh in die Seite. «Wer hätte gedacht, dass in dir eine solche Romantikerin steckt?»

Thanh lachte auf. «In mir?», rief sie. «Wohl kaum. Ich hab doch gar nichts gemacht, das ist fast alles von dir. Und ein paar Rudimente von Pierre. Das, was ihr da fabriziert hattet, war für den Anfang ja gar nicht schlecht. Und jetzt kann es sich wirklich hören lassen.» Sie kicherte. «Außerdem musst du wohl liefern, bei dem ganzen Aufwand, den Liliane hier betrieben hat, um dir schon vorauseilend ihre Dankbarkeit zu zeigen.»

Sie deutete auf den üppigen Rosenstrauß. Die leuchtende Pracht war am gestrigen Tag vom Blumenladen Fleurs de Morel angeliefert worden.

«Langsam reicht es mit den Blumengeschenken», fuhr Thanh fort. «Oder sollen wir einen kleinen Lieferservice starten? Das Gemüse zu Leuten bringen, die sich darüber mehr freuen als wir zwei?»

Marie strahlte. «Das ist gut!», sagte sie. «Ich hätte sogar schon eine Idee, wer infrage käme.»

Sie überlegte. Vielleicht würde sie bei dieser Mission Samirs Hilfe in Anspruch nehmen müssen, doch das dürfte kein Problem sein.

Thanh nickte gedankenverloren und streckte sich ausgiebig. «Ich leg mich jetzt mal ein bisschen hin», sagte sie. «Dieser Tag war bisher aufreibend genug, und ich hab mir einen Mittagsschlaf verdient. Schließlich bin ich krank.» Treuherzig sah sie Marie an, die lachen musste. Dann verschwand Thanh gähnend in ihrem Zimmer.

Marie räumte die Kaffeetassen und Teller ab und stapelte alles im Spülbecken neben dem kleinen Blumentopf. Während der Schreibsession war Thanh kurz nach unten in die kleine Boulangerie an der Ecke geflitzt und hatte dick gefüllte Eclairs gekauft, außerdem vanillezuckerbestreute *Sablés* – Butterplätzchen aus Mandelteig – und natürlich Maries Lieblingsgebäck, Pistazien-Macarons. Auf den Tellern waren nur Krümel übrig geblieben, denn eine zuckrige Rede zu schreiben erforderte die entsprechende Nervennahrung.

Als die Küche wieder in einem halbwegs akzeptablen Zustand war – auch wenn sie weiterhin einem Blumengroßhandel glich –, riss Marie die beschriebenen Blätter vom Schreibblock ab und trug sie in ihr Zimmer.

Marie setzte sich an den Schreibtisch vor ihr MacBook, öffnete ein leeres Dokument und tippte geübt die fertige Rede ab. Dabei schliff sie hier und da noch an einer Formulierung, aber viel war es nicht mehr. Sie merkte, dass Thanh recht hatte, die Rede war richtig gut geworden. Und beinahe freute sich Marie trotz ihres eigenen Herzschmerzes darauf, sie morgen im Café Lola vor der versammelten Festgemeinde vorzutragen.

Als sie fertig war, klickte sie auf den Befehl *Drucken* und lauschte auf das stotternde Surren, während ihr alter Drucker schwerfällig die Seiten ausspuckte. Sie schloss die Datei mit der fertigen Rede, dabei fiel ihr Blick auf die Taskleiste, in der das Dokument ihrer Doktorarbeit angezeigt wurde. Gewohnheitsmäßig klickte sie darauf. Sie las den letzten Abschnitt, den sie vor ein paar Tagen geschrieben hatte, ehe ihre Motivation endgültig zusammengebrochen war.

Zu ihrer Überraschung fand Marie einige der Sätze, die sie in die Tasten gehauen hatte, gar nicht schlecht. Sie scrollte im Text zurück und las das ganze Kapitel noch einmal von vorn bis hinten. Ihr Herz pochte plötzlich, ihre Müdigkeit war wie weggeblasen. Es klang wirklich gar nicht so falsch, was dort stand, es ergab sogar ziemlich viel Sinn.

Der letzte Absatz endete mit dem Gedanken, dass Monet auf seinen Bildern des Seerosenteichs immer wieder auch ein kleines grünes Boot gemalt hatte, das am Ufer lag. Es war das Ruderboot, das seine Kinder und die Hoschedé-Kinder im Sommer oft benutzt hatten. Marie hatte daraus die Frage entwickelt, wie sehr Monets Stieftochter Blanche durch ihn und die Umgebung geprägt worden war. Durch ihre Jugend in Giverny, in dem herrlichen «Garten aus Farben», wie Proust einst geschrieben hatte. Umgeben von Glyzinien, Rosen, Lavendel, Gladiolen, Iris, Päonien und Dahlienfeuer. Und später dann durch ihre Zeit als Monets Modell, denn sie ließ sich häufig von ihm porträtieren. Und wie sehr Blanche schließlich der Blick über seine

Schulter prägte. Das gemeinsame Studium des Lichts in der Normandie und der Malunterricht, den Monet ihr sicher gegeben hatte – auch wenn sie später als Autodidaktin in die Kunstgeschichte einging.

All das musste Blanche Hoschedé für ihre Arbeit als Künstlerin enorm geprägt haben, dachte Marie. Trotzdem hatte sie als Malerin einen eigenen Stil entwickelt, war aus den Fußstapfen ihres Mentors herausgetreten und hatte schließlich etwas Eigenes erschaffen.

Kurzerhand fügte Marie einen neuen Absatz in ihr Dokument ein und gab ihm die Überschrift: *Blanche Monet – ein Exkurs*. Sie begann zu tippen, und ihre Finger flogen über die krümelige, zerkratzte Tastatur ihres alten MacBooks, als wüssten sie plötzlich von ganz allein, was sie zu tun hatten.

Während sie schrieb, formten sich immer neue Sätze in ihrem Kopf. Sie flossen direkt durch ihre Finger und in die schwarzen Wörter, die auf dem hellen Display erschienen. Marie atmete ruhig ein und aus und schrieb immer weiter.

Irgendwann blickte sie auf und war überrascht, als sie auf die Uhr sah. Sie hatte fast zwei Stunden ohne Pause geschrieben. Als sie jetzt die Seiten zählte, war sie beinahe ungläubig. So viel hatte sie in manch einer der vergangenen Wochen nicht zu Papier bekommen, und nun war es einfach so in kürzester Zeit aus ihr herausgeströmt. Wenn sie nachdachte, fielen ihr sofort weiter Absätze ein, die sie schreiben wollte, neue Gedanken, eine Bildbeschreibung, mit der sie genau aufzeigen konnte, was sie sagen wollte.

Erneut legte sie die Hände auf die Tastatur und fuhr fort. So lange, bis Thanh an die Tür klopfte und fragte, ob Marie mit ihr rausgehen und eine Kleinigkeit beim *Traiteur Asiatique* essen wolle. Da erst merkte Marie, wie hungrig sie war.

Der Tag war beinahe vorbei, und mehr als ein paar Gabeln vom Omelette und dem Süßkram hatte sie nicht gegessen.

«Ich komme sofort», rief sie.

Entgegen ihrer Gewohnheit speicherte sie das Geschriebene sorgfältig. Sie spürte, dass es sich lohnte, den Text zu bewahren, er hatte ihrer Arbeit eine neue Richtung gegeben. Sie wusste noch nicht genau, wie sich das alles zusammenfügen würde und warum es ihr so bedeutsam schien, über Blanche Monet zu schreiben, doch sie hatte das sichere Gefühl, dass es ein guter Weg wäre. Ein Weg, nicht alles hinzuschmeißen, wie sie zuerst gedacht hatte, aber trotzdem etwas Neues zu probieren. Der Mittelweg, der ihr so lange verschlossen geblieben war und dessen Tür sich nun, unerwartet, doch noch geöffnet hatte.

Marie schloss den Laptop und ging in die Küche. Sie nahm eine alte Ausgabe von *Le Monde* und wickelte die gelben und weißen Rosen vorsichtig hinein. Dann fand sie in der Kramkiste neben der Spüle eine der hübschen Postkarten, die Thanh ständig irgendwo kaufte, und schrieb ein paar Worte darauf. Anschließend steckte sie die Karte mitten zwischen die dichten Blütenköpfe und nahm das Blumenpaket vorsichtig unter den Arm.

Erst als sie in Ballerinas und Shorts und mit knurrendem Magen neben Thanh durch die noch immer glühend heißen Straßen Richtung Seine lief, wurde ihr klar, dass sie stundenlang nicht aufs Handy gesehen hatte.

Doch das war eigentlich auch egal, dachte sie mit einem kleinen, wieder schwermütigen Seufzen. Denn was sollte es bringen, auf eine Nachricht zu warten, die ohnehin nicht kommen würde?

## 29

*E*dith Piafs rauchige Stimme schmetterte das Chanson in voller Lautstärke durchs Appartement, während Jacobine im schwarzseidenen Morgenmantel vor dem großen Spiegel in ihrem Schlafzimmer auf und ab lief und sich verschiedene Kleidungsstücke anhielt. Jedoch nur, um sie sogleich auf einen riesigen Haufen auf der Überdecke mit den Troddeln zu werfen, die das Bett zierte. *Sous le ciel de Paris s'envole une chanson ...*

Das Morgenlicht tropfte zwischen den halb aufgezogenen Samtvorhängen ins Zimmer. Die Gauloises im Aschenbecher qualmten, und Jacobine legte probehalber eine Perlenkette um, während sie die Liedzeile mitsummte, die sie bereits unzählige Male gehört hatte. *Unter dem Himmel von Paris schwebt ein zärtliches Lied ...*

Die Kette war ein Geschenk eines großen Regisseurs, dessen Name Jacobine gerade entfallen war und mit dem sie vor etwa vierzig Jahren – wer zählte schon genau? – ein romantisches Wochenende in Cannes verbracht hatte. Das Collier war aus echtem Silber, der Anhänger aus Mondstein.

Ach, sie wusste vielleicht nicht mehr, wie er hieß, aber sie konnte sich noch genau an seinen Gesichtsausdruck im Spiegel erinnern – in einem anderen Spiegel, in einer anderen Zeit –, als er hinter sie getreten und ihr als Überraschung die Kette umgelegt hatte. Sie erinnerte sich, wie er den Verschluss zugehakt und sie bewundernd betrachtet hatte. Dann hatte er seine Arme um sie gelegt, sein Gesicht in ihrer Halsgrube versenkt und sie zum Takt des Schlagers, der schon damals im Hotelzimmer in Cannes erklungen war, durch die Suite geschwenkt.

Jacobine schloss für einen Augenblick die Lider und gab sich ganz der Erinnerung hin. Es geschah ihr in letzter Zeit immer öfter, dass sie in längst vergangenen Momenten schwelgte, in ihnen versank und dann kurz nicht mehr wusste, was Wirklichkeit war und was Traum. Doch es beunruhigte sie nicht. Immer schon hatte sie gefunden, dass die Welt der Fantasie ebenso wirklich war wie die der Realität – nur noch um so vieles schöner!

Je älter sie wurde, desto mehr ergriff diese andere Welt von ihr Besitz, und das war ihr mehr als recht. Denn die Wirklichkeit war oft schnöde und schnörkellos, es fehlte ihr an Glamour und Eleganz! Niemand in Paris wusste sich heute noch anständig zu kleiden. Überall roch es nach billigem Parfüm und diesem Kunststoff, aus dem neuerdings alle Kleider gefertigt waren. Alle Welt aß seltsamen Körnerbrei, der Porridge genannt wurde, anstatt ein anständiges Croissant mit ehrlicher Butter. Man bevorzugte Sojaschnitzel statt ein gutes *Entrecôte*, und man trank – in Jacobines Augen der Gipfel des Geschmacksverfalls – alkoholfreien Wein. Wo gab es denn so etwas? Warum sollte man das tun?

Nein, dachte Jacobine und trat zum Schminktisch, auf dessen Rand sie ihr Colheita-Glas neben dem qualmenden Aschenbecher abgestellt hatte. Ihre kleinen Freuden würde sie sich von dem Gesundheitswahn nicht nehmen lassen. Ein kleiner Likörwein war gut fürs Herz, und für die Seele schon gar! Ähnlich wie ihre Fantasien und nostalgischen Erinnerungen sorgte er dafür, dass die Realität etwas sanfter, etwas farbiger, etwas wärmer wurde. Darauf würde sie nicht verzichten.

*Sous le ciel de Paris*, sang die Piaf, *marchent des amoureux.*

Jacobine nestelte ein wenig am Verschluss des Colliers, denn ihre Finger waren mit den Jahren steif und unbeholfen geworden, doch es wäre ja gelacht, wenn sie das nicht mehr schaffen würde!

Nun sang sie lauthals mit.

*Unter dem Himmel von Paris gehen Verliebte spazieren, die Luft ist wie gemacht, um junge Herzen zu verführen ...*

Ihr Blick wanderte durchs Fenster ins Sommerlicht, draußen zeigte sich erneut ein strahlend blauer Himmel.

Und nicht nur *junge* Herzen, dachte sie und leckte sich versonnen einen Tropfen Portwein von den Lippen. Heute war ein herrlicher Tag, geradezu perfekt für eine Hochzeit. Liliane Morel und Nadim Slimani hatten wirklich unverschämtes Glück. Und mit ihnen die ganze Nachbarschaft an der Place de la Contrescarpe, denn es würde ein Fest werden, das niemand so schnell vergaß. An diesen glühenden Spätsommertag würde man sich, wenn der Herbst das raschelnde Laub durch die Parks und über die steinernen Friedhöfe der Stadt blies, zurücksehnen.

Jetzt musste Jacobine nur noch entscheiden, was sie anziehen wollte, und sie wusste, dass das den halben Tag dauern konnte. Entscheidungen waren noch nie ihr Metier gewesen. Mit den Jahren wurde es immer schwieriger. Manchmal dachte sie ungehalten, wie unnötig ihre Ängste vor vielen Jahren gewesen waren, nicht hübsch genug zu sein, nicht schlank, nicht attraktiv, nicht makellos genug. Dabei hatte sie gar nicht gemerkt, wie jung sie war und dass durch ihre Blütezeit alle kleineren Makel verblassten.

Wenn sie heute Fotografien aus ihrer Anfangszeit als Schauspielerin betrachtete, wurde sie manchmal kurz wehmütig. Sie konnte nicht glauben, wie perfekt sie auf diesen Bildern aussah. Und warum sie damals diesen starken jungen Körper nicht mehr zu schätzen wusste. Heute dagegen ...

Seufzend betrachtete sie sich im Spiegel und griff nach der Zigarette. Gedankenverloren zog sie daran.

Nun, sie hatte immer noch schöne Haare, dachte sie, wenn auch der Farbton nicht mehr ganz der Natur entsprang. Auch ihr herzförmiges Gesicht mit den hohen Wangenknochen und den vollen Lippen zeichnete sie nach wie vor aus – hier war ebenfalls nicht mehr alles reine Natur. Doch was bedeutete das schon? *Natürlich?* Hatte sie als Frau nicht jederzeit das Recht, sich in ihrem Körper wohlzufühlen? Und dafür ab und zu ein wenig Geld auszugeben?

Größere Sachen hatte sie jedoch nie machen lassen. Und das würde sie auch nicht. Erstens konnte sie es sich nicht leisten, und zweitens verabscheute sie Narkosen und würde sich freiwillig nicht unters Messer legen. Ein paar kleine Spritzen hier und da, das ging, das war vertretbar. Insgesamt fand sie sich immer noch recht passabel.

Aber natürlich drehten sich keine jungen Männer mehr nach ihr um, dachte Jacobine und bemalte sich sorgfältig die Lippen vor dem Spiegel. Bei Lichte betrachtet auch keine älteren. Jedenfalls nicht viele. Nur wenn sie spätabends noch bei Patrice an der Theke seines Bistros saß, bis tief in die Nacht Patiencen legte und über seine längst bekannten, aber immer wieder amüsanten Scherze lachte, fühlte sie sich manchmal wie dieses junge Ding, das sie einst gewesen war. Patrice war nun wirklich kein Alain Delon und auch kein junger Jean Reno, aber er hatte so ein Funkeln in den Augen, das ihr noch immer gefiel. Und er sah sie immerhin an. Sein Gesicht leuchtete auf, sobald Jacobine durch die Tür in den kleinen Kneipenraum trat. Und das war doch auch etwas wert, oder etwa nicht?

Sie nahm noch einen tiefen Zug und drückte die Zigarette bedauernd im marmornen Aschenbecher auf ihrem Schminktisch aus.

Natürlich würde Patrice heute Abend auch zur Hochzeitsfeier ins Café Lola kommen. Er hatte Jacobine sogar schon gefragt, ob sie zu späterer Stunde einen Tanz mit ihm wagen würde. Und ob sie das würde!

Jacobine trat an ihren offen stehenden Kleiderschrank und fuhr mit den dunkelrot manikürten Fingernägeln über die Seidenstoffe, die darin hingen. Das meiste passte ihr nicht mehr, doch ein paar der Roben waren etwas weiter geschnitten und gingen noch sehr gut.

Endlich wählte sie ein Maxikleid, das sie schon immer gern getragen hatte. Es war von Dior, ein echter Klassiker der Neunzigerjahre. Aus dunkelblauer Seide und an der Taille weit fallend, sodass Jacobine eine Chance hatte, sich hineinzuzwängen zu können. Zwar war es schulterfrei, was ihr schon seit vielen Jahren nicht mehr behagte, doch sie besaß eine Schärpe, die farblich genau dazu passte.

Jacobine holte das Kleid am Bügel heraus und hielt es sich vor die Brust. Probehalber machte sie ein paar Tanzschritte durch das kleine Schlafzimmer, ja, sie konnte es noch.

*Et le ciel de Paris a son secret pour lui*, sang die Piaf. *Der Himmel von Paris verrät sein Geheimnis nie*, flüsterte Jacobine und wiegte sich zur Musik vor dem Spiegel. Draußen vor dem Fenster gurrten die Tauben fast im Takt dazu.

Der Mondstein an ihrem Hals blinkte im Vormittagslicht auf. Auch sie hatte Geheimnisse, und nicht zu knapp. Gleichwohl wusste sie, dass heute niemand mehr an ihren

Lippen hing, um ihr diese alten Geschichten zu entlocken. Aber *sie* wusste um ihren Zauber.

Jacobine kräuselte die geschminkten Lippen beim Gedanken an all die kleinen Details, die sie nicht vergessen würde. Was der Mann im Hotelzimmer in Cannes ihr nach dem Tanz ins Ohr geflüstert hatte ... Richard hieß er, richtig, jetzt fiel es ihr wieder ein! Oder wie die Laternen am Pont Neuf schlingernde gelbe Kreise aufs dunkle Wasser der Seine gemalt hatten, als Jacobine dort nach ihrem ersten großen Bühnenerfolg – *Elektra* – gestanden hatte, benebelt vom Champagner und vom süßen Geschmack des Ruhms. Aber auch wie bitter ihre Tränen gewesen waren und wie tief und doch so köstlich die Trauer nach jeder zu Ende gegangenen Liebesgeschichte, nach jedem Misserfolg, jeder vernichtenden Kritik.

Dunkle Stunden gehörten zum Leben dazu, das wusste sie wie keine andere. Und sie würde die Erinnerung an das Glück ebenso wenig hergeben wie die an den Schmerz. Es war das pralle Leben, das sie immer gewollt hatte. Das sie nie gescheut hatte und vor dem sie nie geflohen war – bis heute.

Edith Piaf, die selbst genug darüber gewusst hatte, sang es in diesem Moment: *Quand il pleut sur Paris c'est qu'il est malheureux* – Tränen vergießt der Himmel in Paris, wenn ihn etwas traurig macht.

Jacobine hatte ein Talent zum Traurigsein und noch mehr darin, die Traurigkeit zu überwinden und erneut mit erhobenem Kopf durch die Straßen ihrer Lieblingsstadt zu gehen. Und so würde sie es auch heute tun – in dunkelblauer Seide und mit der Grandezza einer Dame.

Ob der Ort der Feier, dachte sie dann, dieses kleine, ohne Zweifel charmante, aber doch sehr einfache Eckcafé einen solchen Aufwand ihrerseits rechtfertigte? Das stand in den Sternen. Aber sie wusste, was sich gehörte und was der Standard für eine Hochzeit war. Auch wenn einige der Gäste mit Sicherheit in ordinären Jeans zum Empfang erscheinen würden. Die kleine Marie Michel fiel ihr ein, und ein halb missbilligendes, halb mitleidiges Lächeln erschien in ihrem Gesicht im Spiegel. Hier in ihrem Schrank hingen zig Kleider, die einem jungen hübschen Ding wie Marie mehr als gut stehen würden. Doch auf Jacobine hörte ja niemand.

Mitten in die dramatische Schlusskadenz der Piaf – *Pour se faire pardonner il offre un arc-en-ciel. Der Himmel sagt Pardon und lädt auf einen Regenbogen ein* – schrillte Jacobines Türklingel.

Sie zog die aufgemalten Brauen hoch, warf das Blauseidene von sich, raffte den Morgenrock im Dekolleté mit einer Hand zusammen und eilte durch den Flur.

«*Deux secondes!*», rief sie etwas außer Atem, während ihre ungelenken Finger die Kette an der Tür zurückschoben. Jacobine spähte durch den Spion, erkannte jedoch nichts, weil offenbar kein Licht im Treppenhaus angemacht worden war.

Kurz überlegte sie, nicht zu öffnen, denn schließlich war sie eine ältere, alleinstehende Dame, und bei den düsteren Gestalten, die die Straßen von Paris mittlerweile bevölkerten, musste man vorsichtig sein. Doch die Neugier siegte.

Endlich bekam sie die Tür auf, aber im Treppenhaus stand niemand. Von der oberen Etage, wo Fabien und Lola lebten, zog ein unwiderstehlicher Duft nach *Bœuf bourguignon* zu ihr herunter. Einen Moment schnupperte Jacobine selig, bevor sie die Tür wieder schließen wollte. Da erst fiel ihr Blick auf die Schwelle ihrer Wohnungstür. Ein üppiges Blumenbouquet lag dort auf dem Fußabtreter.

Jacobine tastete überrascht nach dem Lichtschalter. Es wurde hell, und nun sah sie, dass es mindestens fünfzig gelbe und weiße Rosen sein mussten. Eine kleine Pfütze hatte sich gebildet, als seien sie bis eben in einer Vase verwahrt worden. Die Blumen waren auf dem Höhepunkt ihrer Blüte, die Köpfchen im dünnen Zeitungspapier dicht aneinandergeschmiegt. Und dazwischen steckte etwas – ein weißer Umschlag mit einer Karte darin.

Jacobine beugte sich vor, nahm ihn heraus und öffnete das Kuvert. Sie zog die Karte ans Licht. Darauf standen in Schönschrift ein paar Zeilen.

*Verehrte Jacobine,* las sie verdutzt, *Ihre Schönheit übertrifft die der Rosen bei Weitem, doch erlauben Sie mir dennoch, Ihnen dieses Zeichen meiner Bewunderung zu senden. Ein heimlicher Verehrer*

Jacobines Herz klopfte. Sie sah im Flur nach oben, dann nach unten, als erwartete sie, dass sich der unsichtbare Bote gleich noch zeigen würde, doch das Treppenhaus lag still da. Plötzlich schien es ihr, dass sich in den köstlichen Duft nach Rindereintopf noch ein anderer schlich – ein Rasierwasser, das ihr bekannt vorkam, das sie jedoch nicht einordnen konnte. Es roch teuer, aber eine Spur gewöhnlich, fand sie. Dann sah sie wieder die Pracht der Blumen, bückte sich, nahm das große Bouquet auf und drückte ihr Gesicht in die duftenden Blüten. Es war lange her, dass ihr Blumen geliefert worden waren, deswegen würde sie jeden Moment auskosten. Und vor allem freute es sie, dass sie nun eine gute Geschichte hatte, die sie heute Abend dem ganzen Viertel erzählen konnte.

## 30

Der Duft nach geschmolzenem Karamell hing so betörend in der Luft, dass Marie meinte, ihn mit Händen greifen oder sich sogar hineinlegen zu können. Verstohlen leckte sie sich die Fingerspitzen ab, an denen feine Spuren des klebrigen *Pâte à choux* hingen, ein cremiger Brandteig aus geschmolzener Butter, Mehl, Zucker und sehr vielen Eiern.

Lola hatte sie gebeten, den Teig immer wieder umzurühren, während er auf der heißen Platte in der Küche des Cafés vor sich hinköchelte. Er durfte nicht anbrennen, sollte aber trotzdem so lange kochen, bis ein Großteil der Flüssigkeit verdampft war. Erst dann würde Lola ihn mit der Spritztüte aufs Blech bringen und die zierlichen Windbeutel backen, die sie für die Hochzeitstorte brauchten.

Marie war heute früh nach dem Aufstehen ins Café Lola gegangen, um wie so oft einen Kaffee zu trinken. Doch dann hatte sie bemerkt, wie gehetzt und müde Lola wirkte, als sie mit dem silbernen Tablett auf die Terrasse geeilt kam. Die sonst fröhlich um ihr Gesicht fliegenden dunklen Ponyfransen hingen schlaff herunter, und Lolas Wangen waren bleich. Marie fragte sie, ob alles in Ordnung sei, und da sah sich Lola um und murmelte zerknirscht, dass sie mit den Vorbereitungen für Liliane und Nadim noch immer nicht fertig sei und dass ihr vor allem die Hochzeitstorte Kopfzerbrechen bereite. Sie plane eine traditionelle *Croque en bouche*, eine kunstvoll aufgerichtete Pyramide aus unzähligen kleinen gefüllten Windbeuteln, die mit einer Schicht Karamell überzogen wurden. Es sei nicht besonders schwierig, aber zeitaufwendig, und Liliane habe sich nun einmal genau so eine gewünscht.

Daraufhin hatte Marie spontan angeboten, Lola beim Backen zu helfen. Schließlich war Wochenende, sie hatte heute keine Führungen in der *Orangerie* und auch sonst keinerlei Pläne. Außerdem wollte sie um alles in der Welt verhindern, dass ihre Gedanken immer wieder zu Jan wanderten, zu dem schrecklichen Abend im Treppenflur. Und an Antoine und seine Unverschämtheiten wollte sie erst recht nicht mehr denken. Ihr Ex-Freund hatte trotz ihrer Bitte, sie in Ruhe zu lassen, noch mehrfach versucht, sie zu erreichen. Seine Nummer tauchte immer wieder auf Maries Handydisplay auf, und irgendwann hatte sie es ausgeschaltet, damit er sie endlich in Frieden ließ. So, wie Jan sein Telefon ausgemacht hatte, um Marie am Anrufen zu hindern ... Ihre Gedanken waren Karussell gefahren, und als ihr schwindelig wurde von all den Grübeleien, hatte sie Lola trotzig angesehen und gefragt: «Wann fangen wir an?»

Nun werkelte sie in der viel zu warmen Küche. Der Ofen heizte ordentlich, und Marie stand bald der Schweiß auf der Stirn, weil sie immer und immer weiter in dem Brandteig rührte und aufpassen musste, dass er nicht am Topfboden anbuk. Währenddessen zauberte Lola am großen fleckigen Arbeitstisch eine luftige Vanillecreme. Sie würzte sie schließlich mit einem Schuss Cognac, ließ den Holzlöffel beinahe zärtlich ein letztes Mal durch die sanfte, cremige Masse gleiten und hielt ihn dann Marie hin.

«Kannst du mal abschmecken?», fragte sie.

Vorsichtig leckte Marie etwas Creme vom Löffel. Ihre aufgeplatzte Lippe war nicht mehr geschwollen, aber noch ein wenig empfindlich. In ihrem Mund breitete sich eine

Geschmacksexplosion aus feinster Bourbonvanille, Sahne und Cognac aus. Sie leckte sich die Lippen und nickte anerkennend.

«Das ist unheimlich gut», sagte sie. «Wie findest du es?»

Lola betrachtete unschlüssig den Löffel. Auf einmal wurde sie kreideweiß, ließ ihn mit einem kleinen Platschen zurück in die Schüssel fallen und rannte ohne ein Wort aus der Küche.

Marie wollte ihr folgen, doch der blubbernde, Blasen werfende Teig in ihrem Topf fesselte sie an den Herd. So rührte sie nur immer weiter, bis statt Lola irgendwann Fabien in die Küche kam.

«Hast du Lola gesehen?», fragte er.

«Sie ist eben rausgegangen», sagte Marie und zuckte mit den Achseln. «Ich glaube, es ging ihr nicht so gut.»

«Hat sie schon wieder eine Grippe?», fragte Fabien stirnrunzelnd. «Ausgerechnet heute! Ich fand schon am Morgen, dass sie blass aussah.»

In diesem Moment kam Lola wieder herein. Ihre Lippen wirkten blutleer, doch ihre Wangen hatten wieder ein wenig Farbe.

«Alles in Ordnung?», fragte Fabien und drückte kurz Lolas Arm. Er gab ihr einen Kuss. «Willst du lieber nach Hause gehen?»

«Nein», sagte Lola und begann, eine Spritztüte vorzubereiten. «Alles in Ordnung, ich brauchte nur einen Moment Luft. Hier drinnen ist es heiß wie in der Hölle.» Sie deutete mit dem Daumen in Richtung Gastraum. «Und du solltest dich schleunigst um die Gäste kümmern», sagte sie schroff. «Hochzeitsfeier hin oder her – die Leute wollen ihren Kaffee.» Sie blies die Backen auf und fuhr sich mit der Hand über die Stirn. «Außerdem hat Patrice nach dir gefragt», fügte sie noch hinzu. «Er wollte wissen, wann du ins Bistro rüberkommst, damit ihr anfangen könnt, die Tische rauszutragen und alles einzudecken.»

Fabien schien noch etwas sagen zu wollen, doch dann schüttelte er nur leicht den Kopf und verschwand aus der Küche.

Marie beobachtete Lola besorgt, während sie rührte.

«Alles in Ordnung mit euch?», fragte sie vorsichtig. «Du wirkst etwas gereizt, Lola.»

«Ich? Gereizt?», fauchte Lola, strich sich energisch die dunklen Strähnen ihres Bobs hinters Ohr und kam zu Marie. Mit einer heftigen Bewegung zog sie den Topf vom Feuer und knallte ihn auf den Arbeitstisch, wo schon ein Untersetzer wartete. «Ich bin einfach nur überarbeitet, das ist alles», sagte sie dann etwas ruhiger. «Und dagegen hilft am besten, weiterzumachen und fertig zu werden. Wenn du nichts dagegen hast?»

«Natürlich nicht», sagte Marie und nahm sich vor, Lola nicht noch mehr zu reizen. Stumm half sie ihr, die Bleche für die kleinen Profiteroles vorzubereiten. Und sie sah zu, wie Lola mit geschickten Bewegungen perfekte Teigkringel aufs Backpapier spritzte. Endlich zierten lange Reihen Windbeutelkringel die Bleche. Lola schob sie alle in den großen Ofen und knallte die Tür zu. Sie stellte den blinkenden Timer ein.

«Wenn sie fertig sind, füllen wir sie mit der Creme», sagte sie, «und danach machen wir uns ans Bauen der Pyramide. Dafür brauchen wir zum Verkleben die Karamellschicht, aber die können wir erst kurz vor der Verwendung zubereiten, damit sie noch warm und flüssig ist. Komm, ich zeige dir schon mal, welche Zutaten wir dafür brauchen.»

Sie nahm einen Lappen und wischte den Arbeitstisch ab, hielt aber mitten in der Bewegung inne und sah Marie an.

«Es tut mir leid», sagte sie leise. «Ich hatte vorhin ganz plötzlich schlechte Laune. Mir wächst das alles gerade über den Kopf, weißt du?»

«Du musst dich nicht entschuldigen», sagte Marie und lächelte Lola beruhigend zu. Ihre Brillengläser waren vom Dunst des Backofens beschlagen, und sie nahm die Brille ab und putzte sie an ihrem gestreiften Shirtsaum, der aus dem Rock herausgerutscht war. «Ich kenne das Gefühl nur zu gut. Manchmal fühlt man sich wie in einem Tunnel, und man hat keine Ahnung, wie man da wieder rauskommt.»

Lola nickte mit abgewandtem Gesicht und drückte Marie ein Geschirrtuch in die Hand. Mit einer Kopfbewegung bedeutete sie ihr, die Arbeitsfläche abzutrocknen. Dann ging sie zum Kühlschrank, holte noch mehr Butterpakete heraus und stapelte sie auf dem Tisch.

«Heute Abend ist es erst mal geschafft», sagte Lola und räusperte sich. «Dann sehe ich hoffentlich wieder Licht am Ende des Tunnels. Und bis dahin wird es das Beste sein, sich abzulenken.» Ein Lächeln flackerte über ihr müdes Gesicht. «Wie geht es eigentlich deinem heimlichen Postkartenschreiber?», fragte sie. «Hat sich daraus etwas ergeben?»

«Bitte verschone mich mit diesem Thema», gab Marie zurück und hob abwehrend die Hände. «Das war wieder eine typische Marie-Aktion.»

«Wieso?», fragte Lola und grinste nun. «Hast du ihn aus Versehen bei einem Date in Brand gesetzt oder bist mit ihm rücklings in die Seine geplumpst?»

Marie musste gegen ihren Willen lachen. «Ausnahmsweise lag es mal nicht an meiner Tollpatschigkeit», sagte sie. «Wobei ich zugeben muss, dass ich ihn tatsächlich bei unserem ersten Treffen mit Wein begossen habe.»

«Na, dann lag ich ja gar nicht falsch», sagte Lola amüsiert. Aber plötzlich horchte sie auf. «Erstes Treffen?», fragte sie. «Also habt ihr euch schon mehrmals gesehen? Das klingt doch eigentlich sehr gut.»

«Ja», sagte Marie und ließ sich mit einem Seufzen auf einen Schemel fallen. «Es war auch gut! Ich mag ihn unheimlich gern, er wäre ... Ich hätte ... Ach, es könnte sein, dass ich ...» Sie brach ab und vergrub das Gesicht in den Händen. «Egal», sagte sie, als sie sich wieder gesammelt hatte. «Ich habe es vermasselt. Bei unserem letzten Date habe ich ihn im Regen stehen lassen. Und als ich wieder alle Sinne beisammenhatte, war er verschwunden. Nun hat er Paris verlassen, und ich werde ihn nicht wiedersehen.»

Sie schluckte und hob den Kopf. In Lolas abgekämpftem Gesicht stand reines Mitleid, und das gab Marie den Rest. Sie spürte, wie ihr die Tränen kamen. Sie konnte nichts dagegen tun – sie rannen aus ihren Augen, unter den großen Brillengläsern herab über ihre Wangen und ihr Kinn, als sei eine Schleuse geöffnet worden.

Erschrocken trat Lola auf sie zu und zog sie in die Arme. Ihre Kleider und ihr Haar rochen so überwältigend nach Vanille, dass Marie tief Luft holte. Sie lehnte den Kopf gegen Lolas Schulter und ließ den Schluchzern ihren Lauf.

«Ich mag ihn wirklich, wirklich gern», murmelte sie schließlich und wischte sich die Tränen ab. «Wie oft hat man jemanden denn so gern, Lola?»

«Ich weiß nicht», sagte Lola, und nun zitterte auch ihre

Stimme. «Ich habe nur einen Mann wirklich gern, eigentlich schon mein ganzes Leben lang. Es ist sehr selten, das weiß ich. Aber was, wenn das trotzdem nicht für immer ist? Wenn das irgendwann einfach vergeht? Wenn ...» Ihre Stimme brach.

Marie sah auf. In Lolas grünen Augen standen ebenfalls Tränen, eine besonders dicke kämpfte sich gerade über ihre Wimpern und tropfte auf ihre Wange. Lola schniefte und wischte sie weg.

«Aber Lola ...», sagte Marie, die ihren eigenen Kummer auf einmal vergaß. «Was hast du denn nur? Hast du Streit mit Fabien? Ihr wirkt immer so glücklich, so zärtlich ... wie füreinander geschaffen.»

Lola wand sich aus Maries Umarmung, griff nach einem Küchentuch und schnäuzte sich geräuschvoll hinein.

«Es ist so», sagte sie. «Ich bin schwanger.»

Marie starrte sie an. Dann quietschte sie auf und griff nach Lolas Hand. «Das ist ja wunderbar», rief sie.

«Wirklich?», fragte Lola zweifelnd. «Marie, wir sind gerade mal ein Jahr zusammen, wir sind erst vor Kurzem zusammengezogen. Ich habe eigentlich keine richtige Ausbildung, das wollte ich bald angehen. Und wir haben dieses Café hier, wie soll das alles funktionieren?» Sie schwieg einen Moment. «Wir hatten auch noch gar nicht über das Thema Kinder gesprochen», fügte sie leise hinzu. «Was, wenn Fabien gar keine will?»

«Das kann ich mir nicht vorstellen», sagte Marie und drückte Lolas Finger. «Auf jeden Fall liebt er dich, das sieht doch jeder. Du solltest mit ihm sprechen, Lola. Ihr werdet für alles eine Lösung finden.»

«Kann sein.» Lola seufzte. «Ja, wahrscheinlich hast du recht. Es ist nur so – ich will eigentlich gerade gar nichts an meinem Leben ändern. Es ist schön, wie es ist. Und nun steht das einfach so vor der Tür, und ich weiß nicht, wie ich das schaffen soll.» Sie schüttelte den Kopf. «Außerdem ist mir den ganzen Tag so was von schlecht», flüsterte sie, «ich kann mich kaum auf den Beinen halten.»

«Dann ist es kein Wunder, dass du Angst hast, es nicht zu schaffen», sagte Marie und streichelte Lolas Arm. «Das nimmt dir alle Kraft. Warte mal ab, wie es ist, wenn die Übelkeit aufhört.»

Lola starrte vor sich hin. «Ein Kind ...», murmelte sie. «Ich, eine Mutter. Völliger Wahnsinn, ich weiß gar nicht, wie das geht. Ich wünschte, meine eigene Mutter wäre noch am Leben, dann könnte ich mir von ihr Rat holen.»

«Sie ist schon vor langer Zeit gestorben, oder?», fragte Marie.

Lola nickte. «Als ich noch ein Kind war», sagte sie. «Lebt deine Mutter noch?»

«Ja», sagte Marie. «Aber ehrlicherweise wäre sie die letzte Person auf der Welt, die ich bei einer wichtigen Sache um Rat fragen würde.»

Lola sah sie an und zuckte hilflos mit den Schultern. «Wir sind ja zwei trübe Gestalten heute», sagte sie mürrisch. «Und das am Tag der großen Hochzeitsfeier.»

Marie musste lachen. Sie wischte sich die letzten Tränenspuren aus dem Gesicht. «Komm», sagte sie, «wir haben hier einen Job zu erledigen. Alles andere kommt später.»

Noch einmal legte sie Lola die Arme um den Hals und zog sie an sich. «Wir haben vielleicht beide selbst keine Traummütter», sagte sie. «Aber Freundinnen sind auch etwas wert, oder?»

Ehe Lola antworten konnte, begann der Timer am Ofen

ungeduldig zu piepsen. Lola und Marie stürzten hin und zogen nach und nach vier Bleche mit perfekten, goldbraun gebackenen Windbeuteln heraus, die sofort ihren Duft in der ganzen Küche verbreiteten.

## 31

*J*an saß unter der weißen Markise im Café de Flore am Boulevard Saint-Germain und trank seinen Cappuccino. Schon immer hatte dieser Ort eine große Anziehungskraft auf ihn ausgeübt. Bereits bei seinem ersten Besuch in Paris hatte er unbedingt hier eine *Chocolat chaud* trinken wollen, obwohl er sich das damals, als Student, kaum leisten konnte. Heute waren die Preise noch viel verrückter geworden, doch er genoss jede Minute auf einem der Korbstühle inmitten des Gedrängels. Touristen saßen hier, Familien mit Kindern, zurechtgemachte ältere Damen mit Hütchen, alleinstehende Männer, die zu ihrem Espresso ein Glas Pastis tranken und Zeitung lasen. Unter einigen Tischen lagen Hunde angeleint zu Füßen ihrer Besitzer und schlabberten Wasser aus einem großen Blechnapf, der für sie bereitstand. Tauben watschelten zwischen den Stühlen hindurch und taten sich an den reichlichen Abfällen gütlich.

Das Café war weltberühmt. Einst war es Treffpunkt der Literatinnen und Künstler, der Promis und Sternchen gewesen. Und noch heute atmete es einen Hauch dieser vergangenen Zeiten. Jean-Paul Sartre und Simone de Beauvoir hatten hier über den Existenzialismus diskutiert. Giacometti, Picasso und Cocteau waren ein und aus gegangen. Natürlich wusste Jan, dass das Café heute mit diesen berühmten Namen seine horrenden Preise rechtfertigte, doch er hatte schon immer eine Schwäche für die Nostalgie gehabt, die Paris umwehte. Selbst wenn ein großer Teil nur noch Kulisse war – dahinter spürte man dennoch die Geschichte der Stadt, die auch die Mauern dieses Hauses durchtränkte.

Der letzte Schluck aus der hübschen weißen Porzellantasse mit dem bekannten Schriftzug Café de Flore schmeckte bitter. Aus Gewohnheit bestellte Jan noch eine Orangina, auch wenn er damit in den Augen der Kellner endgültig als hoffnungsloser Tourist abgestempelt werden würde. Er ließ seinen Blick über die sonnengesprenkelte Straße gleiten, hinüber zur Skulptur der Göttin Flora auf der anderen Seite der Fahrbahn. Ihr verdankte das Café seinen Namen.

Nachdenklich spielte Jan mit seinem Löffel. Gestern Abend war er wieder an der Gare du Nord angekommen, hatte den RER nach Süden genommen und sich in Saint-Germain-des-Prés ein Zimmer in einem kleinen, etwas heruntergekommenen Hotel gesucht. Danach war er noch lange durch die Straßen spaziert, bis es dunkel wurde. Er hatte dem seltsamen Gefühl nachgespürt, ein paar Tage in Paris geschenkt bekommen zu haben. Drei Tage, in denen er keine Schülerinnen und Schüler beaufsichtigen musste. Drei Tage, die frei und leer vor ihm lagen. Drei Tage, in denen er die Chance hatte, Marie wiederzusehen. Doch wie er das anstellen würde, das hatte er noch nicht entschieden.

In dem Moment, als er in den Zug gestiegen war, hatte er sich verwegen gefühlt. Ein Hauch von Drama hatte ihn vorangetrieben. Am späten Abend aber, nachdem er im Hotel untergekommen war, hatte er Marie nicht gleich zu Hause überfallen wollen. Er hatte sich vorgenommen, bis zum Morgen zu warten. Heute früh hingegen war seine Zuversicht wieder etwas geschwunden. Hatte er voreilig gehandelt, kopflos? Was, wenn Marie nach allem, was passiert war, gar keine Lust hatte, ihn zu sehen? Was, wenn sie zwar versucht hatte, ihn anzurufen, sich jedoch nach der Erfolglosigkeit dieses Unterfangens längst von ihrem Ex-Freund hatte trösten lassen?

Mehr als einmal war Jan versucht gewesen, sie anzurufen, aber jedes Mal hatte er das Handy ungenutzt wieder in die Tasche geschoben. Er musste es anders angehen, wenn er sie für sich gewinnen wollte, das spürte er, er brauchte einen Plan. Er wusste nur noch nicht, welchen.

Heute war Samstag, und spätestens am Montag musste er zurück nach Aachen fahren, um am Dienstag wieder vor seiner Klasse zu stehen. Jan erinnerte sich, dass Marie gesagt hatte, sie sei heute Abend auf eine Hochzeitsfeier in ihrem Viertel eingeladen. Eigentlich hatte sie ihn sogar gebeten, sie dorthin zu begleiten. Doch ob diese Einladung noch stand, nachdem die Dinge nun ganz anders lagen als zwei Tage zuvor, konnte er nicht wissen. Und er hatte wenig Lust, Marie den Abend zu verderben und sich womöglich zum Gespött ihrer Freunde zu machen, indem er unaufgefordert auftauchte.

Jan trank seine Limonade aus, zahlte und stand auf. Sofort stürzten sich zwei wartende Frauen auf den frei werdenden Platz und nahmen seinen Tisch in Beschlag. Hier im Café de Flore blieb keiner der geflochtenen Bistrostühle lange unbesetzt.

Ziellos schlenderte Jan über den Boulevard in Richtung Seine. Das Viertel hier lag nicht weit entfernt von der Sorbonne – halb hoffte er, zufällig Marie über den Weg zu laufen, halb fürchtete er diesen Moment. Langsam ging er weiter, bog einmal links ab, lief dann wieder rechts durch die Rue des Saint-Pères mit ihrem schmalen Bürgersteig und den kleinen Galerien in den Erdgeschossen der alten Häuser, bis vor ihm der Quai Voltaire und das Ufer der Seine auftauchten.

Er überquerte die Straße, lehnte sich zwischen zwei grün lackierten Ständen der *Bouquinistes* gegen den warmen Stein der Brüstung und sah übers Wasser auf das andere Ufer. Dort lag der Louvre und glänzte majestätisch in der Sonne, dahinter glitzerte das Riesenrad. Jans Blick ging nach links, streifte die Tuileriengärten und ahnte, dass weiter hinten die Orangerie sein musste. Dort waren Marie und er sich zum ersten Mal begegnet, dort hatten sie nach weniger als einer Stunde schon ihren ersten Streit gehabt und dort hatte er sie vor zwei Tagen abgeholt – aufgeregt und glücklich. Es war alles gerade erst geschehen, und doch kam es ihm lange her vor.

«Passen Sie doch auf», brummte eine Stimme neben ihm.

Jan drehte sich überrascht um. Der Verkäufer der kleinen grünen Holzbude links von ihm stand plötzlich da wie aus dem Boden gewachsen, klein, rundlich und mit der unvermeidlichen Baskenmütze auf dem spärlichen Haar. Er hatte einen Schnauzbart, und seine kleinen dunklen Augen unter den gerunzelten struppigen Brauen funkelten Jan ungehalten an.

Erst jetzt sah Jan, dass er versehentlich gegen eines der vielen kleinen Bilder gestoßen war, die der Bouquinist neben seiner aufklappbaren Bude an die Kaimauer gelehnt hatte, damit vorüberspazierende Flaneure darauf aufmerksam wurden. Das Bildchen mit dem billigen Holzrahmen war umgefallen, als Jan offenbar zu schwungvoll herangetreten war, blind für seine Umgebung, weil er nur Marie vor Augen hatte.

«*Pardon*», murmelte er, bückte sich und stellte den Rahmen so hin, dass man wieder sah, was hinter dem schmutzigen Glas abgebildet war. Es war eine kleine Radierung von Notre-Dame, nicht besonders gut gemacht und etwas vergilbt. Ein Großteil der Waren, die bei den Verkäufern entlang der Seine angeboten wurden, war Plunder.

Jan zuckte mit den Achseln und entschuldigte sich noch einmal bei dem kleinen, bemützten Mann, der nur kurz etwas brummte und sich dann wieder seinem Stand zuwandte. Aus dem Gefühl des schlechten Gewissens heraus blieb Jan stehen und schaute durch die Fächer. Darin steckten eine Unmenge zerlesener Taschenbücher, Mickymaushefte und alte Schallplatten. Er blätterte ein, zwei Bücher durch und fuhr mit der Hand über die bunten Plattenhüllen alter bekannter Bands – *Pink Floyd*, *The Doors*, David Bowie. Doch er konnte sich nicht entschließen, dem Mann nur aus Mitleid etwas abzukaufen, was er eigentlich nicht haben wollte. Er nickte ihm zum Abschied zu, was der Verkäufer geflissentlich ignorierte, und ging weiter.

Sofort kam er zum nächsten Stand. Hier war es kein alter, griesgrämiger Bouquinist, sondern eine junge Frau, die ihn mit ihren blonden Haaren und ihrer Brille entfernt an Marie erinnerte. Nur so konnte sich Jan erklären, weshalb er schon wieder stehen blieb und auch hier begann, in den alten Sachen zu stöbern. Die Verkäuferin lächelte ihn charmant an, und Jan fühlte sich eine Spur geschmeichelt, auch wenn er das nicht zugeben mochte.

Gerade wollte er weitergehen, als plötzlich etwas seine Aufmerksamkeit fesselte. Zwischen den kitschigen Stillleben mit Früchten und Blumen, den Karikaturen von Prominenten, deren verzerrte Fratzen niemand wiedererkennen konnte, und weiteren abstrakten Scheußlichkeiten, die das Centre Pompidou und den Eiffelturm zeigten, hatte Jan etwas entdeckt. Ganz am Rand, beinahe schüchtern, lehnte ein größeres Bild neben seinen hässlichen Artgenossen.

Jan trat näher und bückte sich. Das Bild war eine Reproduktion, jemand hatte ein Gemälde von Monet kopiert. Man sah natürlich, dass es nicht von Monet war, aber Jan ahnte sofort, dass hier jemand mit Talent und Könnerschaft am Werk gewesen war. Ein bisschen kannte er sich aus mit Kunstkopien. Der Pinselstrich war sicher und leicht, die Farben stimmten, auch die Atmosphäre war unverkennbar dieselbe wie die auf dem berühmten Original. Gerade erst hatte Jan es gesehen, es war das Mohnblumen-Bild aus dem Musée d'Orsay. Auch hier strahlte die Hochsommersonne auf die grüne Wiese und ließ die roten Blüten aufflammen. Auch hier liefen Camille Monet und ihr Sohn leichtfüßig durchs hohe Gras, während die ganze Szenerie vor Hitze zu flirren schien. Und auch hier zeugten die grauweißen Wolken, die hastig durchs Himmelblau über den Figuren jagten, davon, wie schnell sich das Wetter auf dem Land ändern konnte.

«Gefällt es Ihnen?», fragte die junge Frau. Sie war leise nähergetreten, ohne dass Jan es gemerkt hatte.

Beim Anblick ihres Lächelns und wie sie sich das helle Haar aus der Stirn schüttelte, musste Jan erneut an Marie denken. Einen Moment war er verwirrt, ehe er sich wieder fing.

«Es ist sehr gut», sagte er. «Kennen Sie den Maler?»

Sie lachte. Anders als Marie, sah er jetzt, hatte sie blaue Augen, die hinter ihren Brillengläsern in der Sonne glitzerten.

«Ja», sagte sie, «aber es ist eine Malerin.»

«Wie heißt sie?» Jan nahm das Bild auf und versuchte, die Signatur zu entziffern.

«Colette Dupont», sagte die Frau, hob das Kinn und sah ihn fest an. «Das bin übrigens ich.»

«Sie haben das gemalt?» Jan war beeindruckt.

«Ich bin Künstlerin», sagte sie. «Aber heute helfe ich meinem Großvater mit seinem Geschäft aus, der sich den Fuß gebrochen hat.» Sie lächelte. «Normalerweise fertige ich keine Kopien an», sagte sie, «ich male lieber meine eigenen Motive. Aber mein Großvater braucht ab und zu etwas, was er hier verkaufen kann. Und es ist eine gute Übung.»

«Ich würde das Bild gern kaufen», sagte Jan und war selbst überrascht von seinem Entschluss. «Aber ich habe kaum Bargeld dabei. Würden Sie es mir aufheben, bis ich wiederkomme?»

«Kommt drauf an», sagte Colette und zog die feinen Augenbrauen herausfordernd hoch. «Wofür brauchen Sie es denn?»

Jan starrte sie überrascht an. Was für eine seltsame Frage, dachte er.

Je länger er sie ansah, desto weniger Ähnlichkeit schien sie mit Marie zu haben. Er fand sie vage sympathisch, aber mehr auch nicht – wohingegen ihm die Vorstellung, Marie stünde hier neben ihm, sofort den Atem nahm. Das Bild erinnerte ihn so sehr an sie, an ihre Leidenschaft für Monet, an ihre Ausführungen zu den Frauen in Monets Leben, an ihre Liebe zum Garten in Giverny und ihren gemeinsamen Ausflug dorthin, dass er sicher war, dass er das Bild haben musste.

«Ich möchte es für eine Freundin kaufen», sagte er. «Sie ist die größte Monet-Expertin von Paris.»

«Ach? Und ich dachte, das sei ich», sagte die Malerin. «Aber da habe ich mich wohl geirrt.» Erneut betrachtete sie ihn prüfend. «Sie hat's ganz schön erwischt, junger Mann», stellte sie fest, ohne dass es eine Frage war. «*Un coup de foudre*, wie man bei uns sagt – ein Blitzeinschlag, ja?»

Jan lächelte hilflos, er kam sich ertappt vor. Doch dann streckte er die Waffen. «So ist es», sagte er, «*un coup de foudre.*»

«In diesem Fall schenke ich Ihnen das Bild», sagte Colette. «Es gehört Ihnen. Hoffentlich bringt es Ihnen Glück.»

Jan machte große Augen. «Das kann ich nicht annehmen», wehrte er ab. «Die Kunst ist eine brotlose Sache, Sie brauchen doch sicher das Geld.»

«Erstens wissen Sie gar nicht, ob ich brotlos bin», sagte Colette unbekümmert, «und zweitens bringt es Glück, Liebenden zu helfen. Schließlich sind wir in Paris, der Stadt der Liebe.» Sie öffnete theatralisch die Arme, als wollte sie Jan, die Mohnblumen und das Seine-Ufer gleichzeitig darin einschließen. «Beim nächsten Mal können Sie hier ja gern eine gefälschte Sonnenbrille oder einen hässlichen Kettenanhänger kaufen», sagte sie und deutete auf die aufgeklappte Verkaufsfläche ihres Großvaters. «Und Sie können sicher sein, dass wir Sie als ahnungslosen Touristen dann ordentlich schröpfen werden.»

«Also gut», sagte Jan, als er erkannte, dass sie es ernst meinte. «*Merci beaucoup*, Colette.»

Er nickte ihr zu, nahm das Gemälde unter den Arm und ging los.

Mit jedem Schritt hatte er es auf einmal eiliger. Das Bild würde, ja *musste* ihm einfach Glück bringen, wie die junge Malerin gesagt hatte. Ihm blieben noch zweieinhalb Tage, um Marie zurückzuerobern. Er würde seine Chance nutzen. Auch wenn er noch immer nicht sicher war, ob es überhaupt eine Chance gab.

## 32

Die Terrasse des Cafés wirkte an diesem Abend, als habe eine Disney-Fee Glitzerstaub daraufgepustet. Überall auf den Simsen entlang der großen Fensterfront flackerten goldene Teelichter, und in den Zweigen der Judasbäume, die den Platz säumten, glommen Hunderte kleine Lampions. Auch die Besitzer der anderen Geschäfte hatten glitzernde Lichterketten in ihre Fenster gehängt, sodass der ganze Platz sanft illuminiert wurde. Diese Orte waren jetzt natürlich schon geschlossen – das Bistro Chez Patrice, wo heute den ganzen Tag gekocht worden war, die Boulangerie von Sylvie Labelle und natürlich Nadims Feinkostgeschäft Les Deux Paradis sowie der Blumenladen von Liliane.

Langsam kam die Dämmerung heran und ließ die Schatten länger werden. Über Paris zeigte sich ein puderrosa glühender Sonnenuntergang wie so oft an den heißen Abenden im August.

Marie stand mit einem Champagnerglas in der Hand zusammen mit Thanh und Nancy am Brunnen und sah sich um. Die Hochzeitsfeier von Liliane und Nadim hatte am späten Nachmittag begonnen, nachdem das Paar aus dem Rathaus an der Place du Panthéon gekommen war. Die Zeremonie dort hatten sie auf ihren Wunsch zu zweit absolviert, niemand war dabei gewesen, als sie sich auf der *Mairie* das Jawort gaben. Die Gäste warteten auf der Place de la Contrescarpe und warfen bei der Ankunft der Frischvermählten Rosen- und Lorbeerblätter, die nun überall wie ein rot-grüner Teppich auf den Pflastersteinen lagen. Aus mehreren Musikboxen perlten sanfte Rhythmen. Fabien,

Patrice und ein paar Kellner, die extra für den Abend ange-
heuert worden waren, stellten soeben unzählige Schüsseln,
Töpfe und Warmhalteplatten auf die lange, weiß gedeck-
te Tafel, die anstelle der üblichen Bistrotischchen auf der
Terrasse des Cafés wartete. Ein betörender Duft nach *Bœuf
bourguignon* und Rosmarin stieg auf und zog über den kleinen Platz. Riesige Schüsseln mit eingelegten Oliven und
Palmherzen, Anchovis, *Hoummous coriandre*, cremigem *Chè-
vre* und Linsensalat aus Nadims Feinkostgeschäft flankier-
ten die warmen Speisen. Auf einem Nebentisch hatte Lola
mit Maries und Nancys Hilfe einen Berg Macarons in allen
Farben des Regenbogens angerichtet. Ebenso Kringel aus
zuckriger *Meringue* und kleine *Tartes au citron* neben mehreren großen silbernen Kaffeekannen.

«Ich hab Hunger», stellte Nancy fest und leerte ihr Glas
in einem Zug. «Hoffentlich wird das Buffet bald eröffnet.»

«Es müsste gleich losgehen», sagte Marie. Nervös trank
sie von dem prickelnden Champagner. Sie sollte ihre Rede
vor dem Essen halten. Und sie hoffte, dass nicht alle so
ungeduldig wie Nancy waren. Dass nicht alle darauf warteten, das Buffet zu stürmen, sondern vorher noch ein Ohr
für die Worte haben würden, die Marie mithilfe von Pierre
und Thanh für das Brautpaar geschrieben hatte. Liliane
und Nadim hielten auf der Terrasse Hof, die Lämpchen der
Lichterketten beschienen ihre strahlenden Gesichter. Hand
in Hand standen sie da und plauderten mit ihren Gästen.
Liliane trug ein fliederfarbenes Kostüm, das ihr sehr gut
stand, und Nadim einen dunkellila Anzug mit fliederfar-
benem Einstecktuch. Beide sahen sehr feierlich aus, wie in
einem alten Film, und Marie musste immer wieder hinse-
hen.

Pierre, der einen ganzen Tisch mit weißer Tischdecke

für seine Lebkuchenherzen unter der gestreiften Markise beanspruchte, winkte ihr über den Platz hinweg zu. Kurzerhand entschuldigte sich Marie bei ihren Freundinnen und ging hinüber. Auch er strahlte und breitete die Arme aus.

«Da sind Sie ja», sagte er. «Und, aufgeregt?»

Marie nickte kläglich. «Und wie!» Sie umklammerte ihr Glas.

«Warten Sie», sagte er und suchte in dem Berg aus Herzen vor sich, bis er fündig wurde. Er hielt ihr ein Exemplar mit einem pistazienfarbenen Band hin.

«*Courage*», las Marie und musste lachen. Sie hängte sich das Herz um den Hals. «*Merci*», sagte sie. «Es wird schon schiefgehen, oder?»

«Ich glaube an Sie», sagte Pierre. «Und nun zeigen Sie mal, was Sie können. Ich glaube, es geht los.»

Marie drehte sich um und sah, dass Nadim ihr winkte. Mit weichen Knien ging sie auf den Bräutigam zu.

«Sind Sie bereit, *ma chère*?», fragte er und legte ihr einen Moment die Hand auf die Schulter. «Ich kann Ihnen gar nicht sagen, wie sehr ich mich freue, dass Sie das hier für uns tun.»

Nicht ganz freiwillig, dachte Marie bei sich, doch sie lächelte ihn und auch Liliane nur an, die ihr einen schmatzenden Kuss auf die Wange drückte.

Nadim ergriff sein Glas und schlug lautstark mit einem Löffel dagegen. Die Gespräche verstummten nach und nach, und alle Augen richteten sich auf das Brautpaar und auf Marie.

«*Chers amis*», sagte Nadim mit kräftiger Stimme, «ich freue mich so, dass ihr alle da seid, um unser Glück mit uns zu feiern.» Er drückte Liliane an sich, deren Gesicht rosig strahlte. «Gleich wollen wir es uns gutgehen lassen und essen und trinken, so viel wir können. Aber vorher ist es mir eine große Ehre, euch eine gute Freundin vorzustellen. Marie Michel – die meisten von euch kennen sie. Sie ist oft hier am Platz im Café, und ihr alle wisst, dass sie eher schüchtern und bescheiden ist. Sie drängt sich niemals in den Vordergrund. Doch heute wird sie uns zuliebe ihre Stimme erheben und ein paar Worte sagen.»

Er küsste Marie herzlich auf beide Wangen und schob sie ein Stück nach vorn, sodass alle sie noch besser sehen konnten. Ringsum brandete ein kurzer Applaus auf, und Marie spürte, wie ihr heiß wurde. Kurz überlegte sie, ob sie das Blatt Papier, das sie zur Sicherheit in ihr Täschchen geschoben hatte, hervorholen sollte. Doch dann fiel ihr Blick auf das Herz, das über dem Ausschnitt ihres Kleides hing.

*Courage*, sagte sie stumm zu sich selbst und suchte Pierres Augen. Der Lebkuchenverkäufer nickte ihr von seinem Platz aus zu, und auch Thanh sah aufmunternd zu ihr herüber. Sie formte aus beiden Händen ein Herz und hielt es Marie entgegen. Neben ihr stand Lola, sie warf Marie ein Kusshändchen zu.

Marie holte tief Luft und räusperte sich. Dann begann sie zu sprechen.

«Liebes Brautpaar, liebe Gäste», sagte sie, «liebe Freundinnen und Freunde von Liliane und Nadim! Es ist so schön, dass wir heute alle hier sein dürfen und mit den beiden ihren großen Tag feiern können.» Sie lächelte und schob sich verlegen die Brille hoch. Dann konzentrierte sie sich. In warmen Worten erzählte sie, wie alles zwischen den beiden begonnen hatte, und sie sah überall in lächelnde, nickende Gesichter. Alle hatten es hier am Platz verfolgt, wie sich die Blumenverkäuferin und der Feinkosthändler nähergekommen waren, alle erinnerten sich daran.

«Aber die Zeichen standen nicht von Anfang an gut», sagte Marie, und Nadim lächelte schief. Er nahm die Hand seiner Frau und küsste sie. Liliane sah ihm in die Augen und nickte ihm wissend zu. Ringsum war zustimmendes Murmeln zu hören. «Es hätte auch schiefgehen können», sagte Marie. «Es könnte auch heute noch jeden Tag schiefgehen.»

Jemand holte überrascht Luft, und Marie blickte zaghaft in die Menge vor sich. Sie versuchte abzuwägen, ob das ein zu harscher Satz in einer Hochzeitsrede gewesen war, doch viele nickten zu ihren Worten.

«Ich meine, wir wissen alle, dass die Liebe ihren eigenen Gesetzen folgt», fuhr sie fort und schüttelte ungläubig den Kopf. «Und niemals hätte ich gedacht, dass ausgerechnet ich heute vor euch allen etwas dazu sagen würde. Denn wisst ihr, ich habe eigentlich überhaupt keine Ahnung, wie das mit der Liebe funktionieren soll.» Sie zuckte unsicher mit den Schultern.

Leises Lachen war jetzt zu hören. Oh ja, das wusste man hier an der Place de la Contrescarpe, dass Marie Michel in diesem Punkt kein Glückskind war. Doch das Lachen der Zuhörer war warm, und Marie sah überall in freundliche, mitfühlende Gesichter.

«Aber wenn ich in der letzten Zeit etwas gelernt habe …» Sie unterdrückte das Zittern in ihrer Stimme, das sich hineinschleichen wollte, und drehte nervös ihr Glas in den Händen. «… dann, dass zu lieben bedeutet, das mögliche Scheitern in Kauf zu nehmen und es trotzdem zu wagen! Liebe ist, wenn wir nicht zögern. Wenn wir nicht alles nach der Wahrscheinlichkeit von Erfolg berechnen, sondern wenn wir aufhören zu rechnen. Wenn wir aufhören, uns zu fürchten. Dann wissen wir, dass sie da ist.»

Ein paar Leute klatschten, und Marie sah, dass Lola drüben am Brunnen verräterisch über ihre Augen wischte. Auch Thanh wirkte seltsam gerührt, sie sah starr vor sich hin und trank mechanisch ihr Champagnerglas leer. Marie fühlte eine Welle von Sympathie für ihre beiden Freundinnen aufsteigen. Sie alle drei hatten vor etwas Angst, vor Zurückweisung, Einsamkeit, Scheitern. Wahrscheinlich ging es damit jedem Menschen auf der Welt gleich. Doch sollten sie nicht gerade dann sagen: *jetzt erst recht?*

«Liebe ist etwas, das überall und jederzeit passiert», sagte Marie und räusperte sich, weil auch sie spürte, dass ein paar Tränen in ihr aufstiegen. Doch sie ließ ihnen nicht die Oberhand, sie kämpfte dagegen an. «Liebe, das sind wir alle, hier und heute Abend. Zusammen an diesem schönen Platz, an den wir gehören», fuhr sie mit kräftigerer Stimme fort. «Und ich glaube fest daran, dass Liliane und Nadim nicht nur hierhergehören, sondern vor allem *zusammen*gehören. Sie haben sich dafür entschieden, sich zu lieben, gegen alle Wahrscheinlichkeit, gegen alle Unsicherheit. Ich finde das ungeheuer mutig, und ich hebe mein Glas auf euch.»

Zitternd umklammerte sie den Stiel ihres Champagnerglases und prostete dem Brautpaar zu.

Liliane rollten Tränen über die Wangen. Sofort legte Nadim einen Arm um ihre Schultern, zog das fliederfarbene Einstecktuch aus seiner Brusttasche und reichte es ihr, woraufhin sie sich geräuschvoll schnäuzte.

Alle riefen «Bravo» und «*Santé*» und stießen miteinander an. Liliane trat zu Marie und zog sie in eine feste Umarmung, bei der sie Marie an ihr tränennasses Gesicht drückte. «Das war wunderbar», sagte sie mit erstickter Stimme. «So ehrlich und einfach wunderschön. *Merci, chérie.*»

«Gern», sagte Marie.

Und Nadim rief über das allgemeine Stimmengewirr und Gläserklirren hinweg: «Wir danken unserer Poetin Marie für diese wunderbare Rede.» Er strahlte sie an, dann wandte er sich wieder an die Gäste. «Und nun, meine Lieben, lasst es euch schmecken. Das Buffet ist eröffnet, liebe Freundinnen und Freunde!»

Einer nach dem anderen kam zu Marie, drückte ihr die Hand oder nahm sie kurz in den Arm.

«Das war toll», sagte Thanh, die mit Lola herübergekommen war.

Lola hatte rote Augenränder und schniefte ein bisschen. «Ich hoffe, du hast recht», murmelte sie. «Also damit, dass es nur etwas Mut braucht ...» Sie deutete auf das kleine süße Herz, das noch immer an Maries Hals baumelte. «Und ich hoffe, dass auch deine Wünsche bald in Erfüllung gehen.»

Marie nickte. «Weißt du», sagte sie seufzend, «vorerst ist mein größter Wunsch ein riesiger Teller Antipasti und eine Limonade.»

Lola lächelte, sie war ganz offensichtlich dankbar über den Witz, der es ihnen erlaubte, die Rührung abzuschütteln. «Dann nichts wie ran», sagte sie und schob Marie vor sich her in Richtung der großen Tafel. «Mir geht es auch besser, wenn ich etwas esse», flüsterte sie. «Je herzhafter, desto besser. Bloß keine Törtchen!» Sie sah sich um. «Aber kein Wort zu niemandem», murmelte sie, «erst mal bleibt das noch unser Geheimnis, ja?»

«In Ordnung», sagte Marie, «aber warte nicht zu lange, ehe du mit Fabien redest, versprochen?»

«Versprochen», sagte Lola.

Dann stellten sie sich mit Thanh in die Schlange am Buffet. Vor ihnen wartete bereits Jacobine Simenon in einer so aufwendigen Seidenkreation, als ginge sie zum Opernball. Ihr Make-up glich einer Maske, nur der grellorangefarbene Lippenstift war eine Spur verwischt. Doch sie hielt ihr Rotweinglas mit Grandezza fest und nickte den jüngeren Frauen huldvoll zu.

«Eine sehr schöne Rede, *Mademoiselle*», sagte sie, «etwas unkonventionell für eine Hochzeit vielleicht, aber ohne Zweifel von tiefer Wahrheit.» Sie fuhr sich mit dramatischer Geste über das auftoupierte Haar, und Marie dachte, dass das Herausputzen von Madame Simenon heute sicher den ganzen Tag in Anspruch genommen hatte. Doch sie bewunderte die ältere Dame dafür, dass sie offenbar bereit war, dem Leben jederzeit alles abzutrotzen – auch wenn dies erheblichen Aufwand bedeutete.

«Sie sehen heute sehr elegant aus», sagte sie freundlich.

«*Merci*», gab Madame Simenon zurück. «Denken Sie sich nur, was mir heute widerfahren ist», fuhr sie ungefragt fort, während sie Rindereintopf in einen tiefen weißen Porzellanteller häufte. «Ein Verehrer brachte mir fünfzig Rosen vorbei, einfach so, am helllichten Tag.»

«Das ist ja unglaublich», sagte Marie und riss beeindruckt die Augen auf. «Und Sie wissen nicht, wer es war?»

Kurz schaute sie zu Samir hinüber, der ein Stück hinter ihnen in der Schlange stand, in enger Lederjacke, aus der sein Brusthaar hervorsah. Sie zwinkerten sich zu.

«Mais non!», rief Jacobine Simenon und stapelte einen ansehnlichen Turm aus Baguettescheibchen neben ihrem Fleisch auf. «Er hat sich nicht zu erkennen gegeben. Aber eine sehr schön geschriebene Karte war dabei, ganz alte

Schule.» Sie lächelte versonnen, spitzte ihre bemalten Lippen und nahm den Teller in die eine und das Rotweinglas wieder in die andere Hand. «Man hat mich offenbar nicht vergessen.»

Marie wechselte einen kurzen Blick mit Thanh, doch beide verzogen keine Miene.

Madame Simenon schickte sich bereits an zum Gehen, drehte sich allerdings noch einmal um und beugte sich zu Marie. «Aber kein Wort zu Monsieur Laferrière», flüsterte sie mit verschwörerischem Lächeln. «Wir wollen ihn nicht unnötig beunruhigen.»

Dann straffte Madame Simenon wieder den Rücken durch. Und ihr Blick schien den von Patrice zu treffen, der vor seinem Bistro zwei Stühle zurechtgerückt hatte und ihr erwartungsvoll entgegensah. Sie nickte ihm geziert zu und segelte mit wehendem Kleid und ihrer Beute vom Buffet zu ihm hinüber.

# 33

Der DJ, den Liliane und Nadim engagiert hatten, spielte dieselbe Musik, die unvermeidlicherweise auf allen Hochzeiten gespielt wurde: eine Mischung aus Oldies, Rockklassikern und schmalzigen Liebessongs. Aber er tat es mit einem Enthusiasmus, für den man ihn nur bewundern konnte. Mit halb geschlossenen Augen stand er hinter dem Pult, das auf der Terrasse aufgebaut worden war, wiegte sich rhythmisch zu Bob Dylans *Knockin' on heaven's door*, lächelte selig in die tanzende Menge vor ihm und schien mit sich und der Welt im Einklang.

Marie tanzte ebenfalls. Fast alle Gäste tanzten inzwischen. Unmengen leerer Champagner- und Rotweinflaschen stapelten sich auf den Tischen. Es war spät geworden, und die kleinen Lichterketten glommen ringsum golden durchs Dunkel. Sie erhellten den kleinen Platz inmitten von Paris wie eine Insel in einem schwarzen Ozean. Es schien, als bestünde diese kleine Feiergemeinde hier aus den letzten wachen Menschen im Viertel, während die meisten längst schliefen. Aber die Hochzeitsgäste wirkten entschlossen, so lange zur unbestreitbar mitreißenden – wenn auch wenig originellen – Musik zu tanzen und die Flaschen auszutrinken, bis das Morgenlicht über den Dächern der Häuser durchbrechen und sie erschöpft in ihre Appartements treiben würde.

Nadim hatte die Arme um Liliane geschlungen. Die beiden wiegten sich sacht im Rhythmus des Liedes hin und her und schienen vergessen zu haben, dass sie die Gastgeber dieser Feierlichkeiten waren.

Um Lilianes Hals hing an einer dunkelroten Schnur ein Lebkuchenherz, auf dem *Für immer* stand. Pierre war seine ganze Ladung losgeworden, jetzt tanzte er gewagte Figuren mit einer rundlichen Frau, in der Marie die Friseurin aus dem Salon bei ihr um die Ecke erkannte. Zwischen den Drehungen und Sprüngen versanken die beiden immer wieder in einem innigen Kuss.

Marie lächelte, und sie erinnerte sich an die roten Rosen in Pierres Küche und an seine geheimnisvollen Worte.

Dann ließ sie sich weiter von Samir über die Tanzfläche wirbeln. Seine Frisur war längst nicht mehr so standfest wie zu Beginn des Festes, aber er tanzte unermüdlich weiter, bis Marie schwindlig wurde und sie lachend in seinen Armen zusammenbrach.

Thanh hatte im Laufe des Abends mit allen Frauen auf dem Platz Schwesternschaft getrunken und stand nun eng umschlungen mit einem jungen Mann in der Nähe des Springbrunnens. Marie warf erneut einen Blick hinüber und schmunzelte. Diese beiden würden heute Abend nicht allein nach Hause gehen, das stand fest. Und sie nahm sich bereits jetzt vor, vor dem Schlafengehen die Ohrstöpsel zu suchen, falls das Ziel der zwei der Boulevard Saint-Michel sein sollte.

«Ich komme gleich wieder», sagte sie zu Samir und machte sich aus seinem Griff los.

Auf der Suche nach einem Glas Wasser taumelte sie zum Eingang vom Café Lola, ließ sich etwas abseits auf einen der geflochtenen Stühle fallen und goss sich aus einer offenen Mineralwasserflasche ein. Sie leerte das Glas in einem Zug. Dann hob sie den Blick. Hinter der Markise hing der dunkelblaue Nachthimmel. Sterne waren keine zu erkennen, dafür war es hier unten zu hell. Marie schien es, als würden sich die Streifen der Markise, die von unten sanft illuminiert wurde, wie Wellen heben und senken. War sie etwa beschwipst?

Sie trank das ganze Glas Wasser in langsamen Schlucken aus und blinzelte ein paarmal. Endlich standen die Farben und Gegenstände ringsum wieder still. Marie nestelte an dem Band, das sie noch immer um den Hals trug. Sie nahm das kleine Lebkuchenherz ab und legte es vor sich auf die runde Marmortischplatte.

«Ein schönes Fest, *n'est-ce pas?*», fragte eine Stimme neben ihr.

Etwas schwerfällig drehte sie sich um. Im Halbdunkel der Terrasse saß eine ältere Dame. Sie trug ein perfekt sitzendes Kostüm aus hell schimmernder Seide und ein Hütchen mit einer Feder. Und obwohl Maries Verstand nicht ganz so scharf war wie sonst, musste sie die zeitlose Eleganz der Unbekannten bewundern. Sie war in einem ähnlichen Alter wie Madame Simenon, doch die beiden Frauen hätten von ihrem Auftreten her nicht unterschiedlicher sein können.

«Ja, *Madame*», antwortete Marie etwas schwerfällig. «Kennen wir uns? Ich bin Marie Michel.»

«Ich weiß, wer Sie sind», sagte die Dame. «Auch wenn ich in letzter Zeit nicht mehr so oft hier in der Gegend bin. Aber bis letzten Sommer habe ich dort oben gewohnt.» Sie deutete quer über den Platz zu dem Mietshaus, in dem auch Lola und Fabien wohnten. «Ganz oben in der *Chambre de bonne*, wie ein Dienstmädchen in seiner Kammer.»

«Ach», sagte Marie, «dann sind Sie also Lolas Großmutter, oder?»

«Ja», sagte die Frau und trank einen kleinen Schluck Likör. «Mein Name ist Rose Caron.»

«*Enchanté*», sagte Marie und hoffte, dass sie nicht lallte. Sie goss sich ein weiteres Glas Wasser ein und trank ebenfalls.

«Sie haben vorhin sehr gut gesprochen», sagte Madame Caron. «Mir hat gefallen, was Sie gesagt haben. Es schien von Herzen zu kommen, *n'est-ce pas?*»

«Ja», erwiderte Marie, «so könnte man es sagen.»

«Das habe ich mir gedacht.» Rose Caron nickte langsam. «Sie haben ins Schwarze getroffen», fuhr sie fort. «Bei uns allen kann die Liebe ganz plötzlich in unser Dasein einbrechen und uns vollkommen mitreißen. Bei anderen dauert es ein halbes Leben, bis sie sich trauen, sie zuzulassen.» Sie wandte sich kurz zum Café um und starrte durch die Scheibe, als suche sie jemanden. «Die Liebe ist immer da, *ma chère.*» Sie sah Marie fest an. «Die Frage ist nur, was wir damit anfangen.»

Ehe Marie antworten konnte, drehte die ältere Dame erneut den Kopf, und nun erschien ein Lächeln auf ihrem hübschen Gesicht mit den zarten Runzeln. Ein mindestens ebenso elegant gekleideter Mann im schwarzen Smoking und mit gepflegten silbernen Haaren trat aus dem Café und kam zu ihnen. Er blieb hinter Madame Caron stehen und legte seine Hände sanft auf ihre Schultern.

«*Ma belle*», sagte er zärtlich, «gehen wir nach Hause?»

«*Oui*, Benoît», sagte sie und ließ sich von ihm aufhelfen. «Ich bin müde und sollte ins Bett. Die Nacht gehört den jungen Leuten.» Sie schob ihren Arm in seinen, und er lächelte sie so bewundernd an, dass Marie ganz warm wurde.

«*Bonne nuit, Mademoiselle*», sagte Rose Caron noch über die Schulter zu ihr, ehe das Dunkel außerhalb der Markise das Paar verschluckte.

Marie sah ihnen nach. Die kurze Begegnung hatte sie

berührt. Man spürte das Knistern und eine große Vertrautheit zwischen diesen beiden älteren Menschen, und Marie ertappte sich plötzlich dabei, dass sie Lolas Großmutter beneidete. Denn es war deprimierend, dass ihr eigenes Liebesleben blass und traurig gegen das einer über Achtzigjährigen wirkte. Andererseits war es vielleicht wenigstens Anlass zur Hoffnung. Schließlich zeigte das Beispiel von Rose Caron, dass nichts in Stein gemeißelt war und dass es für sie alle, wie Marie in ihrer Rede gesagt hatte, die Möglichkeit zum Glück gab. In welcher Form auch immer. Sie durfte einfach den Glauben an die Liebe nicht aufgeben.

Ein leichtes Ziehen ging durch ihren Bauch, als sie an Jan dachte, an seine Küsse, seinen Blick. Wie hatte sie das nur so vermasseln können?

Die Musik hatte gewechselt, Bob Dylan war von Céline Dion abgelöst worden. Und auf einmal fühlte Marie sich nur noch müde und niedergeschlagen. Sie sah auf ihre Armbanduhr, es war lange nach Mitternacht. Plötzlich wollte sie nichts als ins Bett, genau wie Rose Caron.

Schnell, ehe sie jemand daran hindern konnte, stand sie auf und schlich sich aus dem goldenen Licht der Lämpchen und Lampions vom Platz weg. Sie würde die Menschen hier alle ohnehin bald wiedersehen, wahrscheinlich schon morgen beim ersten Kaffee. Doch jetzt, das spürte Marie, musste sie einfach allein sein.

Sie hatte ihr fliederfarbenes Rad an einer Laterne ein Stück weit vom Platz entfernt angeschlossen, auf unsicheren Beinen machte sie sich auf den Weg. Allerdings nahm sie sich vor, es nach Hause zu schieben, denn auch wenn sie nicht rettungslos betrunken war, hatte sie doch einen gehörigen Schwips. Die Lichter der Laternen verschwammen immer mal wieder vor ihren Augen, und Marie war froh, als sie schließlich den richtigen Pfahl gefunden hatte.

Sie suchte in ihrem Täschchen nach dem Schlüssel. Doch dann stutzte sie.

Was war das da auf dem Gepäckträger ihres Rads? Etwas Großes, Viereckiges klemmte dort. Ein Plakat oder ein Rahmen? Sie beugte sich näher, um es im Laternenlicht genauer zu betrachten. Es war... Marie fuhr zusammen. Es war ein gerahmtes Bild, eine sehr gute Nachahmung des Mohnblumen-Gemäldes von Monet. Zu sehen waren darauf Camille und ihr Sohn, die vergnügt durch eine hohe Wiese strichen. Der Mohn blühte rot und verschwenderisch, und die Wolken zogen vom Wind getrieben über den weiten Himmel.

Andächtig nahm Marie das Bild auf und fuhr mit den Fingerspitzen über die getrockneten Farben, in denen es – zweifellos mit großem Können – gemalt worden war. Sie konnte sich keinen Reim darauf machen, wo es herkam und wieso es ausgerechnet auf dem Gepäckträger ihres Fahrrads klemmte.

Suchend schaute sie sich um. Und dann sah sie ihn.

Jan lehnte in einem weißen Hemd, die Ärmel hochgeschoben und die Hände in den Jeanstaschen, am Stamm einer Akazie. Als ihn Maries Blick traf, lächelte er. Dann stieß er sich von dem Baum ab und kam langsam auf sie zu.

Marie stand wie erstarrt da, das Bild fest umklammert. Als er bei ihr war, betrachtete sie ihn ungläubig.

«Was ... machst du denn hier?», fragte sie und hörte, dass sie stammelte. Die Frage war wenig originell, dachte sie. Aber eine bessere fiel ihr nicht ein. «Solltest du nicht längst in Deutschland sein?», fügte sie hinzu.

Jan nickte. «Ja», sagte er leise.

Auch er war nervös, das erkannte Marie. Zarte Falten kräuselten sich auf seiner Stirn, und sein Blick wirkte unstet. Endlich schaute er sie fest an.

«Ich hatte das Gefühl, ich müsste noch mal zurückkommen», sagte er. «Und dann habe ich rein zufällig dieses Bild entdeckt und fand, du solltest es haben.» Er deutete auf den Rahmen in Maries Händen. «Monets Bilder haben uns von Anfang an verbunden, und ich wünsche mir, dass das so bleibt.» Er holte tief Luft. «Ich ... muss dir einfach noch etwas sagen ...»

Sanft nahm er ihr das Bild aus den Händen und lehnte es vorsichtig gegen das Fahrrad. Dann streckte er die Arme nach ihr aus. Marie legte langsam ihre Hände in seine und spürte, wie er sie behutsam an sich zog. Sie schloss die Augen, sein Gesicht war jetzt ganz nah an ihrem. Sie roch seinen Duft, so aufregend, aber schon so vertraut, und sie spürte seine Wärme, genau wie an dem Tag am Seerosenteich in Giverny.

«Ich wollte auch mit dir sprechen», murmelte sie. «Ich habe versucht, dich anzurufen, aber ...»

«Mein Telefon war dummerweise ausgestellt», sagte er. «Sonst wäre ich drangegangen und hätte dir zugehört.» Er berührte Maries Nasenspitze mit seiner. «Also los», flüsterte er. «Du zuerst.»

«Ja. Neulich Abend ... in meinem Treppenhaus», sagte sie heiser, «das war alles ganz falsch. Es hatte nichts zu bedeuten, dass Antoine ... dass mein Ex-Freund da war. *Mir* hat es nichts bedeutet, verstehst du? Ich wusste bis vor Kurzem nicht, dass es so ist, aber das mit ihm ist ganz und gar vorbei. Für immer.»

Jans Umarmung wurde fester, und Marie schmiegte sich

noch näher an ihn, schloss die Augen und legte ihr Gesicht an seine Brust. «Jetzt du», sagte sie in den Stoff seines Hemds hinein.

Er räusperte sich, kam mit seinem Mund ganz nah an ihr Ohr. «Es tut mir leid», sagte er leise. «Ich hätte nicht einfach so abhauen sollen.»

«Schon gut», sagte Marie. Sie spürte, wie sich ein breites Lächeln auf ihrem Gesicht ausbreitete. «War das alles?»

«Nein», sagte Jan und umschlang sie nun so fest, dass sie seinen ganzen Körper an ihrem spürte. «Eigentlich wollte ich dir noch etwas anderes sagen. Schon die ganzen Tage in Paris lag es mir auf den Lippen, aber ich habe mich nicht getraut.»

«Was denn?», fragte Marie, noch immer lächelnd. Wie konnte man nur ein solches Glück am ganzen Körper spüren?, überlegte sie verwirrt. Wie war es möglich, dass allein die Nähe von Jan und seine wenigen, geflüsterten Worte diese Wirkung auf sie hatten? Eben noch war sie müde gewesen, angetrunken, niedergeschlagen und ein wenig einsam. Doch jetzt waren alle Zellen ihres Körpers hellwach. Es kribbelte und prickelte auf ihrer Haut, und eine riesige Freude durchströmte sie.

«Du hast mal gesagt, du hättest Angst, dich zu verlieben», hauchte Jan dicht an Maries Ohr. «Aber was, wenn ich mich in dich verliebt habe?»

Sie strich mit ihren Händen über seinen Rücken, zog ihn noch dichter an sich. Dann hob sie das Gesicht zu ihm auf.

«Ist das so?», wisperte sie.

«Ja», sagte er schlicht.

«Küss mich endlich», sagte sie da.

Und das tat er.

## 34

*L*ola räumte auf. An diesem Sonntag hatten sie und Fabien das Café erst mittags geöffnet. Doch da sie beide und Patrice ohnehin früh da gewesen waren, um die Spuren des Fests von gestern zu beseitigen, hatte Lola den vorbeikommenden Gästen einen Platz auf der Terrasse angeboten. Auf die Schnelle konnte sie ihnen hier draußen zumindest Kaffee und Croissants servieren. Drinnen sah es nämlich aus, als habe keine Hochzeit, sondern eine Saalschlacht stattgefunden. Und Lola war dankbar gewesen, dass Liliane und Nadim ebenfalls bald eintrafen, mit müden Schatten unter den Augen zwar, aber einem glücklichen Flackern in den Augen. Mit vereinten Kräften schafften sie es, nach und nach alle Stühle und Tische wieder an ihren Platz zu rücken, die Beleuchtung abzunehmen, die Essensreste zu verstauen oder wegzuschmeißen und die vielen, vielen Weingläser zu polieren, bis das Café Lola endlich wieder dem Ort glich, der er vorher gewesen war.

«Wann fahrt ihr los?», fragte sie Liliane, während sie gemeinsam die Tische wischten – Lola mit einem feuchten Lappen, Liliane mit einem trockenen Tuch hinterher.

«Morgen früh!» Die Floristin strahlte und richtete sich auf. «Und dann sind wir die ganze Woche weg. Fünf Tage lang muss das Quartier mal ohne Blumen und Käse auskommen.» Sie runzelte die kräftigen Brauen. «Und wehe, ihr wandert ab in Richtung Markt in der Rue Mouffetard», fügte sie hinzu und drohte Lola gespielt mit dem Zeigefinger. «Die Blumen dort sind hochgezüchtete, überteuerte Exemplare!»

Lola schüttelte den Kopf. «Wir behelfen uns eine Woche lang mit den Trockensträußchen, die du für uns gebunden hast», sagte sie beruhigend. «Und danach zählen wir wieder auf deine wunderschönen frischen Gestecke.»

Liliane wirkte geschmeichelt und polierte schnell eifrig weiter.

«Wo verbringt ihr denn eigentlich die Flitterwochen?», fragte Lola.

«An der Côte d'Azur.» Lilianes Augen leuchteten noch mehr. «Ich war so lange nicht am Meer, und Nadim hat dort Verwandte. Im Spätsommer muss es in Nizza einfach herrlich sein.»

«Allerdings», sagte Lola und sah für einen Moment das einladende Lapislazuli der Bucht vor sich, die weißen Boote, die darauf kreuzten, und die tiefrosa blühenden Oleanderbüsche auf den sanften Hügeln Südfrankreichs. Auf einmal packte Lola das Fernweh.

Liliane bemerkte zum Glück nichts von Lolas Überlegungen, sie sah durchs Fenster auf die Caféterrasse und entdeckte Nadim, der gerade ein paar Kabel aufrollte. Er winkte ihr durch die Glasscheibe hindurch zu, und Lilianes Lächeln vertiefte sich.

«Ich gehe kurz raus», sagte sie zu Lola, und ihre Wangen liefen rosa an. «Frischverheiratete sind sehr anstrengend, oder?», fragte sie verlegen, doch Lola lachte nur und scheuchte Liliane zur Tür.

«Liebe ist eben schön», rief sie ihr hinterher und sah zu, wie Liliane sich draußen in der Sonne von Nadim einen Kuss geben ließ.

Das Sehnen in Lolas Bauch ebbte nicht ab, und die Idee vom blauen, glitzernden Meer ging ihr nicht mehr aus dem Kopf.

Bis zum vergangenen Sommer war sie jahrelang unstet gewesen, hatte hier und dort als Kellnerin gearbeitet und war nie lange an einem Ort geblieben. Bis ... ja, bis sie vor einem Jahr auf der Suche nach ihrer Großmutter Rose nach Paris zurückgekehrt war – und sie Fabien wiedergetroffen und sich erneut in ihn verliebt hatte. Seitdem hatte sie es nicht mehr infrage gestellt, dass sie hierhergehörte. Sie hatte es gewagt, endlich anzukommen, endlich sesshaft zu werden. Und keine Sekunde hatte sie es bereut, ihr freies, aber haltloses Leben gegen die Zugehörigkeit zum Quartier Latin zu tauschen und an der Seite von Fabien dieses wunderschöne Café zu führen. Hier konnte sie ihre Talente entfalten und hier fühlte sie sich zum ersten Mal richtig glücklich. Keine Sekunde hatte sie es bereut – bis zu dem Tag, da sie erfahren hatte, dass sie ein Kind erwartete.

Seit diesem Moment in der Praxis ihrer Gynäkologin, wo sie eigentlich nur wegen einer Routineuntersuchung gewesen war, war alles anders.

«Glückwunsch», hatte die Ärztin beim Ultraschall überschwänglich gesagt. «Sie sind in der 9. Woche schwanger.»

«Pardon?», hatte Lola gesagt und zweifelnd auf das schwarz-weiße Bild gestarrt, in dem tatsächlich auf einmal ein winziger Fleck aufgetaucht war, der auf und ab pulsierte. «Das kann nicht sein!»

Sie hatte selbst gehört, wie seltsam ihre Reaktion klang. Ihre Worte hatten so gar nichts mit den Szenen zu tun, die man aus Filmen und Fernsehserien kannte. Keine Freudentränen, keine Umarmungen im Untersuchungszimmer, keine süßen Enthüllungspläne für den werdenden Vater. Stattdessen war Lola, noch immer halb auf dem Stuhl liegend, auf einmal schlecht geworden. Und vermutlich waren ihre Gesichtszüge auch derart entgleist, dass man ihr den Schreck sofort ansah.

«Das war also nicht geplant?», hatte die Ärztin gefragt, und das Lächeln war auch aus ihrem Gesicht verschwunden. Sie hatte auf einmal eine sehr praktische und nüchterne Art an den Tag gelegt und Lola über alles aufgeklärt, ihr ein paar Zettel mit Adressen von Beratungsstellen ausgehändigt und gesagt, sie solle sich bald wegen eines neuen Termins melden. «Wenn Sie Gelegenheit hatten, die Neuigkeit zu verdauen.»

Seitdem versuchte Lola genau das. Die Neuigkeiten einzuordnen, ihnen einen Sinn zu geben, das Chaos in ihrem Kopf zu lichten. Doch je mehr sie darüber nachdachte, desto unmöglicher schien ihr diese Aufgabe, die ihr das Schicksal einfach so zugedacht hatte. Sie sollte ein Baby bekommen? Sollte eine Mutter sein? Lola hatte nur wenige richtige Erinnerungen an ihre eigene Mutter. Margot war tödlich verunglückt, als Lola noch ein Kind gewesen war. Daher fehlte Lola die Vorstellung davon, wie man als Mutter sein sollte. Und es kam ihr abstrakt vor, ja beinahe falsch, dass sie in wenigen Monaten zu jemandem werden sollte, der sich rund um die Uhr um einen Winzling kümmerte und die eigenen Bedürfnisse, Pläne, Wünsche einfach so zur Seite schob. Zugegeben, alle Welt sprach von Vereinbarkeit, doch wenn Magali, die frühere Kellnerin des Cafés, mit ihrem inzwischen fast einjährigen, zuckersüßen Sohn Noah vorbeikam, beobachtete Lola stets mit einer Mischung aus Bewunderung und Schrecken, wie sehr die junge Frau sich durch die Mutterschaft verändert hatte. Magali wirkte zwar glücklich, aber auch furchtbar müde. Sie hatte bisher keinen neuen Job, und sie schlug auch Fabiens Angebot, bald zurückzukommen, erst einmal aus. Einer der begehrten Plätze in einer *École maternelle* sei nicht in Sicht, hatte sie gesagt und ihrem Kleinen durch die schwarzen Locken gestrichen. Es gebe längst nicht genug Plätze für alle Kinder in der Großstadt. Außerdem würden die Frauen bei der Vergabe bevorzugt, die einige Monate nach der Geburt eine feste Anstellung in einem Ganztagsjob nachweisen konnten. Als Freiberuflerin dagegen sei es nicht so einfach, zumal der Vater von Noah ein freischaffender Yogalehrer war.

Lola überlegte: Wie würden sie und Fabien das nur regeln? Sie konnten schlecht beide weiterhin hier im Café kochen, servieren, backen und aufräumen, während sie gleichzeitig ein Baby versorgten. Einer von beiden würde zurückstecken müssen. Lola stöhnte und knetete den Lappen in ihrer Hand. Sie sollte unbedingt bald mit Fabien sprechen, doch ihre Lust auf ein solches Gespräch sank mit jeder Sekunde.

Tief in Gedanken ging sie mit einem Eimer mit Seifenlauge und dem Lappen nach draußen, um die Tische auf der Terrasse zu putzen. Sie schrubbte gerade an einem hartnäckigen Fleck herum, als ihr Blick auf etwas fiel, das unter dem Tisch am Boden lag. Sie hob es auf. Es war eines von Pierres Lebkuchenherzen an einem farbigen Band, ein Stück war abgebrochen. Doch die Zuckerschrift darauf war noch gut lesbar. *Courage* stand darauf.

«Bitte sag mir, dass eure Kaffeemaschine in Betrieb ist», sagte eine Stimme, und Lola sah auf. Vor ihr stand Samir, mit tiefen Ringen unter den Augen, unrasiert und in einer Jogginghose in Neongrün, in die er ein fast durchsichtiges Muskelshirt gesteckt hatte.

«Gestern zu lange gefeiert?», fragte sie und überlegte, wann sie Samir am vergangenen Abend das letzte Mal gesehen hatte. Richtig, er hatte mit Marie getanzt und dann, als die auf einmal verschwunden war, mit einem der Kellner von der Cateringfirma. Doch irgendwann hatte sie auch die beiden nicht mehr auf der Place de la Contrescarpe gesehen, fiel ihr jetzt auf, und ihr schwante, wie der Abend für Samir ausgegangen war.

«Die Maschine ist an», sagte sie und deutete mit dem Daumen hinter sich Richtung Café. «Aber du müsstest dir selbst einen machen. Du kennst dich mit der Maschine aus, oder?»

«Natürlich, Schätzchen», sagte Samir, und etwas Leben kam in seine bleichen, übernächtigten Züge. «Der beste Barista von Paris steht vor dir.»

Lola schnaubte liebevoll. «Dann mach dich nützlich», sagte sie, «ich brauche auch einen Kaffee.»

«Kommt sofort», sagte Samir. «Es ist sowieso ganz gut, wenn ich im Training bleibe. Ich hab da so eine verrückte Idee, aber ich weiß nicht, ob das klappt.»

«Was denn?», fragte Lola und drehte das Lebkuchenherz in ihren Händen.

Er zögerte, und sie wunderte sich über seine plötzliche Zaghaftigkeit. So kannte sie ihren vorlauten Schulfreund gar nicht.

«Du darfst aber nicht lachen», sagte er. «Und es ist auch nur so eine Schnapsidee von Marie Michel.» Wieder zögerte er, dann murmelte er: «Ich habe überlegt, vielleicht doch noch mal zu studieren.» Ängstlich schien er ihre Reaktion abzuwarten.

Lola zog erstaunt die Augen hoch. «Ach ja?», fragte sie. «Das klingt ja super.»

Er straffte die muskulösen Schultern im Muskelshirt. «Mal sehen», brummte er, «auf jeden Fall müsste ich mir dann einen Job suchen, der mich nicht nächtelang wach hält, schätze ich. Wenn, dann will ich es richtig machen, verstehst du? Aber das Geld, das ich als *Concierge* bekomme, ist zu wenig.» Er blies die Backen auf und ließ die Luft wieder entweichen. «Na, ich muss vielleicht noch ein bisschen drüber nachdenken.»

Mit diesen Worten ging Samir ins Café. Lola sah durch die offen stehende Tür, wie er sich mit lässiger Geste der Kaffeemaschine annahm, als habe er nie etwas anderes getan. Und während sie noch versuchte, die neuen Informationen zu verarbeiten, spürte sie plötzlich, wie sich zwei Arme von hinten um sie legten.

«Meine Süße», sagte Fabien zärtlich und drehte Lola zu sich. «Geht es dir besser?» Er sah ihr prüfend ins Gesicht. «Irgendwie warst du in letzter Zeit nicht du selbst», sagte er. «Ich habe mir Sorgen gemacht. Aber heute wirkst du wieder fröhlicher und hast Farbe im Gesicht.»

Lolas Herz klopfte plötzlich. Sie schmiegte sich an Fabien. «Ich muss mit dir reden», sagte sie leise. «Aber nicht hier. Nicht jetzt. Zu Hause, ja?»

«Okay», sagte er, und ein Anflug von Sorge huschte über sein ebenmäßiges Gesicht. «Ist es etwas Schlimmes?»

«Ich glaube nicht», sagte Lola schnell. «Ich hoffe, es wird etwas Gutes.»

«Solange es etwas mit dir zu tun hat, ist es auf jeden Fall etwas Gutes», sagte Fabien und küsste Lolas Stirn. «Du hast mir immer nur Glück gebracht, Lola.»

Sie starrte ihn an, und mit einem Mal beruhigte sich ihr Puls. Sie entspannte sich.

«Es ist etwas Gutes», flüsterte sie und küsste Fabien auf den Mund, erst zart, dann leidenschaftlicher. Und erst jetzt merkte sie, dass sie in der linken Hand noch immer das angeschlagene Lebkuchenherz hielt. Sie drückte sich fest an Fabien, ganz fest.

«Nehmt euch ein Zimmer, Leute», fuhr Samirs Stimme dazwischen. Er knallte ein Tablett auf das Marmortischchen neben ihnen. «Oder noch besser, trinkt mit mir den besten Kaffee im Quartier!»

## 35

*Drei Wochen später, im September*

Marie stand hinter dem Podium und klammerte sich Halt suchend an der Kante aus Holz fest. Ihre Kehle war trocken, und schnell nahm sie einen kleinen Schluck aus dem Wasserglas, das ihr jemand hingestellt hatte. Dann versuchte sie, sich auf einen Punkt an der hinteren Wand des Saals zu konzentrieren. Sie sah über die vielen Köpfe der Zuschauer hinweg, die im Auditorium saßen und darauf warteten, dass die Veranstaltung begann. Drei Doktoranden würden heute ihre Zwischenergebnisse vorstellen. Die beiden anderen waren junge Männer, die jetzt noch unten im Saal standen und sich mit anderen Studierenden und einem Professor unterhielten. Sie hatten noch Zeit, bis ihre Vorträge an der Reihe waren.

Marie war die Erste, die heute sprechen würde. Sie atmete langsam ein und aus, dann erneut ein und aus. Anschließend trank sie noch einen Schluck Wasser. Doch ihre Nervosität war so greifbar, dass kein Trick der Welt dagegen half. Und beim Abstellen des Glases zitterte ihre Hand so, dass ein paar Tropfen danebengingen und auf die Papiere fielen, die Marie vor sich auf dem Holzpult liegen hatte.

Sie entschied, es einfach zu akzeptieren, dass sie nervös war. Irgendwie würde sie damit zurechtkommen. Ihr Vortrag sollte in einer Viertelstunde beginnen, die Probe am Mikro hatte sie schon absolviert, doch noch immer kamen Menschen durch die Tür ins *Amphi Richelieu*, das

Amphitheater – einer der kleineren, aber ältesten Hörsäle der Sorbonne. Die Wände waren von unten bis zur Mitte holzgetäfelt, darüber schimmerten altmodische hellgrüne Tapeten und Marmorskulpturen, die in den Wandnischen ringsum standen. Das Publikum saß im Halbrund auf polierten Holzbänken, und Marie erinnerte sich an die Stunden, Tage, Jahre, in denen sie dort gesessen und den Lehrbeauftragten der kunsthistorischen Fakultät zugehört hatte – oder in denen sie sich weit weg geträumt hatte, bis die Vorlesung zu Ende gewesen war, fiel ihr dann schuldbewusst ein.

Aber nun, da sie selbst hier vorne stand und gleich eine halbe Stunde sprechen sollte, schien es ihr auf einmal grausam, dass sich die Anwesenden womöglich langweilen würden. Dass sich die Menschen hier im Saal von ihren Worten einlullen lassen und dabei einschlafen könnten. Und beinahe wünschte sie, sie könnte noch einmal in die Vergangenheit zurückkehren, sich selbst dort hinten im Auditorium anstupsen und aufwecken, um ihren alten Professor nicht mit ihrer Unaufmerksamkeit zu kränken.

Um sich abzulenken, drehte sich Marie um und tat, als müsse sie sich die Nase putzen. Dabei betrachtete sie das große Wandgemälde hinter sich. Es zeigte Apollo und die Musen auf dem Parnass, dem Götterberg der Künste und der Lyrik. Eine Muse trug etwas auf einer Leier vor, und die anderen lauschten dem Vortrag. Einige mit verzückten Gesichtern, aber eine der Figuren im Vordergrund hatte das Kinn in die Hand gestützt und wirkte mürrisch und gelangweilt.

Marie fröstelte. Erneut hoffte sie, dass niemand gleich so vor ihr sitzen würde, wenn sie anfing zu sprechen.

Ihre Augen wanderten höher, und sie las die lateinische

Inschrift, die über dem großen Tableau angebracht war. *Pacem Summa Tenent*, stand dort. Tausende Male hatte sie die Worte stumm gelesen, während sie hier Vorlesungen gehört hatte. Ganz am Anfang des ersten Semesters, als sie selbst noch kein Latein konnte, hatte Marie sich getraut, einen Kommilitonen zu fragen, was die Inschrift eigentlich bedeutete. «*Sie halten den Frieden für das Höchste*», hatte er ihr mit der Selbstverständlichkeit eines Akademikers übersetzt. Und Marie hatte sich, wie schon oft, ungebildet gefühlt – und kurz darauf endlich diesen Lateinkurs belegt, der für eine Kunsthistorikerin notwendig war. Aber die Übersetzungen waren ihr auch danach nicht leichtgefallen, und sie hatte nur mit Ach und Krach die Prüfung bestanden. Und doch war *sie* es nun, die heute hier auf dem Podium, unter der Inschrift, zu den Anwesenden sprechen würde.

Sie hatte es trotz allem hierhin geschafft, dachte sie mit einer Mischung aus Stolz und Verwunderung. Es war beängstigend, aber zu diesem vertrauten Gefühl der Angst hatte sich bei Marie in den vergangenen Wochen auch etwas wie Vorfreude, ja Triumph gesellt. Seitdem sie wusste, dass sie nicht nur über Claude, sondern vor allem über Blanche Monet sprechen würde, schien es ihr auf einmal denkbar, ihre Zuhörer fesseln zu können.

Sie atmete noch einmal tief ein und drehte sich wieder nach vorn. Der Saal hatte sich weiter gefüllt, die hölzernen Bänke waren zum großen Teil bereits besetzt. Marie erkannte ihre Betreuerin Chloé Flamant, die mit ihren rot gefärbten Haaren und der dicken schwarzrandigen Brille ganz vorne saß und ihr mit dem Daumen nach oben ein Zeichen machte, das ihr Mut zusprechen sollte. Marie nickte Chloé dankbar zu. Letzte Woche war sie zu ihr ins

Büro gegangen, und die Dozentin hatte sofort gesagt, dass sie die Texte, die Marie ihr zuvor per Mail geschickt hatte, sehr interessant finde und sich nun noch mehr auf Maries Vortrag freue. Seitdem war Marie, wenn auch nicht gänzlich beruhigt, so doch immerhin nicht mehr starr vor Angst gewesen.

Ihr Blick wanderte weiter. Ganz hinten, am Ende einer Bank, saß Jan. Als Marie sein Gesicht sah und sein Lächeln, das er ihr über die vielen Köpfe hinweg schickte, kribbelte es in ihrem Bauch. Doch nicht nur vor Aufregung, sondern vor Freude. Er war gestern mit dem *Eurostar* gekommen und würde das ganze Wochenende bleiben. Beim Gedanken an die vergangene Nacht, die sie beide in Maries Zimmer am Boulevard Saint-Michel verbracht hatten, verstärkte sich das Kribbeln in ihrem Bauch noch. Der arme Ludwig Kirchner hatte in seinem Katzenkörbchen in der Küche übernachten müssen und war heute Morgen sehr gekränkt gewesen. Geschlafen hatten Marie und Jan nicht viel, aber Marie war trotzdem nicht müde. Eine ungeheure Energie erfüllte sie. Eine Energie, die sie über diesen Tag hinwegtragen würde, das wusste sie. Und heute Nacht würde sie Jan wieder ganz für sich allein haben – bei diesem Gedanken musste sie kurz die Augen schließen vor Glück.

Einige letzte Zuhörer tröpfelten durch die offenen Türen, und plötzlich stutzte Marie. Die etwas gebückte Gestalt im grauen Mantel, die hineinhuschte und unschlüssig stehen blieb, um nach einem freien Platz Ausschau zu halten, kannte sie nur zu gut. Aber sie hatte sie nicht erwartet. Sicher, Marie hatte ihrer Familie pflichtschuldig am Telefon von ihrem Vortrag berichtet. Sie hatte ihnen auch – wie schon öfter ohne Erfolg – Zeit und Ort genannt, falls sie kommen wollten. Aber niemand war bisher ihrer Einladung gefolgt. Doch nun war sie tatsächlich da: Cécile Michel, Maries Mutter.

Hastig sah Marie auf die Uhr. Noch zehn Minuten! Sie verließ das Podium und eilte an den Sitzbänken entlang nach hinten zur Tür. Ihre Mutter schaute in ihre Richtung, erkannte sie und kam ihr ein paar Schritte entgegen. Sie hielt ihre Handtasche fest an sich gepresst, und Marie erkannte, dass sie extra vorher beim Friseur gewesen sein musste, denn ihr sonst oft grauer Haaransatz leuchtete goldblond. Cécile trug für diesen ungewohnten Anlass sogar Lippenstift! Das alles rührte und ärgerte Marie gleichermaßen – wie meistens, wenn sie ihre Mutter betrachtete. Doch sie konnte nicht verhehlen, wie sehr sie sich freute, dass Cécile gekommen war.

«Salut, *Maman*», sagte sie und küsste ihre Mutter auf beide Wangen. Dann sah sie suchend über Céciles Schultern. «Bist du allein hier?»

«Dein Vater wollte die Kürbisse nicht allein lassen», sagte Cécile mürrisch. «Aber ich fand, es war an der Zeit, dass einer von uns mal sieht, was du hier so treibst.» Sie fuhr sich nervös über die Mantelärmel und wischte imaginäre Flusen fort.

«Das finde ich auch», sagte Marie. Sie war überrascht, denn noch nie hatte ihre Mutter einfach so allein einen Zug bestiegen und war nach Paris gereist, wo sie sich laut eigener Aussage verloren vorkam. «Bleibst du über Nacht in der Stadt?»

«Bloß nicht», wehrte Cécile ab und riss ihre hellblauen Augen hinter dem altmodischen, goldenen Brillengestell auf. «Heute Abend will ich wieder bei *Papa* sein.»

Marie war hin- und hergerissen zwischen Enttäuschung

und Erleichterung. Immerhin würde sie Jan nicht ausquartieren müssen, um ihre Mutter zu beherbergen, dachte sie.

«Es ist schön, dass du da bist», sagte sie etwas steif zu Cécile, und diese nickte ebenso verhalten.

«Ich werde sicher nichts verstehen», murmelte die Mutter. «Ich habe wirklich keine Ahnung, was dieser ganze Kram bedeutet, mit dem du dich beschäftigst.»

«Das glaube ich nicht», sagte Marie kopfschüttelnd. «Es geht um Kunst, *Maman*, um Bilder. Die sind doch universal. Und um Frauen, Frauen wie uns.»

Cécile schürzte ungläubig die Lippen und runzelte die Stirn, doch sie erwiderte nichts. Stattdessen ließ sie ihren Blick durch den vollen Saal gleiten und schauderte sichtlich. «Dass du dich das traust!», sagte sie leise, und Marie fand, dass ihr Ton sowohl empört als auch bewundernd klang. «Ich würde es nicht wagen, vor so vielen Menschen zu reden.»

«Zum Glück musst du das ja auch nicht», sagte Marie.

Sie sah zu Jan hinüber und fing seinen Blick auf. Er hob fragend die Brauen. Marie schüttelte leicht den Kopf. Das schaffte sie jetzt nicht, ihm ihre Mutter vorzustellen. Diese Begegnung musste bis nach dem Vortrag warten, wenn sie weniger nervös war.

«Komm mit», sagte sie zu Cécile. «Ich zeige dir, wo du sitzen kannst. Und nach dem Vortrag würde ich dir gern jemanden vorstellen.»

«Ach ja?» Ein Funken Interesse lag in ihren kühlen Augen. «Das ist schön, mein Kind.»

«Ja», sagte Marie und sah noch einmal verstohlen zu Jan hinüber, der ihr das breiteste Lächeln schenkte, das dieser alte Saal wohl jemals gesehen hatte. «Das ist wirklich wunderschön.»

«Wer ist es denn?», fragte Cécile und leckte sich hektisch über die bemalten Lippen.

«Jemand, der mir sehr wichtig ist», sagte Marie. Ihr wurde ganz warm. Kurz meinte sie sogar, die Farben im Saal lösten sich auf, weil sie vor ihren Augen flimmerten. Und sie glaubte, die feinen Harfentöne der Muse auf dem Wandgemälde zu hören – nur einen Moment, dann stand alles wieder still.

Ein Gong ertönte, und Marie führte Cécile rasch zu einer Bank, an deren Ende noch ein Platz frei war. Dann eilte sie wieder nach vorn zum Podium.

Chloé erwartete sie. Gemeinsam gingen sie hinauf, und Maries Betreuerin stellte sich ans Pult und sprach ins Mikro.

«Meine Damen und Herren», sagte sie mit ihrer rauen Stimme in die erwartungsvolle Stille hinein, «begrüßen Sie mit mir Marie Michel, eine unserer vielversprechendsten Doktorandinnen, mit einem Vortrag über die Frauen der Familie Monet.»

Höflicher Applaus brandete auf. Chloé drückte kurz Maries Hand, flüsterte «*Bon courage, chérie*» und verschwand.

Marie stellte sich an das Podest vors Mikro. Sie suchte die Reihen vor ihr ab nach bekannten Gesichtern. Einige waren ihr vertraut, die meisten jedoch nicht. Aber ganz hinten saß Jan und winkte ihr unauffällig zu, und ein paar Reihen davor saß Cécile und nestelte an ihrer Handtasche.

Marie räusperte sich. Kurz sah sie in ihre Notizen, doch dann schob sie die Papiere zur Seite.

«Wir alle kennen Claude Monet», sagte sie in die Menschenmenge vor sich. «Wir kennen seine Bedeutung für den Impressionismus, seine einzigartige Malweise, seine weltberühmten *Seerosen*. Aber heute möchte ich nicht über ihn sprechen, sondern über Camille Doncieux, über Alice Hoschedé und, vor allem, über Blanche Monet – die Frauen in seinen Bildern, in seinem Garten und seinem Leben.»

In diesem Moment hätte man im Saal das Fallen einer Stecknadel hören können. Marie sah die folgenden dreißig Minuten nicht ein einziges Mal in ihre Notizen.

# EPILOG

Bitte, machen Sie doch die Tür wieder zu, ja? Dieser eisige Wind, der da draußen über die Place de la Contrescarpe zieht, tut meinen alten Knochen gar nicht gut. Seit Tagen schon schneit es. Dicke Flocken, die unaufhörlich aus diesem grauen Winterhimmel niedersegeln und alles hier am Platz unter einer weißen Schneedecke begraben.

An Weihnachten finde ich Schnee ja ganz charmant, aber im Februar habe ich den Winter schon gründlich satt und sehne mich nach den ersten Krokussen und Sonnenstrahlen, Sie nicht? Doch das Wetter macht eben, was es will.

Wenn nur erst der Sommer wieder da wäre! Die langen hellen Tage, die Wärme der Sonne auf dem Gesicht, das leise Klimpern des Geschirrs auf der Terrasse unter der gestreiften Markise, die herumziehenden Akkordeonspieler ... Stattdessen muss man drinnen im Café hocken und *Vin chaud* trinken, um nicht zu erfrieren.

Zu allem Überfluss ist das Café Lola auf einmal zu einer *Crèche* geworden, einer Krabbelgruppe, scheint mir. Gerade eben kam Fabien herein, vor der Brust die kleine Margot in diesem Trageding, bei dem man Angst hat, dass die Babys darin ersticken. Man sieht fast nichts von dem Mädchen, außer den blonden Schopf und ein plattgedrücktes Näschen.

Zu meiner Zeit fuhr man die Kleinen in einem Kinderwagen spazieren, da kamen wenigstens Luft und Licht an ihr Gesichtchen. Und man konnte auch mal kurz unter das Verdeck schauen und sie ein bisschen in die kleinen runden Wangen zwicken. Das ist heute ja alles vorbei! Und während der Vater das Kind den ganzen Tag herumschleppt und dann hinter dem Tresen mit einem Fläschchen füttert, steht Lola schon wieder in der Küche und probiert neue Rezepte aus. Sie experimentiere für ihre Ausbildung, sagte sie mir neulich, sie habe bald eine Prüfung. Nun, warum nicht, aber warum genießen die Frauen heute nicht noch ein bisschen mehr ihr Mutterglück? Andererseits hätte ich mir auch nicht vorstellen können, meine Rollen damals aufzugeben, um meine ganze Zeit mit so einem Schreihals zu verbringen, also kann ich sie sogar verstehen.

Diese *Truffes au chocolat* mit Cointreau, die Lola diese Woche kreiert hat, sind im Übrigen zu gut. Ich beschwere mich also nicht und bestelle lieber noch ein paar bei Monsieur Cherif, dem neuen Kellner. Sein Kaffee ist mir allerdings immer zu stark. Seit er hier arbeitet, ist mein Blutdruck sicher um einiges gestiegen. Aber natürlich kann ein junger Mann wie er nicht allein vom Hausmeistergeld leben, das ist mir auch klar. Wenn er nur ein wenig mehr auf sein Äußeres achten würde! Diese sogenannten Hosen, die er trägt, sind eines ordentlichen Cafés wie diesem hier eigentlich nicht würdig. Aber mich fragt ja niemand.

Es sind nun mal andere Zeiten ...

Eben bat mich doch glatt eine junge Frau, ob sie sich zu mir setzen könne, alle Tische seien besetzt. Natürlich habe ich es ihr erlaubt, alles andere wäre kleinlich. Aber ganz wohl fühle ich mich doch nicht, seit sie dort sitzt. Sie trinkt schon ihren dritten Espresso – was aus der Hand von Samir Cherif drei doppelten Espressi entspricht –, und nun schreibt und schreibt sie wie eine Verrückte. Seite um Seite füllt sie das kleine schwarze Notizheft, als sei sie die Beauvoir.

Irgendwann hielt ich es nicht mehr aus und fragte sie, was sie da schriebe.

«Einen Roman, *Madame*», sagte sie, sah nur kurz auf und beugte sich gleich wieder über die Seiten.

*Mon dieu*, einen Roman! Ich kann nur den Kopf schütteln über die Leute. Bilden die sich wirklich ein, das sei ein Beruf? Über Monets *Seerosen* zu schreiben, den ganzen Tag, das war ja schon ziemlich extrem. Aber neuerdings sieht man die kleine Marie Michel wenigstens nicht mehr nur über Bücher gebeugt. Sie hat wohl jetzt einen anderen Mann im Kopf als diesen toten Maler. Und nun kommt diese Frau und will einen ganzen Roman schreiben? Sie ist übrigens sehr hübsch, hat kastanienbraune raspelkurze Haare – was ich normalerweise für unpassend bei einer Frau halte, aber ihr steht es überraschend gut. Ihr Gesicht ist herzförmig, und ihre Augen wirken sehr klug, scheint mir. Ich würde ja zu gerne wissen, worin es in diesem Roman geht...

Aber das wird warten müssen. Ich bin nämlich fürs Kino verabredet. Es ist Sonntagabend, und das Kindergeschrei hinter dem Tresen geht mir ohnehin langsam auf die Nerven. Draußen vor der Fensterscheibe wartet Patrice im Schnee, der alte Romantiker hält in den Händen sogar eine Rose. Auf seine Art ist er ein echter Kavalier. Vielleicht hat es auch geholfen, dass ich ihm von meinem geheimen Verehrer erzählt habe, der mir im August Rosen brachte, wer weiß?

Ich trinke den letzten Schluck Wein aus und hülle mich in meinen Pelzmantel, den ich vor Jahren – oder eher Jahrzehnten – für eine Premiere gekauft habe und der noch immer tadellos ist. Er wird mich gegen das Schneetreiben draußen schützen und mich wärmen, wenn ich am Arm von Patrice zum Kino gehe und dabei vom Sommer träume. Wir haben einen schönen alten Film ausgesucht, *Fauteuils d'orchestre*. Den sollten Sie auch einmal sehen, *Mesdames et Messieurs*, wenn Sie wissen wollen, wie man in Paris so lebt und liebt.

Und eines verspreche ich Ihnen: Der nächste Sommer kommt bestimmt!